탄炭

탄炭

심봉순 장편소설

도서출판 북인

Contents

제1장

검은 강

그날 저녁 풍경은 색깔부터 달랐다. 저녁놀이 불그스름하게 물들기는커녕 곧 눈이 퍼불 기세로 하늘이 낮게 가라앉았고 새치름한 회색빛이었다. 첩첩산중에 우물처럼 들어앉은 산골 마을의 저녁은 언제나 짧았지만 그날은 특히 더 짧아 어둠은 쓰나미처럼 순식간에 마을을 뒤덮어버렸다. 그리고는 깊고도 깊은 긴 밤이 시작되었다.

진희 아버지는 그때까지 퇴근하지 않았다. 아버지와 함께하지 않은 저녁상은 매번 부실했다. 찬밥을 김칫국에 말아서 연탄불 위에 은근히 끓여 노란 양은 냄비째로 내오면 남매는 한 숟가락씩 폭폭 떠서 훌훌 불어가면서 잘 먹었다. 여느 날과는 달리 영자는 그들과 함께 저녁을 먹지 않았다. 전기를 아끼느라 불도 켜지 않고 문창호지로 스며들어오는 어슴푸레한 저녁 빛에 의지해 남매가 김칫국밥을 먹고 있는 동안 영자는 창호지 문에 매달려 있었다. 그녀가 외닫이문을 반쯤 가리자 가뜩이나 컴컴한 방이 더 어두웠다. 그렇지만 남매는 어둡다고 불평을 늘어놓을 분위기는 아니었다. 딱히 꼬집어서 말할 수는 없었지만 방안에 맴돌고 있는 분위기가 그랬었다. 폭풍전야와 같은 고요함이 됫박만 한 방안의 공기를 무겁게 했다. 김칫국밥을 먹고 있는 남매 머리 위에도 마치 커다란 맷돌 한 장이 누르고 있는 것만 같아 종달새처럼 수다스러운 진수도 누나 진희 눈치만 할끔할끔 살피면서 뜨거운 밥만 훌훌 불 뿐이었다.

외닫이 창호지 문에는 밖을 살필 수 있는 구멍이 하나 나 있었다. 영자는 딱 알맞은 높이에 검지로 침을 묻혀 구멍을 뚫고 팔짱을 낀 채로 서서 그 구멍에 한쪽 눈을 대고 바깥 내다보기를 즐겼다. 남편이 퇴근해서 돌아올 시각이 가까워지면 부쩍 문구멍에 붙어 서 있는 시간이 길었다.

문구멍을 통해 동네로 들어오는 입구인 두 개의 기다란 출렁다리가 한눈에 보였다. 그것을 지나 국민학교 담장을 둘러싼 아카시나무와 더 지나서 둥그스름하게 놓인 기찻길과 기찻길이 시작되고 끝나는 양쪽으로는 기차 터널도 보였다. 그 터널들 때문에 기차는 언제나 느닷없이 나타나 긴 몸체를 제대로 보여줄 사이도 없이 사라졌다.

'아지매가 초지녁에 어딜 댕겨오시는 걸까?'

영자는 딱히 누구에게라고도 할 것 없이 혼자 중얼거렸다. 그러고도 얼마 후에 마당에서 인기척이 났다. 기억력 나쁜 사람은 영자의 독백을 잊어버리고도 남을 시간이었다.

"안에 있는가?"

"……."

영자는 진작 문구멍으로 다 지켜보고 있었으면서도 안 그런 척 시치미를 떼느라 마당에 있는 사람은 몇 번 더 인기척을 낼 수밖에 없었다.

"안에 있는가?"

"……."

"안에 동세 있는가?"

영자는 그때야 방문을 열고 툇마루에 나섰다.

"아이구, 아지매가 이 초지녁에 어디 댕겨오시니껴?"

"절골에 댕겨오는구먼."

"야? 절골에는 뭔 일로……."

영자의 말꼬리가 흐려졌다.

"놀라지 말고 내 말 잘 듣게."

"……?"

"자네 올케가 그만 돌아가고 말았네."

"……."

"다행히 언나는 죽지 않았지만 고게 무슨 팔자인지 지어미를 잡아먹고서야 세상에 나왔다지 않는가? 나도 인편으로 듣고서는 믿어지지 않아 이렇게 부랴부랴 댕겨오는 길이구먼. 그런 줄 알고나 있게. 어찌하겠는가. 인명은 재천이라고 팔자가 단명이면 할 수 없지. 어디 억지로 되는 일이던가? 마음 단단히 먹고 있게나."

영자는 더는 문에 매달려 있을 힘이 없었는지 남매가 밥을 먹고 있는 옆에 쪼그리고 앉았다. 남매는 영자의 표정을 흘낏흘낏 살피면서 여전히 밥을 먹는 데 열중했다. 진희는 밥을 먹으면서 돌아간다는 게 무슨 뜻일까 생각했다. 두 개의 출렁다리를 건너서 오른쪽으로 돌아가면 흰두리라는 동네가 나오는데 어른들은 흰두리 동네를 간다고 할 때는 꼭 흰두리로 돌아간다고 했었다. 그 흰두리로 돌아갔다는 말일까? 반나절이면 다녀오고도 남을 가까운 동네인데 왜 어른들은 매번 심각해지며 슬퍼하는 것일까? 엄마를 잡아먹는 언니는 또 무슨 말일까? 여우도 아니고 도깨비도 아닌 게. 더군다나 쪼그리고 앉아 있던 영자가 이제 눈물을 훔치고 있자 혹 외숙모가 죽기라도 했다는 말일까. 다섯 살짜리 진희는 여러 가지 생각이 복잡해서 밥을 빨리 먹지도 못했지만 영자는 평소와 달리 그런 진희를 혼내기보다는 눈물을 찍기에 바빴다.

그날 저녁 내내 됫박만 한 방안을 짓누르던 무거운 기운은 진희의 작은외숙모가 죽었다는 비보를 듣기 위한 전조 증상이었다. 그것은 언제나 손님처럼 아니면 바람으로 먼저 찾아왔다.

"동세 안에 있는가?"

또, 밖에서 영자를 찾는 소리가 들리자 그녀는 화들짝 놀라면서 순간적으로 어디 숨을 데를 찾는 사람처럼 두리번거렸다. 그러더니 금방 체념해버리고는 잘못해서 벌 받으러 나가는 아이처럼 마지못해 문을 열었다. 어느새 어둠은 앞마당까지 내려와 대문 옆에 우뚝 서 있는 대추나무가 낮보다 훨씬 더 우람해 보였다. 그 옆에는 진희 큰엄마가 대추나무처럼 우뚝 서 있었다. 진희 큰엄마는 영자가 방으로 들어오라고 청해도 들은 척도 안 했다.

"동세도 소식 들었는가?"

"야, 골 안의 아지매가 방금……."

"내 이럴 줄 알았네. 기어코 이렇게 될 줄 알았지만……. 아이고, 그 젊디젊은 것을 불쌍해서 어쩌노……."

"성님요, 올케가 그렇게 돼서 죄송하니더."

"자네가 죄송할 게 뭐 있는가? 자네 오라버이, 그 화상이 문제지. 고 것밖에 못 살 명인데 뭐가 그리 못마땅해서 허구한 날 타박했을꼬?

말은 그렇게 하면서도 진희 큰엄마는 마치 영자가 진희 작은외숙모를 죽이기라도 한 것처럼 서슬이 퍼레 마당에서 눈물 반, 타령 반을 섞어가며 소리를 질렀다. 진희 작은외숙모는 진희 큰엄마의 여동생이었고, 진희 작은외삼촌인 무열은 영자의 오라버니인 겹 사돈지간이었다.

그 당시는 그런 집이 많았다. 사람이 몇 명 살지 않는 첩첩산중에 혼삿말이 있을 때면 으레 자식과 자식을 바꾸는 식으로 가령 이쪽의 딸을 저쪽 집안으로 들일 때 저쪽 집안의 딸을 내놓는 식이었다. 골 안의 아지매도 그런 관계였다.

이런 계약이 영자에게는 별로 좋지 않았다. 무열이 문제가 많은 사람이었기 때문이다. 주색잡기까지는 그렇다 치더라도 그것이 뜻대로 되지 않으면 애꿎은 마누라에게 분풀이해 집안이 조용할 날이 없었다. 그리고 곧바로 진희 큰어머니까지 알게 되었다. 지금처럼 전화가 있던 시절도 아니었다. 인편이 아니면 죽어도 알 길이 없는 그 시절에 산을 세 개 넘고도 또 넘어야 하는 먼 곳의 일을 어찌 그리 소상하게 알 수가 있는지 희한하다며 영자는 참 야속해했다. 그쪽에 안 좋은 소리가 날아올 때면 영자는 언제나 안절부절못했다. 변덕도 심하고 다혈질이었고 말을 참지 않는 영자 형님의 성격에 비해 영자는 자존심은 강하지만 마음은 한없이 여려서 절골에서 날아온 소식은 그 소식의 종류를 떠나 가슴부터 철렁 내려앉았다.

절골은 진희 외가 마을이었다. 이름대로라면 마을 어디쯤 절이 덩그렇게 자리를 잡고 있어야 했지만 작은 암자 한 채도 없었다. 다만 깎아지른 듯한 골짜기와 골짜기 사이 조금 평평한 곳에 보통 어른 키만 한 삼층석탑 하나가 옥개석도 없이 모서리가 군데군데 떨어진 채 서 있는 폐사지가 있었다. 마을 사람들은 이 폐사지에 대해서 말이 달랐다. 조선 시대 어느 봄철에 큰 산불이 났었는데 그때 삼백 리 밖에서 이 절골까지 불이 날아와 절이 불탔다고 했다. 불꽃이 얼마나 거셌던지 노루처럼 강물을 겅중겅중 건너 뛰어오더라고 했다. 또는 일제강점기에 일본 사람들이 신통력이 두려워 절을 불태워 없앴다고 했다. 불놀이를 좋아하는 도깨비들의 장난질로 절이 불탔다는 사람도 있었다. 말을 하는 사람들도 어렸을 때 어른들이 그렇게 얘기를 하더라고 했다. 이렇게 사람들이 말에 말을 더하여 말만 하고 있을 때 이끼를 잔뜩 뒤집어쓴 삼 층석탑 주위에는 마치 그것을 호위라도 하듯 찔레나무와 산딸기 넝쿨과 엉겅퀴가 둘러쌌다. 고무딸기나무에서 탐스러운 딸기가 빨갛게 유혹해도 아이들은 선뜻 폐사지에 발을 들여놓지 못했다. 딸기 넝쿨 밑에는 종종 딸기를 좋아하는 뱀이 꽃송이처럼 말아 머리를 꽃술처럼 세우고는 혀를 날름대고 있기 때문이었다. 찔레꽃이 지천이라 찔레꽃이 피는 계절이 돌아오면 폐사지를 중심으로 온 마을은 통째로 하얗게 피어났다.

진희 외가를 포함한 이십여 호의 절골 사람들은 농사를 지으며 살았다. 산 깊고 골짜기 깊어 땅이고 하늘이고 세 평이었다. 화전을 해가며 가난하게 살았지만 마을에 바람 한 자락 휘젓기 전에는 가난도 별 문제가 되지 않았다. 대대로 대물림해 삶은 당연히 팍팍하다고 여겼다. 한마디로 팔자소관으로 여기며 큰 욕심 없이 하늘에 순응하며 평화롭게 살아갔다. 그런데 사나운 바람 한 자락으로 절골 사람들은 배가 고프기 시작했다. 바람은 사방이 첩첩으로 둘러싸인 산 속 땅 밑에서 비롯되었다. 거기에는 강냉이밥도 배불리 못 먹는 사람들이 날마다 기름진 쌀밥으로 배부르게 먹을 수가 있는 거대한 보석이 무진장, 무진장 숨어 있다고 속삭였다.

절골 사람들은 처음에는 그 속삭임을 듣지 않았다. 원래 남의 말을 잘 안 듣는 고집스러움일 수도 있겠지만 그들은 새로운 것을 받아들이는 일에 익숙하지 않았다. 무엇보다 두려웠다. 새로움이 가지고 온 달콤함을 처음부터 믿지 않았고 달콤함 뒤에는 꼭 그 대가를 치러야 한다는 간단한 진리를 너무나 잘 알고 있었기 때문이다. 절골 사람 대부분은 학교 근처도 가보지 않았지만 그 정도쯤은 기본으로 알았다. 그곳에는 학식이 뛰어난 지도자는 없었지만 그보다 더 뛰어난 자연이란 선생이 있었다. 척박한 땅에서 그들이 대대로 살아올 수 있었던 이유는 자연의 가르침을 잘 받아들였고 순응했기 때문이다. 때가 되면 봄이 어김없이 돌아와 땅을 살찌워 어머니 품처럼 아낌없이 베풀고는 또 겨울도 찾아와 그동안 수고했던 땅을 다시 휴식으로 돌려놓는 것을 보며 자랐다. 무엇보다도 달콤한 속삭임 뒤에 거대하게 자리잡은 쓴 것도 이미 바람으로 전해 들었기에 그것을 애써 외면했다.

그런데 어린 무열은 예외였었다. 절골 사람들이 말하는 귀가 얇아서가 아니라 또 다른 사람들이 말하는 모험심이 있어서도 아니었다. 그것보다 더 뾰족한 묘안이 없었다. 아니 묘안이라면 입대하기 전까지만 일할 생각이었다. 그런데 작정했던 대로 인생이 술술 풀린다면 얼마나 좋을까. 얼떨결에 선을 본 처녀 얼굴이 눈에 삼삼해서 정신이 홀러덩 나갔다. 그녀를 데리고 오자면 밥벌이를 해야 했다. 배운 게 도적질이라고 할 수 있는 일은 광산일밖에 없었다. 자드락밭 몇 평 살 돈만 벌 작정이었다. 화전을 해서 땅을 넓히는 일은 이제 지긋지긋했다.

무열 때문에 강냉이밥도 배불리 못 먹던 식구들이 하얀 쌀밥을 구경할 수 있게 되자 절골 사람들도 서서히 무열처럼 달콤하고 은근한 속삭임에 끌려들어가기 시작했다. 그런데 무열의 형인 무산만 예외였다. 그의 아내 도자와 그의 어미인 잣골댁이 결사적으로 반대했기 때문이었다. 월급이 어떤 대부광고처럼 묻지도 따지지도 않고 그 시절 공무원의 월급보다 두 배는 더 많았고 쌀을 비롯한 연탄과 분기별로 작업복과 자녀들 대학교 학자금까지 일백 프로 다 지급되었지만 무조건 싫었다.

배움이 짧은 남자들이 광산에서 할 일은 땅속 막장에서 석탄을 캐는 일이다. 제대로 서 있기조차 힘든 좁은 공간에다 숨이 막힐 정도로 더운 지열에 석탄과 비산먼지 자욱한 막장의 열악한 환경 때문에 무조건 반대하지는 않았다. 그 정도는 식구들을 위해서 얼마든지 견딜 수가 있었다. 그런 올림픽 종목이 있다면 모두 금메달감인데 평균적으로 일주일에 한 건 정도로 일어나는 사고 앞에서는 속수무책이었다. 달콤한 유혹의 한편에 그림자처럼 존재하는 쓴 것이었다.

도자는 다른 광부의 아내들처럼 남편이 출근하면 남편 신발을 얼른 집 안쪽으로 향하게 돌려놓아야 하는 삶이 싫었다. 그렇게 하지 않으면 출근한 남편이 집으로 돌아오지 못한다고 광부의 아내는 믿었다.

장남인 무산은 무열과는 나이 차이가 십 년이나 벌어졌고 막내인 영자와는 이십 년 차이였다. 잣골댁은 무산과 영자 사이사이에 다섯 명이나 자식을 더 두었지만 어렸을 때 사소한 병이나 어이없는 사고로 모두 잃어버렸다. 이런 트라우마 때문에 잣골댁도 무열에다 무산까지 어찌 될까 싶어 전전긍긍이었다.

무산의 아들이 공부 욕심만 없었다면 어찌 되었을까?

월천은 행정구역상 강원도지만 지리적으로 강원도에서 가장 남쪽에 자리잡고 있었다. 월천에서 완행버스로 20분만 터덜터덜 타고 가면 경상북도 석포가 나오는 강원도와 경상도의 접경 지역이었다. 그래서인지 그곳의 말은 강원도 말보다는 경상도 말을 더 많이 썼다. 아니 반반 섞여서 온전한 경상도 말도 아니고 온전한 강원도 말도 아닌 그때그때 상황에 맞추어 사용했다. 더군다나 탄광에서 일하는 사람들 대부분이 경상도 보리문둥이라 부르는 봉화와 춘양 사람들이 많았다. 내륙에서 소작농을 하다가 보릿고개를 넘기지 못해서였다. 늙은 부모와 어린 자식들의 입에 거미줄을 칠 수가 없어 남부여대하고 모여든 곳이 새로운 산업혁명이 일어난 꿈의 고장, 돈이 넘쳐흐르는 월천이었다. 그들이 모여들며 자기들 사투리로 이러니꺼 저러니꺼 하며 동네를 간드러지게 만들자 애초에 있던 원주민들도 어느 순간부터 함께 이러니껴 저러니껴 하며 간드러졌다.

일확천금을 꿈꾸며 불나방처럼 모여든 사람들의 꿈은 마치 사전에 약속이라도 한 듯이 모두 똑같았다. 어서 한밑천 잡아 그곳을 떠나는 것이었다. 광산에서 일하는 광부들은 말할 것도 없었고 광부를 아버지로 둔 아이들이나 광부를 남편으로 둔 아내들도 날마다 그곳에서 탈출을 꿈꾸었다. 월천만 벗어나면 그들의 삶에 유토피아가 펼쳐질 것이라는 근거 없는 믿음이었다. 문제는 광산에서 석탄을 캐는 광부들과 그의 가족들만 그런 생각을 하고 살지는 않았다. 교사나 공무원이나 하다못해 은행 직원들도 월천에 발령을 받게 되면 그날부터 월천을 탈출하기 위해 온갖 노력을 다했다. 탈출이 자기들의 당면과제면 자기들 스스로 잘 해결해서 목적한 대로 떠나면 그뿐일 것이다. 그런데 교사일 경우에는 그들이 담당하고 있는 아이들에게 그 여파가 고스란히 그들이 목적한 문제를 해결할 때까지 떠넘겨졌다. 물론 진희 아버지처럼 눈 맑은 선생은 예외였다.

국민학교에 갓 입학해 초롱초롱 눈망울을 굴리며 호기심을 드러내는 진희에게 선생은 이곳이 저주받은 땅이라고 당당하게 선포를 했다. 돌아간다는 뜻도 여태 모르고 있던 진희가 그 뜻을 알지는 못했다. 그런데 눈치는 좀 있어서 선생이 입을 비틀면서 잇새로 비웃듯이 자조적으로 내뱉는 뉘앙스에서 나쁜 말인 줄 짐작했다. 제대로 알지 못해 짐작만 할 뿐이지만 잔뜩 주눅이 들었다. 저주란 단어가 확실하게 자리매김이 되는 날은 미술시간이었다.

미술선생은 아이들에게 과제를 내주고는 한 시간 내내 창문에만 매달려 있었다. 국민학교 일학년 학생이 그림을 잘 그릴 리가 없었고 잘 그리는 아이가 있다고 할지라도 그것을 제대로 알아볼 의욕도 실력도 없는 선생은 창문바라기가 가장 어울렸다. 언제나 탈출을 꿈꾸는 선생이었기에 잠시도 교실 안에 시선을 두는 것조차도 숨이 막히는 모양이었다. 창문 너머라고 해봤자 운동장과 더 멀리로는 학교를 꽃잎처럼 첩첩 둘러싼 뾰족뾰족한 산밖에 없었다. 끝날 시간이 다 되어가자 교탁으로 돌아와 반장을 시켜 그림을 걷어들이라고 했다. 진희는 발딱 일어나서 뒤에서부터 그림을 걷기 시작했다. 교탁을 짚고 서 있는 선생은 미간을 잔뜩 찡그렸다. 아이들의 콧잔등이나 이마와 옷에 까만색으로 얼룩덜룩한 자체가 불쾌했다. 더러운 옷에 세수도 시키지 않고 학교에 보냈다는 생각이 들자 그 부모들을 게으르다고 경멸했다.

그런데 곧 그것보다 더 큰 충격이 선생 앞에 고스란히 펼쳐졌다. 선생은 진희가 걷어온 그림들을 들고 나갈 작정으로 흘낏 바라보다가는 비명을 질렀다. 영문을 알 리 없는 아이들은 이런 선생을 물끄러미 쳐다봤다. 선생은 곧 정신을 차리고 그림들을 한 장 한 장 넘겨보았다. 마치 더럽고 냄새나는 물건을 만지는 모양으로 오만상을 찡그린 채 엄지와 검지를 집게로 만들어 도화지 끝만 살짝 집었다. 강물을 그린 아이들이 모두 새까맣게 떡칠을 해놓아 문제였다. 강물 옆에 있는 길도 새까맣게 색칠했다. 건물도 새까맣고 빨랫줄에 걸린 빨래도 새까맣고 하늘도 나무도 잿빛 아니면 검은색으로 색칠해놓았다. 칠판에 분필로 우리 동네라고 커다랗게 써놓을 때만 해도 전혀 예상하지 못한 일이었다.

선생은 당황했다. 급기야 까만 강물이 출렁출렁 넘쳐흘러 선생의 목구멍을 타고 내려갈 것 같아 얼굴이 하얗게 질리고 말았다.

그런데 진짜 기함할 일을 선생은 아직 몰랐다. 잘 몰랐기 때문에 그깟 아이들이 정직하고 자연스럽게 그린 그림만 보고도 바나나 빼앗긴 원숭이처럼 깍깍 소리를 질렀다. 검은 강물과 검은 길과 검은 산과 검은 빨래는 광산업주들이 돈 버는 데만 눈이 뻘겋지 제대로 시설을 갖추지 않아서 발생한 부산물에 불과했다. 석탄을 산처럼 거대하게 쌓아놓은 저탄장도 포장만 잘 씌어놓으면 탄가루가 바람에 덜 날릴 테니까. 나름 비닐로 덮어놓았다고 해도 찢어진 곳이 더 많았다. 그래서 바람이라도 불라치면 깃발처럼 펄럭펄럭 날리며 그 속에 있는 탄가루도 바람에 업혀 동네 마실을 마음껏 돌아다니는 절호의 기회가 될 뿐이었다. 그런 곳에 사는 사람들이라 마당에 널어놓은 빨래가 온전할 리가 없었다. 그런데 그것으로 끝난다면 얼마나 좋을까. 그들의 아버지가 문제였다. 운명의 신이 떡보따리처럼 척 내려주고는 시치미를 뗐다.

그날도 교실 앞문이 살짝 흔들리며 똑똑 문 두드리는 소리가 들려왔다. 그 소리에 선생과 아이들은 마치 발밑에 엎드려 있던 뱀이라도 밟은 듯한 얼굴이었다. 싸한 정적이 흘렀다. 아이들과 선생은 약속이라도 한 것처럼 일제히 숨을 멈추자 얼굴이 분필처럼 창백했다. 자기들이 숨을 쉬지 않고 있으면 시계를 조금 전으로 돌릴 수 있다고 생각하는 듯했다. 찰나에 커다란 저항이었다. 까르르 낄낄거리며 웃던 웃음소리도 돌담 속으로 꼬리를 감춘 도마뱀 꼴이었다. 그들은 문 두드리는 소리를 듣지 않은 양 딴청을 부리고 싶었나보다. 오히려 잘못 들었으면 좋은 일이 더 많은 법이니까. 방금까지 선생은 칠판에 분필을 팍팍 부러뜨리며 두 자릿수 덧셈을 가르쳤다. 문 두드리는 소리와 함께 선생은 그것을 뚝 멈추고 교탁을 잡은 채 가만히 서 있었다. 진희와 그 친구들은 이런 선생을 숨소리를 죽인 채 가만히 쳐다보고만 있었다. 늘 있었던 일이었고 잊어버릴 만하면 생기는 일이었다. 그래서 어느 정도는 익숙할 만하건만 매번 두렵고 긴장되었다.

아이들은 너나없이 재빠르게 오늘 자기 아버지가 언제 출근했던가를 계산하기 시작했다. 진희 짝이 살그머니 안도의 한숨을 쉬었다. 물어보나 마나 아버지가 아침에 이미 퇴근한 친구였다. 하지만 아침에 아버지를 보지 못하고 온 아이들은 혹 자기 이름이 불릴까봐 숨도 제대로 못 쉬었다. 바깥에서 문을 두드렸던 교감선생도 자기가 문 두드렸다는 사실을 잊은 모양이었다. 아니면 문을 두드리는 역할이 마음에 들지 않는지 기척 없었다. 아무래도 교탁에 손을 올리고 가만히 서 있는 선생이 교실 앞문을 열어야 할 것이다. 매번 선생이 그 역할을 맡았다. 사실 따지고 보면 문을 두드린 것과 그 소리를 듣고 수업을 멈춘 것과 아이들이 숨을 참고 있었던 것과의 시간은 단 일 분도 안 되는 시간이었다. 그런데도 매번 엄청나게 길게 느껴졌다.

이윽고 큰 결심을 한 선생이 앞문을 향해 천천히 걸어갔다. 역시나 열린 문틈으로 교감선생의 얼굴이 보였다. 선생은 문을 닫고 나가서 교감선생과 또 다른 선생과 나직나직 한참 얘기를 주고받았다. 교실은 여전히 조용했다. 이런 까닭을 알 리 없는 옆 교실은 선생과 아이들의 소리가 간간이 들렸다. 더 멀리서는 풍금 소리도 들려왔다. 아빠하고 나하고 만든 꽃밭 소리가 아지랑이처럼 아득하게 들려왔다. 이윽고 교감 선생과 다른 선생이 돌아가는 발걸음 소리가 긴 복도에 자박자박 울렸다. 잠시 후에 선생이 미닫이문을 열고 들어왔다. 발걸음이 약간 휘청거렸다. 아이들은 일제히 선생의 표정을 살폈다. 파도도 없고 햇빛도 비치지 않는 깊은 바다속에서 갓 나온 듯한 얼굴이었다. 그 얼굴로 선생은 아까처럼 교탁에 손을 짚고 아이들을 한참이나 아무 말 없이 바라보다가 입을 열었다.

"김미숙, 김미숙은 지금 책가방을 싸서 집으로 가봐라."

아주 작은 소리였지만 교실 안에 있는 아이들은 다 들을 수가 있었다. 아이 중에 유난히 떨던 미숙은 흑 울음소리를 내면서 책상 위에 엎드렸다. 키가 작아 제일 앞자리에 앉았던 아이였다. 미숙을 비롯해 아무도 이유를 묻지 않았지만 무슨 일이 일어났는지 다 알고 있었다. 자기의 이름이 불리지 않은 아이들은 이제야 안심을 하고 숨을 쉴 수가 있었지만 표나게 숨을 쉴 수는 없었다. 작은 손으로 가만히 가슴을 쓰다듬으면서 몰래 숨을 쉬어야 했다.

"옆 짝은 친구 책가방 싸는 것을 도와주기 바란다."

여전히 선생의 작은 소리에 짝은 살며시 일어났다. 김미숙처럼 작고 약해서 훅하고 불면 민들레 홀씨처럼 날아갈 아이였다. 그 아이는 침착하게 책상 위에 펼쳐진 산수 교과서와 공책과 공책 위에 연필과 지우개를 그 옆에 있는 필통에 넣고 가방에 넣었다. 그새 산수 교과서에는 눈물이 얼룩덜룩 떨어져 있었다. 미숙은 책상 밑의 작은 서랍에서 헝겊

보자기에 싸인 도시락을 꺼내 가방의 지퍼를 다시 열고 넣었다. 울고 있었지만 도시락을 넣는 손길이 침착했다. 교탁에 손을 짚고 서서 지켜보고 있는 선생에게 고개 숙여 인사를 하고 뒷문을 열고 조용히 나갔다. 선생과 아이들은 그런 미숙을 아무 말 없이 지켜볼 뿐이었다.

오늘은 비록 미숙이었지만 내일은 누가 될지 알 수 없기 때문이다. 석 달 전에는 미숙이가 짝꿍의 가방을 싸주었다. 잊어버릴 만하면 '요놈들 봐라. 잊긴 왜 잊어' 하면서 뒤통수를 쳤다. 하도 많이 맞아서 익숙해질 만도 하건만 그것은 여전히 불청객이고 싫었다. 교탁에 양손을 짚고 있던 선생이 아무 말 없이 칠판에 판서를 하기 시작했다. 두 자릿수 문제들이었다. 지난 번처럼 집에서 풀어와야 할 숙제였다. 아이들도 말 없이 그것을 공책에 베끼기 시작했다. 교실에는 이제 사각사각 소리만 났다. 거대한 누에가 아이들과 선생을 뽕잎인 양 다 갉아먹는 것만 같았다.

미숙은 아버지 삼우제를 지내고 다시 학교에 나왔다. 친구들과 선생은 부산을 떨지 않았다. 마치 친척집에 다녀오느라 학교에 오지 못한 것처럼 덤덤하게 그녀를 맞이했다. 그렇게 하는 게 가장 큰 위로라는 것을 이미 알고 있었다. 미숙도 그러한 것처럼 행동했다. 점심시간이 되자 미숙도 도시락을 책상 위에 올려놓았다. 도시락이 평소와 달랐다. 밥 위에 노란 달걀부침이 덜렁 올라앉아 있었다. 당시에 아이들의 로망은 밥 위에 달걀부침이 얹힌 도시락이었다. 미숙은 밥을 깨작거리다가 달걀부침을 옆 짝꿍의 밥 위에 올려놓았다. 옆 짝꿍은 그것을 멀거니 바라보다가 모서리부터 뜯어먹었다. 석 달 전 미숙도 모서리부터 달걀부침을 뜯어먹었더랬다.

미숙의 집도 사택이긴 했다. 사택이면 사택이지 사택이긴 했다는 표현을 굳이 쓰는 이유는 어린 진희 눈에도 사택 중에 가장 열악한 주거환경 때문이었다. 이런 곳에도 사람이 살아 진희는 충격에 빠졌다. 어쩌면 애초의 용도는 돼지를 키우기 위해 지었을 거라고 그녀는 생각했다. 아니 돼지도 이런 주거환경에서는 살을 찌우지 않을 것 같았다. 사람의 상상력은 가늠할 수가 없다지만 어찌 이런 곳에 집을 짓고 사람을 살게 하겠다는 생각에 마음이 아득할 뿐이다.

진희는 미숙 집을 우연히 가보게 되었다. 공부를 잘해서 눈에 띈 아이도 아니었고 공부를 아주 못해서 주목을 받은 아이도 아니었다. 교실에 온종일 있어도 그녀의 목소리를 듣는 아이는 그 짝꿍밖에 없을 정도로 얌전한 아이였다. 목소리도 아주 작았고 키도 작아 그녀의 자리는 언제나 맨 앞자리에 있었다.

그 당시 진희는 네 살 많은 육촌 언니인 복희와 한방을 썼다. 그녀 집이 진희 집보다 훨씬 시골이라 중학교가 없었기 때문이다. 진희 아버지가 국민학교 선생이니 함께 살면 공부에도 도움이 될 거라는 속셈도 컸다. 시골에서는 드물었던 고등학교까지 다녔던 복희 아버지가 자식에 대한 교육열이 남달랐던 것도 한몫했다. 방을 함께 쓰게 되자 진희는 좋지 않았지만 그래도 영자보다는 괜찮았다. 영자는 복희 때문에 신경쓰이는 부분이 한두 군데가 아니었다. 부모에게 물려받은 땅이 이 고을 저 고을에 많아 땅부자인 복희 아버지가 복희를 그냥 맡기지도 않았다.

영자 집 앞에 넓게 펼쳐진 500평 정도를 그냥 부치라고 주자, 해를 중심으로 돌아가는 위성처럼 모든 것은 복희 중심으로 돌아갔다. 원래는 마을 사람이 복희 아버지에게 도지를 주고 부쳤던 알토란 같은 밭이었다.

어느 일요일 복희는 그녀의 사촌 언니 분희가 월천에서 신접살림을 하는데 같이 가보자고 했다. 겨우내 꽁꽁 얼었던 땅을 헤집고 연둣빛 새싹들이 얼굴을 내밀자 진희의 겨드랑이도 덩달아 간질거렸던 화창한 봄날이었다. 진희의 집에서 월천까지는 버스로는 10분이었고 아이들 걸음으로는 한 시간 걸렸다. 진희는 신혼살림에 대한 묘한 호기심이 작용해 구미가 당겼다. 자미는 이런 진희를 책을 많이 읽어 애늙은이가 되었다며 책을 그만 좀 읽으라고 구박했다. 영자는 닭장에서 갓 낳은 달걀 열 개를 진희에게 안겨주면서 깨트리지 말고 잘 들고 가야 한다며 신신당부를 했다. 그리고 분희 얼굴을 잘 살펴보고 오라고 했다. 그놈의 손모가지를 비틀어버리든지, 하면서 혼잣말을 했다.

달의 개울이라는 뜻이 담긴 월천에 분희의 신혼집이 있었다. 이름만큼은 회색빛의 우중충한 광산촌의 분위기와 지구 반대편의 거리만큼이나 멀었다. 신혼집은 달랑 단칸방이었지만 분통같이 화사하면서 정갈했다. 분희는 그들의 방문을 육이오전쟁 때 헤어진 동생들을 만난 것처럼 반가워했다. 하얀 얼굴은 예뻤고 발목까지 내려오는 긴 원피스를 감싼 몸은 날씬했으며 목소리는 이 모든 것보다 더 예뻤다. 더군다나 살림도 물샐틈없이 야물게 잘할 것 같은 그녀를 남편은 뭐가 불만이어서 손찌검을 하는지 진희는 그 와중에도 궁금했다. 프랑스 배우처럼 잘생긴 얼굴이라 더 이해되지 않았다. 면도기 광고 모델처럼 방금 면도한 정갈한 턱에는 파르스름하게 수염자리가 남아 있었다. 스케치북만 한 창문을 통해 들어온 빛이 유일한 조명인 방안에서 그녀의 얼굴을 자세히 살펴보기가 쉽지 않았다. 그런데 보고자 하면 흐린 조명 아래에서도 보일 수밖에 없겠는지 보이게 되자 이제 확신이 서지 않았다. 그녀의 얼굴에 살짝 어린 푸르딩딩한 멍자국이 맞아서인지 꼬집혀서인지 도통 알 수가 없어서 진희는 과자만 자꾸 주워 먹을 뿐이었다. 분희의 남편이 옆에 앉아서 그녀가 무슨 말을 할 때마다 사랑스러워 죽겠다는 듯이 그녀의 볼을 자꾸 꼬집었다. 그때 밖에서 누군가가 불렀다. 어서 어린 사돈들과 밥을 먹으러 오라는 전갈이었다. 어리둥절한 그들에게 분희는 들어오다가 커다란 미닫이 유리창이 많이 달린 큰 집을 보지 않았느냐고 했다. 분희의 시아주버니 집이라고 했다. 이 집도 그의 집이라고 했다.

월천은 평지라고는 손바닥만 하고 대부분 뾰족뾰족한 산으로 둘러싸였다. 그래서 광부들이 사는 사택도 산중턱 계곡 비탈길에 오밀조밀 모여 있었다. 산을 깎아 집을 지은 사택촌은 그래도 양반이었다. 사택이 아닌 개인 집은 산 중턱에 계단식으로 일자형의 두 칸짜리 집을 지어놓고 살았다. 지붕은 슬레이트로 덮었고 벽은 시멘트로 발랐는데 대충 발라져 방안에서도 바깥이 보일 정도로 틈이 나 있어 찬바람이 솔솔 들어왔다. 부엌은 애초에 없었다. 처마 밑 아궁이 옆에 솥단지와 그릇 몇 개를 늘어놓고 밥을 해먹었다. 그러다가 눈이 펑펑 쏟아지는 겨울이 들이닥치면 비닐로 처마를 빙 둘러서 감싸고는 추위를 막았다. 광산에 취직해도 사택이 제공되지 않으면 그런 곳에서 살 수밖에 없었다. 일차

선도로 옆에 사는 사람들도 형편은 마찬가지였다. 좁은 주거공간을 조금이라도 넓게 확보하기 위해 집 뒤쪽으로 길게 흐르는 검은 강물 위에 쇠파이프나 나무로 지주를 세우고 그 위에 판자로 바닥을 만들고는 부엌도 만들고 창고도 들이고 심지어 방도 만들어서 사용했다. 그것을 까치발집이라고 불렀다.

까치발집은 그로부터 몇 십 년 후에 태국에서 볼 수 있었다. 진희가 보트를 타고 가면서 그런 집들을 진풍경이라도 되는 것처럼 사진을 찍어도 검은 빛이 도는 태국인들은 이런 관광객들에게 익숙한지 아랑곳없이 빨래하고 음식도 만들었다. 오히려 깡마른 남자들이 의자에 다리를 꼬고 편안하게 앉아서 사진 찍으며 야단법석을 떠는 진희 일행을 구경했다. 진희가 탄 배가 지나가면 강물에 오줌을 누는 사람들도 있었고 하늘에 별이 총총 떠 있는 밤이 되면 강물에 엉덩이를 내놓고 똥도 누었다. 훨씬 전에 월천에서도 그랬으니까.

진희의 친구인 보배가 까치발집에서 살았다. 2학년 초겨울쯤에 안동에서 전학을 온 아이였다. 정강이뼈가 보이도록 달랑 올라간 무릎이 쑥 나온 바지에 보풀이 잔뜩 인 연두색 스웨터만 날마다 입고 다녀 처음에는 아이들이 무시했다. 그런데 시험만 쳤다 하면 일등이었다. 그것도 이등과는 점수 차이가 꽤 났으니 난공불락이었다. 거기에다 교실 청소도 제일 열심히 했고 활달한 성격에 통솔력도 있던 아이였다. 진희는 그런 보배가 마음에 들었다. 걸어서 한 시간이나 걸리는 먼 거리를 숙제를 핑계로 보배 집에 자주 놀러다닐 정도로 단짝 친구가 되었다.

보배의 부엌은 까치발 위에 있었다. 까치발 위에 커다란 고무 구박을 올려놓고 가까운 산에 묻어둔 호스로 물을 끌고와 고무 구박 안에 호스를 넣어두었다. 보배는 그 물로 밥을 했고 검은 거품을 내면서 아버지 작업복을 빨았다. 미처 쓰지 못한 물은 구박 밖으로 흘러넘치며 검은 강물로 돌아갔다. 때가 되면 보배는 꼭 진희에게 밥을 해주었다. 연탄 아궁이에서 냄비밥을 하고 김치를 숭덩숭덩 썰어넣고 끓인 김칫국 한 가지로 밥상을 차렸다. 진희는 까치발이 마음에 들었다. 사실 처음에는 까치발 위에 올라서는 게 발바닥이 간지러울 정도로 무서웠다. 발목이 빠질 것 같은 크기의 구멍이 군데군데 나 있는 데다 구멍 밑으로는 깊이를 알 수 없는 까만 강물이 넘실넘실 흘러내렸다. 까만 강물이 무서워 눈을 꼭 감자 이번에는 강물이 귀로 흘러들어오는 것처럼 우렁찼다. 무엇보다도 진희가 까치발 위로 올라서자마자 그 무게로 폭삭 무너질 것 같았다. 그런데 보배는 너무나 태연한 얼굴이었다. 쪼그리고 앉아서 강물이 흘러가는 모습을 구멍으로 내려다보면서 빨래하고 설거지하는 모습이 꼭 서커스 놀이를 하는 것 같았다. 진희는 한번도 보배 엄마를 본 적이 없었다. 동생을 낳기 위해 외가에 갔다고 했다. 옆방에서 가끔 기침소리와 가래 끓는 소리가 들리면 숙제를 하다가도 눈을 동그랗게 뜨고 보배를 쳐다보았다. 보배는 아무렇지도 않은 표정으로 아버지가 주무시고 있다고 했다. 꼭 양은 밥상을 두 개 차려서 옆방으로 먼저 들고 들어갔던 것을 그제야 깨닫게 되는 순간이었다. 진희는 친구 아버지의 잠을 방해할까봐 목소리를 낮추었지만 보배는 상관하지 않았다.

보배 엄마가 아이를 낳고 돌아오자마자 기다렸다는 듯이 광업소에서 사택이 지급되었다. 새로 태어난 남동생이 복덩이라며 보배는 쫑알거렸다. 그것의 뜻을 제대로 잘 알 리가 없었는지 아버지가 그렇게 말했다며 덧붙였다. 진희는 보배가 사택으로 이사하고부터는 딱 한번만 놀러가고 다시는 가지 않았다. 까치발이 없는 사택이 흥미롭지 않았다.

진희는 들어올 때는 제대로 살펴보지 못했던 사돈집 때문에 쭈뼛거렸다. 산 중턱에 두더지처럼 엎드려 있는 집도 아니고 검은 탄가루가 풀풀 날리는 도로 가에 까치발집도 아닌 넓은 마당에 커다란 미닫이 유리문이 생뚱스러웠다. 그 유리문을 드르륵 열자 한약 냄새가 달려들었다. 넓은 방에는 벽을 따라 약장이 그득그득했다. 그곳을 지나치자 또 그만한 넓이의 살림집이 나왔다. 넓은 거실에는 불고기를 비롯한 군침이 도는 온갖 음식이 교자상 가득 차려져 있었다. 진희의 사돈어른과 진희 또래쯤 되는 여자아이와 그보다 조금 더 나이가 들어보이는 사내아이가 기다리고 있었다. 함께 밥을 먹고 나자 그 아이들은 자기들 공부방을 구경시켜주겠다며 진희와 복희를 데리고 들어갔다. 공부방답게 책이 약장처럼 바닥에서 천장까지 잔뜩 꽂혔다. 그 아이들은 착하고 친절했다. 대부분의 진희 또래 아이들은 목소리가 컸고 욕도 잘했는데 이 집 아이들은 목소리도 조곤조곤 나지막했고 잘 웃었다. 집에 텔레비전이 없다고 했다. 텔레비전이 있으면 책 보는 시간이 많이 줄어들기 때문에 일부러 들여놓지 않았다고 설명했다. 마치 텔레비전을 사고 안 사고의 결정을 내리는 말투였다. 바꾸어 생각한다면 아무리 친절하고 교양이 넘치는 아이들이었지만 텔레비전이 없어서 아쉽다는 뜻으로 들렸다.

그런데 복희가 보이지 않았다. 금방까지지도 사돈 아이들과 책을 보면서 함께 놀았는데 그녀가 보이지 않자 진희는 불안했다. 진희는 제일 먼저 분희 집에 가보았다. 아무도 없었다. 진희는 복희가 집에 갔을 수도 있다고 생각했다. 하지만 걸어서 한 시간이나 걸리는 곳을 온다간다는 말도 없이 갈 것 같지는 않았다. 무엇보다 자기를 버려두고 집에 갈 이유가 없었다. 딱 한 군데 짚이는 곳은 있었다. 복희는 진희와 육촌 관계였지만 분희와는 사촌 관계였었고 어렸을 때 한동네에 살아 사이가 각별했었다. 그런데 복희의 이복사촌이 이 동네 어디쯤 살고 있다는 소리를 들었다. 어쩌면 그들은 그 사람을 만나러간 줄도 모르겠다. 그렇지 않고서야 이렇게 증발한 것처럼 둘 다 동시에 없어지지는 않을 테니까. 육촌인 진희를 떼어놓고 사촌끼리 만날 작정이라는 생각이 들자 생각은 곧 확신으로 바뀌어 서운하다 못해 약이 올랐다. 찾아나서야 했다. 들은 소리가 있어서 어느 동네인 줄은 알았다. 동네가 빤한 곳이니 그곳에 가서 찾으면 될 것이다.

월천 한복판에는 광부들이 캐내온 탄에서 이물질을 선별하는 선탄장이 있고 그 밑에는 선탄장에서 선별한 탄가루가 흡사 거대한 산을 방불하게끔 쌓여 있는 저탄장이 있었다. 또 그 옆은 그것을 대도시로 실어나르기 위한 검은 탄차가 즐비하게 서 있는 기차역이었다. 선탄장은 지붕이 잘 되어 있지 않았고 저탄장은 포장이 잘 덮이지 않아 까만 탄가루는 봄날의 민들레 홀씨처럼 사시사철 날아다녀 거리는 온통 검은색으로 뒤덮였다. 좁은 도로를 사이에 두고 마주한 상가의 창틀에도 석탄가루가 까맣게 끼었고 상가 뒤로 흐르는 강도 검은 강물이 되어 흘러내렸다. 밖에 빨래를 널어 말릴 수가 없는 곳이라 지나다니는 사람의 옷도 우중충한 회색빛이었고 손톱 밑뿐 아니라 들숨날숨을 쉬는 콧구멍도 석탄가루가 까맣게 들어앉은 곳이었다. 미술시간에 아이들 그림처럼 월천에서는 컬러로 사진을 찍어도 출력된 사진은 흑백으로 나올 것 같은 곳이었다. 그런데 까만색에도 정도에 따라 급이 있다면 월천의 까만색보다 더 급이 높은 곳으로 지금 진희 혼자서 복희를 찾아나섰다. 물론 사돈집에서 사돈의 착한 아이들과 책을 읽고 있다보면 복희는 돌아올 것이다. 그것도 오늘 안으로 분명코 오겠지만 진희는 앉아서 기다리기는 불안했다. 복희가 아무런 말도 없이 사라진 것처럼 진희도 아무 말도 없이 벌떡 일어섰다. 사돈 아이들은 지레짐작하고는 화장실을 가리키기도 했다. 진희는 그들이 가리키는 화장실에 가서 오줌을 누고 온다간다 말도 없이 길을 떠났다.

거대한 저탄장이 있는 기차역을 지나 피냇골로 들어섰다. 거기까지는 좁은 길을 마주 보며 상가도 있고 역도 있고 버스 정류장도 있었다. 하지만 입구에 방앗간이 있는 피냇골로 접어들자 곧바로 높다란 산과 떠억 마주했다. 그것을 마주하는 순간 숨이 턱 막혔다. 아득하기도 하고 무섭기도 해 길을 나선 것이 후회될 정도였다. 그렇지만 산길로 접어들었다. 진달래 때문이었다. 진달래가 산길에 지천이었다. 진달래가 터널을 이루며 길을 안내해주었다. 무지막지한 까만 석탄가루가 진달래 꽃잎에 앉아보았지만 그것보다 더 무지막지한 진분홍색으로 인해 까만색이 퇴색된 곳이었다. 이곳도 월천이었지만 월천이 아닌 곳이었다. 진달래 터널을 따라 산길을 오르다가 다리를 쉴 겸 아래를 내려다보자 월천 마을이 한눈에 다 내려다보였다. 기차역이 보였고, 화물차가 서 있었고, 선로가 구불거렸고, 뱀처럼 길게 흐르는 검은 강물이 보였고, 사돈집이 보였다. 산처럼 높은 선탄장은 진희가 서 있는 산허리까지 이르러 손을 뻗치면 닿을락말락 할 정도로 가까웠지만 여전히 거대했다. 선탄장 옆으로는 바닥에서 진희가 지금 가고자 하는 보다바 산꼭대기까지 두 줄이 빨랫줄처럼 길게 연결되었다. 그 줄을 타고 바구니가 오르락내리락했다.

진희는 평소에도 월천에만 오면 이 바구니들이 신기했다. 풍등 같은 것이 수십 개가 공중에 둥둥 떠다니면 우두커니 서서 물끄러미 바라보다가 영자에게 혼이 나기도 했다. 찻길에서 위험하게 쓸데없는 데에 정신을 판다고 했다. 석탄을 나르는 바구니라는 영자의 설명을 믿을 수가 없었다. 석탄보다 근사한 금덩이나 진주나 옥을 운반한다고 해도 모자람이 없을 아주 신기한 바구니들이었다. 밤에도 바구니들이 하늘에 떠 있느냐고 물었더니 영자는 잘 모르겠다고 했다. 바구니들도 밤에는 자야 할 테니 다닐 리가 없다고 확신하듯이 덧붙이기도 했다. 그러나 왠지 진희는 그 바구니들이 밤에도 끊임없이 공중을 떠다닐 것만 같았다. 어쩌면 밤에는 석탄 대신 도깨비방망이라든가 아니면 그것보다 더 희한한 물건을 사람들 몰래 실어나를 것만 같았다. 그런데 바로 그것이 지금 눈앞에 있었다. 심장이 콩닥거릴 수밖에……. 늘 보아왔지만 언제나 멀리서 바라보기만 해서 잡힐 것 같지만 잡히지 않는 신기루 같은 것을 현미경을 놓고 들여다보듯이 자세히 보였다. 피냇골 입구에서는 진달래가 혼을 쏙 빼놓더니 이제는 바구니가 그랬다. 바구니도 규칙이 있어서 이차선도로처럼 한 줄에는 바구니들이 올라가기만 했고 한 줄에는 바구니들이 내려오기만 해서 온종일 오르락내리락해도 바구니들끼리 부딪히지 않았다. 일정한 거리를 두고 수십 개의 바구니가 줄을 따라 보다바 꼭대기로 올라가고 줄을 따라 선탄장으로 내려오는 딴나라 세상 같은 진풍경에 한눈을 팔며 어느새 보다바 꼭대기에 다다랐다. 산 정상이었다. 거기서 내려다본 월천은 이제 뱀처럼 길게 흐르는 검은 강물조차 지렁이처럼 작게 보였고 기차역도 사돈의 한약방도 아슴아슴했다. 거대한 저탄장도 마침내 정수리를 드러내놓았고 선탄장도 어쩔 수 없이 홀라당 제 모습을 다 내보였다.

땅보다 하늘이 더 가까울 듯한 그곳에 집이 있었다. 그것도 꽤 여러 채였다. 집의 구조는 단독이었지만 그것 말고는 의미를 단 한 군데도 주고 싶지 않을 정도로 어린 진희가 봐도 허술하기 짝이 없는 모양새였다. 굳이 마음에 드는 것을 하나 찾아야 한다면 울타리였다. 여름날에 잠자리가 좋아할 만한 싸리나무로 만든 야트막한 울타리가 집집이 둘러쳐져 옆집과 경계를 이루었다. 보다바는 진달래만큼 싸리나무가 많은 동네였다. 됫박만 한 방 한 개에 연탄아궁이가 딸린 부엌이 전부인 집 구조였다. 길에는 광차가 굴러다닐 수 있게 선로가 놓였고 선로 옆에는 진달래가 만발했다. 대가 제법 실한 키 낮은 싸리나무가 연두색 새순을 틔우며 병풍처럼 보다바를 둘러쌌다. 선로가 끝나는 지점에는 검은 굴이 보였다. 선로는 굴속으로 이어졌다. 굴 입구에는 아치형으로 '아빠! 오늘도 무사히'라는 글자가 커다랗게 한 자 한 자 붙었다. 그리고 그 옆에는 바닥에서부터 올라온 바구니들의 정류장이었다. 바구니들은 강철로 만들어져서 단단해보였고 진희 같은 어린아이가 열 명은 들어갈 수 있을 정도로 커다랗고 깊었다. 무엇보다 석탄이 덕지덕지 묻어 새카맣지만 진희는 마지막까지 희망을 내려놓을 수가 없었다. 겉은 비록 보잘것없지만 속까지 엉망일 것 같지는 않았다.

영자가 늘 그랬다. 겉만 반질반질한 사람은 분명 사기꾼이거나 난봉꾼이라고 했다. 뚝배기보다는 장맛이라 사람을 겉만 보고 판단하면 가장 어리석은 짓이라고 했었다. 겉이 보잘것없다는 것은 어쩌면 위장술일지도 모르겠다는 생각도 들었다. 아마 보석보다 더 근사한 어떤 것을 실어나르기 위한 전략일 수도 있다는 생각에 진희는 고개를 가능한 최대로 늘려 바구니 속을 들여다보았다. 그런데 바구니 속이 텅텅 비었다. 너무 허탈해서 바구니를 덜렁 뒤집어서 훌훌 털어보고 싶은 심정이었다. 거기에다 안에도 빼도 박도 못할 증거처럼 석탄가루만 덕지덕지 붙었을 뿐이었다. 그런데 진희의 이런 실망과는 아랑곳없이 바구니들은 조금도 쉬지 않고 군기가 잔뜩 든 군인들처럼 일사불란하게 속속 도착했다. 그러자 주위에 있던 사람들은 광차로 운반해온 탄가루를 삽으로 푹푹 바구니에 퍼담았다. 바구니가 쉬지 않으니 사람들도 쉬지 못하고 탄가루를 퍼담기 바빴다.

보다바 꼭대기에 있는 광산에서 탄을 캐내면 저탄장이 있는 바닥까지 탄을 운반하는 도구가 바로 바구니들이었다. 산꼭대기에서 저탄장이 있는 바닥까지 석탄을 운반할 방법은 바구니밖에 없었다. 가파른 산에 찻길을 만들 수도 없어 오직 사람들이 그것도 여자들이 석탄을 날랐지만 그것은 한계가 있어 고안한 방법이었다. 남자들은 대부분 월급이 훨씬 많은 막장에서 석탄을 캤다. 막장에 들어갈 수 없는 여자들이 보다바 꼭대기에서 바구니에 탄가루를 가득 담아주면 바구니가 줄 따라 저탄장이 있는 바닥으로 내려갔다. 저탄장에서 기다리고 있던 사람이 바구니에 든 탄가루를 받아 비워주면 바구니는 다시 줄을 타고 올라가 다시 탄가루를 받아 내려오는 식이었다. 진희는 보다바에서 보석이라면 탄가루밖에 없을 거라는 생각이 들자 바구니를 이해하기로 했다. 바구니가 잘못이 아니라 탄가루밖에 없는 보다바가 잘못이니까.

거기서 미숙을 만났다. 미숙은 물동이를 머리에 이고 그곳을 지나다가 바구니에 정신이 팔린 진희를 보았다. 보석이 아닌 탄가루를 운반하는 바구니일지라도 진희는 바구니가 마음에 들었다. 여전히 밤하늘에 떠 있는 달 같기도 하고 동화책에 나오는 요술단지 같기도 해 자꾸만 진희 눈을 잡아끌었다. 보다바에 온 이유를 잠깐 잊어버렸다. 미숙이 재차 물어보자 그때야 복희가 생각났다. 그런데 더 난감한 것은 그녀가 있을 것 같은 그녀의 사촌 이름을 몰랐다. 제일 중요한 것도 모르고 길을 나선 꼴이었다. 미숙은 우선 자기 집으로 들어가 있자고 했다. 생각이 나면 그때 같이 찾아보자고 했다. 애당초 모르는 일이라 생각이 날 일도 없었지만 버티고 서 있을 작정도 못했다. 이고 있는 물초롱이 미숙이 키 반만 해서 미숙의 목이 자라 모가지가 될 것 같았다. 진희의 걱정과는 아랑곳없이 미숙의 발걸음은 거침이 없었다. 초롱의 물이 출렁거려 얼굴을 타고 흐르자 아낙처럼 한 손으로 익숙하게 물을 훔치기도 했다. 싸리나무 문을 열고 높은 부엌 문지방을 타넘어 깊은 봉당으로 들어가 부뚜막에 물초롱을 내려놓는데도 물을 한 방울도 흘리지 않았다. 물초롱 안에는 플라스틱 바가지가 늙은 박처럼 엎어져 있었다.

미숙은 복희를 찾아주겠다고 했다. 대부분 아는 집이라 금방 찾을 수도 있을 거라고도 했다. 미숙이가 복희를 들먹이자 진희는 이곳을 온 이유가 다시 생각났다. 여러 가지 충격 때문에 잠깐 잊어버렸더랬다. 이런 산꼭대기에서 학교에 다녔다는 사실이 놀랄 뿐이었다. 학교 담장 옆에 나팔꽃처럼 붙어사는 진희는 날마다 지각했지만 그녀는 지각 한 번 한 적이 없었다. 더군다나 어른들이나 이고 다닐 만한 커다란 물초롱에 물을 한가득 담아 한 방울도 흘리지 않고 부뚜막에 내려놓는 것도 마술사처럼 대단해 보였다.

"장배기가 안 아프나?"

"맨날 하는 일이라 하나도 안 아프다."

미숙이가 이끄는 대로 마당을 나서는데 그녀를 부르는 소리가 들렸다. 미숙은 진희를 쳐다보며 콧등을 살짝 찡그렸다. 그녀의 습성이었다. 학교에서 그녀는 조금 난처한 일이 생기면 콧등에 세로로 세 줄이 지도록 찡그리곤 했었다.

"이년아. 저녁밥 안 하고 어딜 끼가냐?"

"가긴 어딜 가, 물 이러 가지."

"우물을 파서 물을 여와도 열 번을 갔다 왔겠다. 저리 느려터져 어디에다 써먹겠나? 니 아버지 올 시간이 다 되어가는데 얼른 밥이나 해라."

방안에서 소리를 지르며 욕을 하는 사람은 그녀의 엄마일 것 같은데 혼자가 아니었다. 아까부터 두런두런 말소리와 무엇을 두드리는 소리가 간간이 들려왔다. 화투를 치는 모양이었다. 돈을 딴 사람이나 돈을 잃은 사람이 동시에 비명을 질러대는 소리가 부뚜막에 앉아 있는 진희에게도 잘 들려왔다. 미숙은 그런 소리가 들려올 때마다 방문을 향해 눈을 하얗게 흘겼다. 저녁밥을 지은 다음에 복희를 찾아주겠다고 약속했다. 만약에 복희를 찾지 못하면 진희 집까지 데려다줄 테니 걱정하지 말라는 말도 했다.

"그렇게 되면 날이 저물어 깜깜할 텐데. 니는 괜찮나?"

"괜찮고말고. 나는 한밤중에도 그 산길을 날다람쥐처럼 다녀서 하나도 무섭지 않다."

"밤중에 거길 왜 다녔는데?"

"팥쥐엄마 심부름 때문이지."

미숙은 팥쥐엄마라는 단어에는 목소리를 조금 낮추어서 말했다. 진희가 깜짝 놀라 쳐다보자 그녀는 싱긋 웃었다. 하긴 국민학교 3학년짜리에게 물을 긷고 밥 짓는 일을 시키고 방안에서 화투나 치고 있으면 팥쥐엄마라고 불려도 억울할 것 같지는 않았다. 미숙은 부뚜막 구석에 있는 쌀자루에서 쌀을 조금 꺼내 방금 자기가 길어온 물로 몇 번 깨끗이 씻은 다음에 냄비에 쌀을 안쳤다. 자주 해본 솜씨인지 물을 대충 붓고는 연탄불 위에 올려놓았다. 그런데 방안에서 보고 있기라도 한 듯이 미숙을 또 불렀다.

"이년아. 바가지에 신김치 얻어놓았으니 송송 썰어 파 마늘 많이 두드려넣고 달달 볶아라. 마지막에 들기름 한 방울 넣는 것 잊지 말고. 김치가 아주 시었으면 물에 살살 빨아서 볶아야 한다, 알겠지?"

"치, 그렇게 걱정이 되면 직접 나와서 하면 될 것을 맨날 방에서 소리만 지르면 다지?"

"이년이 뭐라고 주둥이를 놀리고 지랄을 하나. 음식도 자꾸 배워야 늘지. 그렇지 않으면 시집가서 쫓겨올 거야. 니는 나중에 이 에미에게 감사하게 될 것이다. 아마."

"감사고 나발이고, 날마다 짐치만 볶아먹는 주제에. 이깟 것이 뭐 어렵다고."

미숙은 바가지에 담긴 빨건 김치 한 쪽을 쭉 찢어 입에 넣으며 아까보다는 조금 작은 목소리로 중얼거렸다. 그러다 눈을 질끈 감고 어깨를 떨며 진저리쳤다. 머리도 흔들었다. 하긴 진달래가 만발한 사월에 김장김치가 여태껏 남아 있어 신기할 노릇이었다. 그녀는 또다시 김치 한 쪽을 쭉 찢어서 이번에는 진희에게 쑤욱 내밀었다. 따끈따끈한 부뚜막에 쪼그리고 앉아 밥하는 모습을 구경하던 진희는 그녀가 내미는 김치 쪼가리를 받아 먹어보았다. 진저리칠 정도로 시어 눈이 살살 감기며 머리가 저절로 흔들렸다. 혀가 돌돌 말렸지만 뒷맛이 개운했다. 그녀도 다시 한쪽을 쭉 찢어 먹었다.

"이년들이 그렇게 처먹다가는 밥상에 대신 올라앉아야 할 것이다."

진희는 깜짝 놀랐지만 그녀는 그 소리에 킥킥 웃으며 도마에 그것을 올려놓고 송송 썰기 시작했다. 밥이 뜸들 동안 복희를 찾아나서보자고 했다. 밥물을 뽀얗게 뿜어내면서 냄비뚜껑이 들썩이자 그녀는 삼발이를 연탄아궁이 위에 올리고 그 위에 냄비를 올려놓았다. 복희는 집 울타리를 나서자 바로 만났다. 그녀는 그새 깜둥강아지가 되어 얼굴도 새카맣고 손도 새카맣고 옷도 새카맣게 더러워졌다. 무엇보다 얼마나 울었는지 눈이 토끼 눈처럼 빨개졌다. 두 번이나 이곳을 왔다갔다했고 집까지 다녀오기도 했다고 한다. 전기밥솥도 전화도 귀한 시절의 이야기였다. 차도 흔하지 않았다. 흔하지 않으니 이용할 줄도 몰랐다.

"언니는 어디 갔었는데?"

"안채에서 사돈어른들과 한약재를 썰고 있었다."

"새댁도?"

"야 봐라. 새댁이라니. 니도 언니라고 불러야지 새댁이 뭐냐?"

"근데 내가 여기 왔는지 어예 알았나?"

그 말에는 귓등으로 듣고 여전히 뾰로통한 채 자꾸 물었다.

"아까 밥 먹으면서 언니와 얘기했잖아. 그때 니가 곁에 앉아서 우리를 말똥말똥 쳐다보던 것이 기억이 나더라. 니는 우리가 뭔 소리를 못했잖아. 꼭 간섭하고, 꼭 따라오고. 분명 우리끼리 여길 온 줄 알고 뒤따라왔을 거라는 생각을 했다."

"그런데 집에는 왜 갔었나?"

"아이구 야 봐라. 그게 그리 빨리 생각이 났으면 다리는 안 아팠겠지. 꼭 몸으로 겪어봐야 생각이 나니 어쩨나?"

"그럼 엄마도 내가 없어진 줄 알겠네."

"암만. 걱정하고 있을 테니 어여 가자."

"근데 언니는 왜 여길 두 번이나 오고 그랬나?"

"아까는 무조건 숙희 언니 집으로 갔었지. 니가 안 왔다고 하니 옳구나 이게 삐져서 집으로 갔겠구나 싶어서 더 찾아볼 생각도 안 하고 무조건 집으로 내려갔었지."

"근데 왜 또 올라왔는데?"

"곰곰이 생각해보니 니가 숙희 언니 집을 알 리가 없을 테니 동네를 헤매고 다닐 것 같더라. 그래서 다시 올라왔지. 달리 방법이 있는 것도 아니고."

"치, 내가 헤매기는 왜 헤매나 짐치 먹으면서 잘 놀고 있었는데."

"짐치를 먹었다고?"

"응"

그제야 진희는 복희를 향해 서운했던 감정들이 확 풀려서 그녀의 손을 찾아 잡았다. 해가 살풋 지고 있었다. 선탄장이 노을빛에 물들자 조금 덜 우람해 보였다. 오히려 평화로워 보였다. 그 옆의 바구니들은 여전히 오르락내리락했다. 저 기세라면 밤에도 분명히 바구니들이 오르락내리락할 것 같았다. 멀리 기차역에는 열차가 들어올 예정인지 승강장 안에는 사람들이 개미처럼 오글오글 모여 있었다.

"니는 참꽃에 문둥이가 있다는 소리 못 들어봤나?"

"나는 그런 거 안 믿는다. 다 어른들이 지어낸 말이다."

"쪼끄만 게 의심은 많아서. 니는 누굴 닮아 그리 겁도 없나?"

참꽃인 진달래 터널을 다 빠져나와 피냇골 입구에 있는 방앗간 앞에 이르러서야 복희는 문둥이 이야기를 했다. 그렇다면 복희는 혹 진달래 숲에서 문둥이가 나올까봐 겁을 먹었나보다. 진희는 겁쟁이라고 놀려주고 싶었지만 오늘 하루 자기 때문에 고생한 생각에 가만히 속으로만 중얼거렸다.

'겁쟁이 같으니라고.'

그렇게 중얼거리고 나자 갑자기 미숙 생각이 났다. 그녀에게 고맙다는 인사도, 작별인사도 없이 내려왔다. 하지만 이제 다시 올라갈 수는 없었다. 해가 넘어가자 미숙이 사는 보다바는 거대한 검은 시루로 변해 달의 개울을 서서히 눌렀다.

그날도 그랬다. 사람들이 삽짝문 밖에 대여섯 명 어른거렸지만 누구 하나 쉽게 문을 밀고 들어서지 못했다. 방안에 있는 도자도 그 사람들을 집에 들이기 싫어서 모른 척하고 방바닥만 닦았다. 좋은 일이든 나쁜 일이든 사람이 배달부이던 시절에 도자는 삽짝문 밖에 사람만 어른거려도 가슴부터 철렁 내려앉았다. 그때 이웃에 사는 과부가 아이고, 아이고, 통곡하면서 아무도 열지 못하는 삽짝문을 와락 밀치고 들어섰다. 무산이 작업하던 굴이 무너졌다는 거다. 도자가 제대로 알아들었든지 말았든지 그 과부는 더는 도자의 손을 잡고 눈물을 흘릴 수는 없었다.

사실 그녀가 이렇게 빨리 광산 사고를 접할 수 있던 것도 광업소 측에서 그녀에게 제일 먼저 연락했기 때문이다. 그러면 그녀는 시장으로 달려갔다. 국거리를 사기 위해서였다. 지금은 병원에 영안실이 있고 식당도 있었지만 그런 시설이 없던 시절이었다. 그냥 사고 난 굴 밖 한데에서 시장 봐온 것으로 국을 끓여 내놓으면 기다렸다는 듯이 사체가 굴 밖으로 나오고, 그러면 구조하러 들어갔던 사람들이나 밖에서 구조를 기다렸던 사람들이 다 같이 쪼그리고 앉아서 소주 한 잔에 안주로 뜨거운 국물을 먹게끔 하는 일이었다.

그녀도 도자처럼 광부의 아내였었다. 그녀의 남편이 광산에서 사고로 순직하자 회사 측에서 이 일을 제안했다. 처음에는 남편의 목숨을 빼앗은 곳에는 오줌도 누고 싶지 않아 단칼에 거절했다. 아이들 데리고 살아야 하는 현실은 녹록지 않았지만 뻗대고 싶었다. 살아갈 방법은 없었다. 유일한 위로라면 보다바에서 석탄을 가득 담은 질통을 짊어지고 가파른 길을 오르락내리락하는 일보다는 쉬울 것 같아 딱 삼 년만 일할 생각이었다. 그렇게 시작할 때만 해도 이렇게 스무 해가 지나도록 국을 끓이고 있을 거라고는 상상도 못했다. 국을 끓이면서 별별 죽음을 다 보았으니 이제는 제법 담담해졌다고 생각했다. 유가족들이 가슴을 쥐어뜯으며 울부짖어도 무심하게 바라볼 수 있는 여유가 생겼다. 그런데 이웃에서 친동기간처럼 지냈던 무산이 그렇게 되자 오래전에 일어났던 남편의 죽음이 어제 일처럼 생생하게 떠올랐다. 그녀는 마치 자기가 당한 일인 것처럼 벌벌 떨면서 배추를 다듬었다. 숨이 막혀 자주 칼을 내려놓고 가슴을 콩콩 두들겼다. 심장이 아팠다. 커다란 가마솥에 된장을 풀면서도 된장 한 숟가락에 눈물 한 숟가락과 콧물 한 숟가락이 함께 들어갔다.

도자가 고무신도 신지 못한 맨발로 갱 입구에 도착하자 먼저 도착한 구급차 몇 대가 요란스럽게 앵앵거리고 번쩍번쩍했다. 그 사이 연락받은 다른 가족들도 몰려들어서 갱 입구는 울부짖음과 탄식으로 뒤범벅이 되었다. 한겨울이었지만 제대로 입고 온 사람들은 아무도 없었다. 모두 도자처럼 집에서 입고 있던 그대로 뛰쳐나왔고 몇 명의 여자들은 도자처럼 신발도 신지 않은 맨발이었다. 낮잠을 자다가 얼떨결에 나왔는지 구불구불한 파마머리가 뒤통수에 찰싹 달라붙은 여자들이 눈 위에 두 다리를 뻗고 앉아 땅을 치며 통곡했다. 모두 한곳만 바라보았다. 검은 아가리 같은 굴 입구만 눈에 불이 출출 흐르도록 지켜봤다.

구조가 더디 진행되자 직접 굴속으로 들어가 구조를 하겠다고 덤볐다. 죽었는지 살았는지 눈으로 직접 확인하겠다고 악을 썼다. 다 죽은 다음에 구조할 작정이냐, 죽을 때를 기다리는 거냐고 굴을 막고 서 있는 광업소 직원들의 멱살을 틀어쥐었다. 멱살을 잡힌 사람은 멱살을 잡은 사람이 흔드는 대로 흔들릴 뿐 어찌하지도 못했다. 그렇게라도 해서 두려움이 풀린다면 얼마든지 참을 수가 있었다. 석탄가루가 풀풀 날렸던 저탄장이 솜이불을 덮어놓은 것같이 희어서 생뚱스러웠다. 제 빛을 잃어버린 나뭇가지에도 깃털 같은 눈이 덮이자 온통 새하얀 눈세상이 되었다. 엊그제 벽돌 두 장 높이만큼 내린 폭설이 검은색을 모두 하얗게 덮어버렸다. 오랜만에 찾아온 멋진 풍광이었다. 하얀색은 평화로워 보였다. 그 평화스러운 풍광 뒤에 사람의 생명을 쥐락펴락하는 음모가 숨어 있었다. 가족들은 평소와 다른 이런 풍경까지도 너무 기가 막혀 심장을 쥐어짜며 울부짖었다. 가장 만만했던 눈까지도 자기들 편이 아니어서 배신감을 느꼈다.

"형수님, 걱정하지 마소. 꼭, 지 손으로 형님을 살려서 데리고 나오겠니더."

무열은 땅바닥에 실성한 사람처럼 두 다리를 뻗고 앉은 도자 앞으로 다가와서 그녀의 손을 잡았다. 지금껏 한번도 무열은 도자의 손을 잡아

본 적이 없었다. 평소 같으면 불가능한 행동이었지만 다급해지자 쑥스러움도 느낄 수가 없었다. 도자도 무열의 손을 마주 부여잡으면서 아무 말 없이 고개만 끄덕였다. 백 마디 말이나 당부보다 고갯짓 한번이 더 많은 의미를 내포했다. 마음 같으면 무열을 따라 굴속으로 들어가고 싶었지만 그럴 수 없어 고개를 더 힘차게 끄덕였다. 꽃잎처럼 첩첩으로 둘러싸인 산꼭대기부터 어둠이 까맣게 스며들자 사람들은 불길한 악귀라도 보는 것처럼 몸을 부르르 떨었다. 검은색이라면 날마다 찾아오는 밤도 질색이었다. 구조하러 들어간 사람으로부터 어떤 소식도 없자 까만 어둠이 더 불길하게 여겨졌다.

아무 소식 없이 시간만 흐른다는 것은 아무런 희망이 없다는 것과 같은 뜻이었다. 도자는 금방이라도 가랑잎처럼 팔랑팔랑 혼이 날아가버릴 것 같은 얼굴이었다. 이제는 다들 그녀처럼 진이 빠져버려 울지도 못했다. 그냥 우두커니 앉아 있기만 한데 정신은 반쯤 나가 뒤늦게 소식을 듣고 달려온 이웃이나 친척들이 불러도 돌아보지 않았다. 이런 그녀의 모습이 안타까워 그들이 그녀를 붙잡고 울어도 그냥 그 모습을 멀뚱히 내려다보다가 생각이 난 듯 입을 삐죽이며 다시 울 뿐이었다. 도자도 영자가 아무리 불러도 멍하니 앉아 있기만 했다. 칼날 같은 샛바람에 맨발이 꽁꽁 얼어 푸르딩딩했다. 영자가 도자의 맨발에 양말을 신겨주며 몸을 흔들어도 작은 나무처럼 흔들면 흔들리는 대로 가만히 있었다. 급기야 영자가 도자의 뺨을 살짝 치자 그때야 영자를 알아보고 아이처럼 입을 삐죽이면 또다시 울기 시작했다.

"애기씨, 오빠 잘못되면 불쌍해서 어찌하니껴. 내가 죽일년이지. 그리 가기 싫어하는 양반을 내가 온갖 새살을 떨며 뱀아가리 같은 굴속에 들이밀어 이렇게 됐니더."

"언니, 작은오빠가 들어갔는데 무슨 걱정이니껴. 우리 모두 작은오빠만 믿고 있으면 되니더."

"그렇겠지요?

"그렇고말고요. 그러니 언니가 정신을 바짝 차려야 하니더. 언니가 이렇게 정신을 놓고 있으면 오빠가 어디서 힘을 받아 탄더미를 헤쳐나올 수가 있겠니껴."

"하모, 정신을 차려야 하겠니더. 그 양반이 굴에서 살아나오면 나 먼저 찾을 긴데 내가 정신을 차려야 하고말고요. 어무이에게 알리지 말아야 할 긴데."

"아이고, 나라가 다 아는 소식을 어찌 어무이의 눈을 가릴 수가 있겠니껴. 지금쯤 심장이 숯덩어리가 되어 탑돌이를 하고 있을 꺼니더. 어무이를 생각해서라도 언니가 정신을 바짝 차려야 하니더,"

광업소 직원들의 옷자락을 틀어쥐고 울부짖을 때만 해도 희망 한 자락은 남아 있었다. 그런데 어둠이 이 모든 것을 덮어버리자 숨쉬기조차 힘든 음울함만 감돌았다. 가마솥에 진작 끓여놓은 국이 쉼 없이 김을 뿜어댔다. 둥그렇게 자리를 차지한 화톳불에서 불티가 탁탁 튀었지만 아무도 곁에 가지 않았다. 이런 사소한 개인의 호사가 불운이 될까봐 모두 겁을 냈다.

휘휘 나가라 동수야

우리는 일해야 한다. 나가라. 훠훠.

동수야,

나가자. 함께 나가자.

광업소에서 사고 난 막장을 폐쇄했지만 금방 풀렸다. 증산이 시급하던 시절이라 회사 측에서 길게 내버려둘 상황이 아니었다. 무산과 동료는 동수가 죽어나간 막장이 께름칙했지만 피할 방법도 없었다. 동수는 보다바에 살았던 미숙 아버지였다. 그들은 사고가 난 막장에는 죽은 사람의 혼이 떠나지 못하고 있다고 굳게 믿었다. 그래서 사람이 죽어간 막장을 열 때는 망자의 혼부터 내보내야 한다고 생각했다. 진혼가를 불러 혼령을 달래 내보낸 다음에 일을 시작했다.

그날 무산은 채탄반에서 일했다. 작업 방법에 따라 굴진반과 채탄반으로 나누었다. 가장 선두에서 갱도를 뚫고 전진하는 게 굴진掘進반이다. 그들은 막장에 탄맥을 발견하면 구멍을 뚫고 다이너마이트를 집어넣고 1m 50㎝짜리 도화선을 꽂았다. 담뱃불로 도화선에 불을 붙이고는 큰소리로 '발파다~'를 외치며 신속히 80m 후방까지 후다닥 뛰어나갔다. 담배를 피우지 않았던 사람들도 굴진반에서 일하다 보면 자연스럽게 담배를 피우게 된다. 무산도 굴진반에서 일할 때 담배를 배웠다. 80m는 안전거리인 셈인데 뛰어가면 1분 20초가 걸린다. 곧이어 귀청을 때릴 것 같은 거대한 소음과 함께 먼지가 자욱했다. 먼지가 가라앉길 기다린 다음에는 이제 채탄반인 무산과 동료들이 바통을 받았다. 무산과 동료들은 한 개의 무게가 쌀 반 가마 정도 되는 동발을 등에 지고 좁은 굴을 네 발로 기어들어갔다. 지고온 동발로 위와 양옆에 세우고 옆으로 지굴枝窟을 뚫고 탄을 캤다. '노보리'라고 부르는 지굴은 어깨가 겨우 들어갈 정도로 좁았다. 그 좁은 곳으로 기어들어 가 갱을 넓힌 뒤 다시 동발을 세우고 곡괭이와 삽으로 탄을 캤다.

며칠 전부터 감기 기운이 있는 무산은 곡괭이질이 평소보다 더 힘에 부쳤다. 평소보다 두 배는 더 무거운 느낌이 든 동발을 등에 일 자로 짊어지고 엉금엉금 기어가면서 머릿속에서는 자꾸만 어젯밤에 꾼 꿈이 아른거렸다. 돌아가시고 한번도 꿈속에 나타나지 않았던 아버지였다. 아버지는 안개인지 구름인지 희끄무레한 것이 자욱한 곳을 뚫고 뚜벅뚜벅 걸어나왔다. 아버지 뒤로는 죽은 동수가 서 있었다. 자작나무 껍질같이 하얀 동수의 얼굴에는 표정이 없었다. 아버지는 무슨 말인가를 무산에게 하는 데 목소리가 너무 작아서 들리지 않았다. 기억 속 아버지의 인자한 모습과는 달리 화가 잔뜩 나 있었다. 화를 내면서 소리를 질러 그 소리를 알아들을 수가 없는 무산은 아버지의 얼굴이 무서웠다. 더군다나 자꾸만 손짓했는데 아버지 곁으로 오라는 것인지 어쩌라는 것인지 알 수가 없어 더 당황했었다. 헛소리를 했던 모양이다.

도자가 흔드는 바람에 눈을 떴다. 온몸이 식은땀으로 흠뻑 젖었다. 외닫이문을 흘낏 바라보았다. 창호지문이 번했다. 새벽 여명인지 막 지고 있는 달빛인지 무산은 아리송했다. 도자는 커다란 눈을 더 크게 뜨고는 무슨 사나운 꿈을 꾸었냐고 물었다. 무산은 아니라고 머리를 흔들었다. 꿈 얘기를 하면 오늘 회사 출근을 할 수가 없다. 도자는 무산에게 조금이라도 이상한 징후가 보이면 출근을 결사적으로 막았다. 이틀만 더 다니면 이번 달도 만근이다. 그러면 월급도 제대로 탈 뿐만 아니라 만근을 하게 되면 하사품처럼 따라오는 돼지고기 한 근도 무시할 수 없는 유혹이었다. 분명코 허연 비계가 반이 넘겠지만 음식 솜씨 좋은 도자가 신김치 듬뿍 넣어 달달 볶아주면 식구들이 볼이 미어지도록 잘 먹을 테니까. 식은땀을 흘리면서 분명 무슨 소린가 소리를 질렀다고 도자가 다시 확인하려들었다. 무산은 식은땀은 무슨, 구들장이 뜨끈뜨끈해 땀을 폭 흘리면서 오랜만에 잠을 잘 잤더니 감기가 다 도망갔다고 딴소리했다. 도자가 여전히 못 믿는 얼굴로 무산의 얼굴을 살피자 쓸데없는 의심으로 아침밥 늦게 생겼다고 지청구를 했다. 도자가 시계를 흘끔 보더니 부엌으로 부랴사랴 나가자 무산은 문창호지를 번하게 했던 실체가 달빛이 아니어서 섭섭했다.

굉음이 들렸다. 굴진반이 옆으로 이동해 또 발파하는 모양이었다. 그런데 평소와 달리 그 소리가 너무 컸다. 너무 가까운 곳에서 발파하는 모양이었다. 무산은 두려운 생각이 들었지만 설마 했다. 낮에 점심을 함께 먹었던 쥐 때문이었다. 쥐가 있으면 메탄가스가 없어 공기가 맑고 위험이 없다는 뜻이다. 위험이 닥쳐오면 동물이 사람보다 더 빨리 인지했다. 그래서 막장에서 탄을 캐는 사람들은 쥐에게 많이 의존했다. 쥐가 돌아다니면 그 막장은 안전하다는 뜻이다. 쥐가 떼를 지어 굴 밖으로 나가면 광부들도 하던 일을 멈추고 쥐떼를 따라 굴 밖으로 허둥지둥 나오곤 했다. 쥐도 익히 알고 있다는 듯이 겁도 없이 도시락을 먹을 때가 되면 살금살금 무산과 동료들 곁으로 다가왔다. 낮에도 탄가루가 묻은 밥이지만 한 덩어리 던져주고 김치 한 쪽에다 볶음 멸치 몇 마리

던져주자 쥐는 당연하다는 듯이 옆에서 사이좋게 먹었더랬다.

그런 안심도 잠시 잠깐이었다. 머리 위로 세운 동발들이 순식간에 쏟아져 내렸다. 말 그대로 찰나였다. 도망칠 시간도 없었다. 유일한 조명이었던 헬멧에 부착한 등이 기다렸다는 듯이 꺼져버렸다. 순식간에 칠흑같이 캄캄한 세상이 되고 말았다. 무산은 잠깐 그 충격에 정신을 잃었다. 정신이 돌아오자 얼굴에 끈적끈적 흘러내리는 것을 느낄 수가 있었다. 더듬더듬 근원지를 찾아보았다. 이마가 깨진 것 같았다. 동료를 소리쳐 불러보았다. 동료들의 목소리가 한 명 한 명 들리기 시작했다. 모두 다쳤는지 앓는 소리다. 정신을 바짝 차려야 했다. 젖 먹던 힘까지 내어 구조팀이 올 때까지 기다려야 했다. 그것밖에는 굴속에서 할 일도 없었다. 구조팀이 지하 칠백 리 여기까지 오려면 며칠이나 걸릴까 하는 생각이 들자 무산은 자기도 모르게 한숨이 나왔다. 계산할 수가 없었다. 다행이라면 무산의 헬멧에 부착된 등이 다시 켜졌다. 그런데 무산은 다시 불을 끄고 말았다. 동료들을 차마 볼 수가 없었다. 동발 밑에 깔린 무산과 동료들은 쥐덫에 갇힌 쥐처럼 옴짝달싹할 수도 없었다. 그런데 그게 끝이 아니었다. 그것보다 더 무시무시한 일이 진행되고 있었다. 동료들도 알고 무산도 알았지만 말로 꺼내지는 않았다. 말로 꺼내지 않으면 없었던 일로 되돌아갈 수 있을 것만 같았다.

서로서로 용기를 주었다. 기척이 없는 동료들에게는 잠들지 말라고 소리쳤다. 잠들면 죽는다고. 말은 그렇게 했지만 무산도 잠이 쏟아졌다, 눈꺼풀이 이렇게 무거운 줄은 미처 몰랐다. 굴속에서 살아나가기만 하면 비렁뱅이 노릇을 할망정 다시 들어오지 말자고 누군가가 소리를 질렀다. 만약에 다시 굴속에 들어오는 이가 있다면 자기가 도끼로 다리 몽둥이를 부러뜨려 못 들어오게 할 거라도 했다. 그러자 어느 구석에서 걱정도 팔자라고 소리 질렀다. 이쪽으로는 오줌도 누지 않을 것이라고 했다. 고향에 돌아가서 부모 모시고 굶더라도 마음 편하게 살고 싶다고 했다. 다 필요 없고 삼겹살 딱 한 저름만 먹으면 임금님 팔자도 부럽지 않겠다는 목소리도 들려왔다. 어머니가 끓여준 팥죽 한 그릇만 먹고 죽으면 소원이 없다고 했다. 물, 물, 물……. 물을 찾는 소리가 이곳저곳에서 신음처럼 들려왔다. 목소리는 한 명 한 명 자꾸자꾸 사라져버렸다. 모래시계처럼 느리게 내려오던 석탄가루가 이 모두를 삼켜버렸다. 흔적도 없어 꿈속의 일 같았다.

그런데 무산만은 제외였다. 무산은 울었다. 안도의 눈물이 아닌 혼자 살아남아 있는 게 너무 무서워 울었다. 한참을 울다가 석탄더미에 묻힌 몸을 살살 빼보았다. 신기하게도 몸이 빠져나왔다. 그런데 그것도 잠깐 동료를 다 삼킨 석탄가루가 또다시 무산 쪽으로 슬금슬금 밀려오기 시작했다. 무산은 덜렁거리는 다리를 끌고 밀려오는 석탄더미를 피해 반대 방향으로 기어갔다. 거기는 일전에 석탄을 한 차례 캐서 운동장처럼 넓은 공간이었는데 밀려오는 석탄으로 자꾸 좁아졌다. 머리 위로는 거대한 암반이 누르고 있었다. 무산은 부러진 왼쪽 다리에 굴러다니는 나무로 부목을 대고 바지를 찢어 붕대처럼 감았다. 그리고는 주위에 있는 동글동글한 괴탄으로 둑을 쌓았다. 밀려오는 석탄을 막을 작정이었다. 석탄은 집채만 한 쓰나미처럼 조금도 쉬지 않고 밀려왔다. 배가 고팠다. 거기다가 얼마만큼의 시간이 흘러갔는지 짐작조차 할 수가 없자 꼭 우주 속에 홀로 내팽개치진 느낌이었다. 그때 무산은 도자가 매일 옷에 풀을 먹이던 일이 생각났다. 허겁지겁 옷을 빨아보니 탄가루와 함께 목구멍으로 넘어가는 것이 있었다. 언제 구조될지 알 수 없어서 그것도 아주 조금씩 빨아먹으면서 둑을 쌓았다. 둑은 금방 터졌다. 그럴 때마다 조금씩 밀려가면서 다시 쌓는 작업을 계속했다.

남편이 늦가을 볕 좋은 날 수수대궁에 찔려 비명횡사하자 잣골댁에게 무산은 아들 그 이상으로 의지하면서 살았다. 그런 아들이 광산에서 사고를 당하자 잣골댁은 기함을 하고 말았다. 더군다나 구조는 세월아 네월아 더뎌 사고 난 지 열흘이 지나도록 생사마저 확인할 길이 없자 잣골댁의 심장은 까맣게 타들어갔다.

잣골댁은 마을에 탑만 남아 있는 폐사지로 달려갔다. 그녀는 집안에 우환만 생기면 폐사지로 달려가서 삼층석탑에 빌고 또 빌었다. 그러면 그의 간절한 비손 때문인지 아니면 삼층석탑이 영험해서인지 우환은 수그러들었다. 폐사지에 삼층석탑이 남아 있지 않았다면 잣골댁은 애가 말라 진작 저세상으로 갔을 것이다. 병신이 되어도 상관이 없으니 살아서 나오게만 해달라고 빌었다. 인적이 없는 폐사지에는 겨우내 내린 눈이 그녀의 허리까지 쌓여 있자 넉가래로 눈을 밀어냈다. 겨우내 쌓이고 쌓인 눈은 찰흙처럼 단단해서 밀어내기도 쉽지 않았다. 잣골댁은 자신이 폐사지를 돌보지 않아 이런 일이 일어난 것만 같았다. 자주 와서 돌보지 못해 후회하고 또 후회했다.

눈을 밀어내다가 지쳐 잠시 쉬는 참에도 쉴 수가 없어 눈을 동글동글 뭉쳐 눈사람을 만들었다. 눈사람이 한 개씩 만들어지면 그 눈사람에게 머리를 조아리고 빌었다. 순식간에 모서리가 떨어져 나간 탑 주위로 눈사람이 근위병처럼 두 줄, 세 줄로 빙 둘러 자리를 잡아갔다. 그녀는 그 근위병 하나하나에다 머리를 조아리며 비손했다. 지나가는 돌개바람 한 자락에도 빌었다. 탑 주위에서 세월의 풍상을 함께 견디고 있는 돌무더기에도 절을 했고 길 가다가 돌부리에 걸리는 돌멩이에도 머리를 조아리며 빌었다. 탑 주위로 무성하게 엉클어져 있는 칡넝쿨에도 절을 했고 칡넝쿨 속을 들락날락하는 붉은머리오목눈이에게도 두 손을 모아 빌며 절을 했다. 낮과 밤의 구분 없이 잠도 자지 않고 먹지도 않고 비손만 하자 그녀의 손발과 얼굴은 처음에는 시뻘겋다가 푸르딩딩하게 얼어갔지만 아무도 말릴 수가 없었다. 오히려 날이 갈수록 그녀의 눈에서는 새파랗게 불이 일어났다.

이제 무산은 옷도 빨아먹을 수가 없을 지경이었다. 석탄은 지치지 않고 밀려왔지만 더는 후퇴할 공간이 없었다. 밀려온 석탄에 몸이 쪼그라들었다. 급기야 얼굴이며 팔이며 다리가 옴짝달싹할 수가 없을 정도로 몸이 꽉 끼었다. 팔다리는 진작 굳어버렸다. 머리 위로는 거대한 암반이 내리누를 것만 같이 버티고 있고 한쪽에서는 석탄가루가 소리 없이 지옥의 악귀처럼 끝없이 밀려와 마침내 목까지 치밀고 올라왔다. 숨을 쉴 수가 없었다. 극도의 공포는 체념을 불러왔다. 무산은 먼저 죽은 동료가 부러웠다. 그때 탕탕 두드리는 소리가 들렸다. 무산의 이름을 부르는 소리도 희미하게 들렸다.

눈동자의 흰자와 치아를 제외한 온몸이 검둥강아지처럼 새까맣게 석탄을 뒤집어쓰고 나온 무산에게 누군가가 제일 먼저 수건으로 눈을 가렸다. 오랫동안 컴컴한 곳에 있었기에 시력을 잃을지도 모르기 때문이다. 매스컴들은 둘러싸서 사진을 찍느라 난리 북새통을 벌였다. 의식도 가물가물한 사람에게 마이크를 들이대며 인터뷰를 요청했다. 기자들은 살아나온 비결을 물었다. 캄캄한 굴속에서 무엇을 먹으며 지냈느냐고 물었다. 무너진 탄더미 속에서 먹을 거라고는 탄가루밖에 없을 텐데 살아온 것이 그네들에게는 특종감이었다. 무산은 기자들의 물음에 대답할 기력이 없어 대답하지 않았다. 각다귀 같은 기자들이 물러서지 않았다. 무산의 말을 한마디라도 듣고서야 물러날 태세였다. 의사들이 제지했고 경찰들이 막았지만 플래시를 펑펑 터뜨리며 단 한 발자국도 물러설 줄 모르는 집요한 기자들이었다. 할 수 없이 그는 한마디 했다. 말이라고 하지만 그것은 말이라기보다는 숨을 조금 크게 쉬는 정도로 희미해서 잘 알아들을 수가 없었다.

"옷."

"뭐라고 말씀하셨습니까? 다시 한번만 말씀해 주십시오."

눈치 빠르고 귀 밝은 기자가 득달같이 잡아채었다.

"옷."

"아, 옷을 드시면서 구조를 기다렸다는 말씀인가요?"

무산은 고개를 흔들며 다시 한번 숨을 조금 크게 쉬는 정도로 말을 내뱉었다.

"풀."

"풀을 드셨다는 말씀입니까. 수백m 지하에 풀이 자라는 곳이 있다는 말씀입니까?"

무산은 다시 고개를 흔들었다. 구급차가 자발스럽게 소리를 지르며 달려오고 들것이 내려와서 그를 태워가는 동안에도 어리둥절한 기자들은 옷과 풀을 외치면서 무열을 따라갔다. 다음날 신문마다 일면에 무산의 검은 얼굴이 대문짝만하게 나왔다. 기적의 생환은 비결이 있었다. 옷을 잘라 먹으면서 버텼다니 풀을 먹고 버텼다니 하는 것은 그래도 진실에 가깝게 쓰려고 노력한 기사였지만 얼토당토않은 추측성 기사로 난무했다. 정말 황당한 것은 동굴전문가들이 나와서 동굴속에 사는 갈로와 곤충, 장님옆새우, 톡톡이류, 장님좀딱정벌레 등을 나열하며 그것들을 잡아먹으며 생명을 유지했을 거라며 곤충과 인간관계를 설명하는 칼럼을 신문에 도배하기도 했다.

도자와 잣골댁은 무산의 말을 금방 알아들었다. 도자는 무산 작업복을 빨 때 꼭 마지막에 풀을 먹여서 다림질했다. 막장에서 빈번하게 일어나는 사고를 대비해서였다. 만에 하나 사고가 났는데 구조가 늦어지면 풀이 먹여져 있는 옷을 빨아먹으면 아사 상태는 면할 수 있을 거라는 이유였다. 여름날의 모시 적삼도 아닌 시커먼 작업복에 풀을 먹일 때 사실 이것이 도움될 것이라고는 눈곱만큼도 기대하지 않았다. 오히려 작업복을 빨아 풀을 먹일 때 남들이 보면 괜한 짓을 한다는 지청구나 들을까 싶어 사람들이 있을 때는 빨래터에 얼씬도 하지 않았다. 주로 아침 일찍이나 저녁 늦게 사람들이 없는 시간에 작업복을 사부작사부작 빤 후에 풀을 먹였다. 빨래가 더디 마르는 겨울에는 번거로울 만도 하건만 그녀는 한번도 그냥 지나친 적이 없었다. 그런 작업이 그녀에게는 기도였다. 잣골댁도 도자의 그런 작업을 말없이 지켜볼 뿐이었다. 무산이 탄광에 다니면서 농사는 이제 도자 홀로의 몫이 되고 말았다. 산골의 밭은 대부분 돌밭이었다. 또 화전을 해서 일군 밭이라면 더 척박해서 날마다 밭고랑에 엎어져 생활해도 일의 진척은 한없이 더디기만 했다. 그렇지만 절대로 작업복을 잣골댁에게 맡기지 않았다. 오밤중이라도 직접 빨아 풀을 먹여야만 정성이 하늘에 닿을 거라는 믿음을 도자도 잣골댁도 의심하지 않았다. 무산이 풀타령을 할 때 잣골댁은 약간 섭섭했지만 이내 마음을 고쳐먹었다.

제2장
덤

영자는 아침부터 문구멍에 매달려 있었다. 여전히 팔짱을 끼고 서 있었지만 여느 날과는 달리 단 한순간도 문구멍에서 눈을 떼지 않았다. 밥알이 떨어져도 주워 먹을 수 있을 정도로 깨끗한 마당이 영자의 잦은 비질로 싸리비자국이 선명했다. 예정대로 점심시간쯤에 첫 번째 출렁다리 위로 손님들의 모습이 보였다.

"손님들이 들어섰다."

영자는 그때야 문구멍에서 눈을 떼고 부랴부랴 부엌으로 들어가 점심상을 차렸다. 손님들은 첫 번째 출렁다리를 건너고 나서 또 그만한 모양의 두 번째 출렁다리를 건너고 있었다. 어른 손바닥만큼 너풀너풀 자란 여름 배추밭 둑길을 한참 걸어서 하얀색과 보라색 감자꽃이 드문드문 핀 감자밭둑을 지나치고 복숭아나무가 울타리처럼 둘러싼 진희 큰집을 돌아서면 진희 집이었다. 영자가 부엌에서 점심상을 볼 동안 이번에는 진희가 영자처럼 문구멍에 매달려서 그들이 오는 모습을 지켜봤다. 영자가 그리하라고 시켰다. 어느덧 진희 키는 더는 재봉틀 의자가 필요하지 않아 문구멍에 매달려 있기가 훨씬 쉬워졌다. 삽짝문으로 들어서기 전에 손님 마중을 나가야 했기에 문구멍을 통해 밖을 내다보면서도 조바심이 났다. 이윽고 손님들이 진희 큰집 앞에 다다르자 부엌에 있는 영자를 소리쳐 불렀다.

"엄마, 큰집까지 오셨어요."

진희 말이 끝나기 전에 영자는 앞치마에 손을 닦으면서 삽짝문을 향해 뛰어나갔다. 진희도 영자 뒤를 좇아나갔다. 손님은 여섯 명이었다. 진희 외할머니인 잣골댁과 작은외삼촌인 무열과 그리고 큰언니인 자야와 둘째 언니인 자미와 셋째 언니인 자영, 그리고 막내 자두였다. 자미와 자영은 이란성 쌍둥이인데 자미가 오 분 일찍 태어났다.

긴 생머리가 엉덩이까지 내려오는 자두를 낳다가 진희 작은외숙모가 죽었다. 벌써 육 년이 지난 일이었다. 눈썹이 짙고 눈이 움푹 들어간데다 구레나룻수염까지 길러 마치 링컨 대통령처럼 생긴 무열은 대부분 석탄을 캐는 광부들의 그것처럼 얼굴빛이 눈처럼 하얗다. 매일 땅속 막장에서 석탄을 캐느라 햇볕을 쬘 기회가 없기 때문이다. 하지만 조금만 더 관찰해보면 하얀 얼굴 군데군데에 검은 실선이 문신처럼 새겨졌다. 다른 광부들처럼 석탄을 캐면서 생긴 상처인데 아무리 깨끗이 씻어도 지워지지 않는 불도장 같았다. 특히 양미간에 검푸른 상처는 무열의 직업을 대변하는 표시였다. 사키야마에서 일하는 광부는 대부분 양미간에 푸른 상처를 달고 있었다. 혼놈 때문이었다. 끝이 동그랗게 생긴 쇠꼬챙이인데 막장에서 다이너마이트를 꼽기 위해 10m 두께의 탄층에 구멍을 뚫는 기구였다. 그것을 탄층에 꾹꾹 찌를 때 꼭 돌이 굴러내려 이마를 쳐서 상처를 입기 때문이었다. 별다른 치료도 하지 않았다. 그냥 탄가루 묻은 검은 얼굴에 피가 흐르면 검은 손으로 대충 문지르고 빨간 아카징키를 쓱 바르고 말았다.

무열은 부인이 죽자 당시에 중학교 삼학년짜리인 자야에게 집안 살림뿐 아니라 갓난아이의 육아까지 책임지워버렸다. 무열은 집안 살림은 학교에 다니면서도 할 수 있겠지만 갓난아이를 업고 학교에 갈 수가 있겠느냐고 했다. 공부 욕심이 많았던 자야는 중학교만 졸업시켜달라고 울며불며 매달려도 무열은 꿈쩍도 하지 않았다. 그것이 자야 혼자로 끝나면 그래도 다행일 텐데 이것도 무슨 평등주의에 입각한 원칙인지 이란성 쌍둥이인 국민학교 육학년에 다니던 자미와 자영도 중학교에 보내지 않았다. 기술이나 배우라며 국민학교를 졸업하자마자 대구에 있는 미용학원에 쌍둥이 자매를 보내고 말았다. 자야는 갓난아이를 돌보는 문제 때문에 억지로라도 수긍되었다. 그렇지만 자미와 자영마저 중학교에 진학을 시키지 않는 것은 어디를 보든 보통의 생각을 하는 아버지라고는 할 수가 없었다.

하긴 무열은 아무래도 공부와 무슨 억하심정이 있었던 모양이었다. 영자는 자야 자매보다 훨씬 이전 시대라 여자가 학교에 다닌다는 것은 절골에서는 상상할 수도 없던 시절이었다. 그냥 집에서 살림살이나 돕다가 적당한 짝을 맺어주면 시집가는 게 고작이었다. 초록으로 무성한 여름에 대학생들이 봉사활동을 오지 않았다면 영자도 마찬가지였다. 대학생들은 낮에는 집집이 찾아다니며 일손을 보태주고 밤에는 야학당을 열어 글을 가르쳐주었다. 무열과 무산을 뺀 마을 사람 대부분이

문맹인 사실이 안타까웠기 때문이다. 당연히 영자의 눈이 반들반들 빛나기 시작했다. 열다섯 나이라 호기심도 강했으니까. 또 봉사활동 온 대학생 중에 낯익은 사람도 있어 든든했다. 영자 형님의 시동생이었다.

그런데 무열이 문제였다. 무열은 영자가 야학당에 가서 글 배우는 일을 질색으로 생각했다. 여자는 글을 배울 필요가 없다고 했다. 괜히 헛바람만 들어 바람든 무 꼴이라는 궤변을 펼쳤다. 무열의 아내가 글을 알고 있어 더 그런 모양이었다. 그 당시에 무열은 집안 살림 주도권을 쥐고 있었다. 광산에서 돈을 벌어왔기에 모두 그 손만 쳐다보고 있던 시절이라 아무도 무열의 말에 반기를 들 수가 없었다. 무열의 아내만은 이런 남편의 행동이 안타까운지 자주 영자 등에 아이를 업혀주었다. 아이를 업고 동네 마실 다녀오듯이 야학당에 다녀오라고 했다. 무열은 이런 낌새를 금방 알아채고는 야학당으로 쳐들어와 고래고래 소리를 지르며 영자가 아이를 엎은 채 바닥에 엎드려 글자를 꼬불꼬불 쓰고 있는데도 끌고 나갔다. 대학생들이 지켜보고 있었고 마을 사람들이 말려도 소용이 없었다. 영자는 쥐구멍을 들어가고 싶을 정도로 창피했지만 야학당 가는 일을 포기할 수가 없었다. 자려고 누우면 천장에서 글자가 꿈틀거렸다. 저에다 ㄹ하면 절이고 고에다 ㄹ하면 골이 되어 마을 이름을 쓸 수 있다는 게 스스로 신통방통해 잠이 오지 않았다. 또 누구에게도 들키면 안 될 일도 영자는 마음속으로 몰래 감추어두었다. 사돈인 대학생의 얼굴을 하루도 보지 않으면 죽을 것만 같았다. 영자를 바라보는 대학생의 눈빛도 촉촉해 더 마음이 안절부절못했다.

영자가 야학당 출입을 멈추지 않자 무열은 어느 날 바리캉을 들고 야학당으로 쳐들어와 그 자리에서 영자의 탐스러운 머리채를 스님처럼 배코로 밀어버리고 말았다. 무열의 미친 것 같은 눈빛이 너무 두려워 아무도 말릴 수가 없었다. 영자는 누구보다도 대학생 사돈에게 너무 창피해서 그 자리에서 연기처럼 사라지게 해달라고 속으로 수없이 빌었다. 영자보다 대학생 사돈이 더 놀라 눈물 콧물을 흘렸는데 바로 그 사람이 지금의 영자 남편이었다. 그나마 무열이 잘한 일이 있다면 몇 년 후에 쌍둥이 자매를 다시 데리고 온 일이다. 자미가 무열에게 월천시장에 점포를 하나 얻어달라고 했다. 남의 미용실에서 보조로 있는 것보다는 미용 기술이 좋은 자영과 함께 미용실을 차릴 생각이었다. 점포를 얻을 돈도 빌려주면 장사해서 이자까지 갚겠다고 했다. 오히려 영자는 스무 살도 되지 않은 어린 처녀가 어째 겁도 없이 가게를 내겠다고 덤비는지 알다가도 모르겠다고 했다. 그냥저냥 월급이나 받고 있다가 시집이나 갈 일이지 긁어 부스럼 만들게 생겼다고 걱정했지만 무열은 영자와는 달리 오히려 적극적이었다. 영자는 무열이 아마 이자에 눈이 어두워서라고 욕했다.

아동복과 화장품 가게 사이에 일곱 평 정도의 조그마한 가게를 얻어 '트윈헤어숍' 간판을 걸었다. 멀쩡한 우리말을 두고 알아들을 수도 없는 영어 간판이 무열은 마음에 들지 않았다. 그런데 영자는 무슨 정육점도 아닌데 우리말을 고집할 필요가 없다고 단칼에 잘랐다. 오히려 '쌍둥이 미용실'보다는 훨씬 세련미가 있어 미용실에 잘 어울린다고 했다. 사람들은 이내 트윈을 말하기 편하게 트인으로 부를 것이라고 했다. 그러면 몸도 희망도 막힌 월천 사람들에게 트인 공간이 되어 이곳에 자주 들락거리면 저절로 앞이 열린다는 뜻이 숨어 있다고 했다. 왜냐하면 말은 곧 기도인데 하루 서른 명만 트인을 부르짖으면 낙숫물에 바위 뚫리듯이 저절로 앞이 뚫릴 거라며 부연 설명도 했다. 곧 월천 사람들에게 이 집은 희망의 대명사가 될 것이라고 했다. 무열은 꿈보다 해몽이라며 그제야 간판 이름이 마음에 들었는지 고개를 끄덕였다. 자미와 자영도 영자의 남편인 고모부가 자기들이 쌍둥이 자매라서 그렇게 지었을 거로 생각했는데 그런 깊은 뜻이 담겨 있을 줄은 몰랐다며 대박 조짐이라고 좋아했다.

그런데 간판 이름만 영어일 뿐 간판 모양이나 실내도 인테리어를 특별히 잘하지도 않았다. 최소한 필요한 미용기구로 채웠고 6인용 페브릭 소재 소파와 중간에 연탄난로를 들이고는 이웃 가게에 일일이 찾아다니며 붉은 팥시루떡을 돌리며 인사했다. 자미는 자영보다 미용 기술은 떨어질지 몰라도 월천 사람들을 들었다 놓았다 하는 찰떡같은 화술이 있었다. 빨간 팥시루떡을 받은 시장 사람들은 곧바로 홍콩야자나 관음죽 화분을 들고 미용실로 찾아와서 아직 깎을 때도 되지 않은 머리를 자영에게 맡겼다. 자영의 미용 기술은 대구 미용실에 있을 때도 인정을 받았다. 눈썰미 좋은 미용실 원장이 자영을 놓치기 싫어 월급을 파격적으로 올려주며 잡고 싶을 정도였으니까. 소문은 곧 쓰나미처럼 퍼졌는데 꼭 마지막에는 자영의 그림을 그린 듯이 예쁜 얼굴도 입에 오르내렸다. 영자 형님은 그런 소문이 들릴 때마다 죽은 지어미의 얼굴만 판박이처럼 빼닮은 게 아니고 손재주까지 닮은 모양이고 입을 삐죽였다. 처녀시절에 병풍에다 호랑나비를 수놓으면 고양이가 잡으려고 했다는 말을 덧붙였다. 일찍 죽은 사람만 불쌍하다고 눈물을 지으면서도 머리는 꼭 자영에게 맡겼다.

'트윈헤어숍'은 나날이 번창했다. 영자는 운때가 맞았기 때문이라고 했지만 석탄 경기가 최고조였던 1970년대에는 아무 장사를 해도 돈이 이마에 척척 올려붙어졌다. 월천에는 동네 개도 만 원짜리 지폐를 물고 다닌다는 우스갯소리가 있을 정도였다. 특히 술집과 고깃집 그리고 전자제품대리점, 옷가게의 점주들은 돈 긁어모으느라 시간이 가는 줄 모를 정도로 호시절이었다. 자미는 무열에게 빌린 원금에다 이자를 갚는 기간이 채 일 년도 걸리지 않았다. 그리고 이십대도 되기 전에 성공한 점주가 되어 집안 살림에도 한 보탬했다. 이런 자미와 자영의 성공을 무열은 자신의 공으로 돌리는 것에 주저하지 않았다. 고등학교까지 나와도 직장 하나 잡지 못하고 빈둥대는 사람들만 보면 자신의 선견지명을 자화자찬했다.

영자와 진희의 환대를 받으며 손님들이 마당으로 들어섰다. 잣골댁이 제일 먼저 앞장을 섰고 무열이 그 뒤를 따랐다. 다음으로는 자야와 자미와 자영, 그리고 자두가 차례로 따랐다. 손님들 때문에 잔칫집처럼 마당이 그득했다. 진희는 그날만큼은 외가 식구 때문에 마음이 우쭐했다. 자두는 진희가 보기에도 동화 속 요정 같았다. 백설 공주처럼 하얀 피부에 새카만 눈이 하얀 얼굴에 반이나 넘게 차지했다. 동그란 칼라가 달린 짧은 원피스에 무릎까지 오는 하얀 타이츠도 동네 아이들의 눈에는 눈이 휘둥그럴 정도인데 긴 생머리를 감싼 챙 넓은 모자 밑으로 살짝 드러낸 그녀의 오만한 표정은 먼 나라 공주처럼 도도해보였다. 자야가 자두를 그렇게 예쁘고 도도하게 키웠다. 미색 블라우스에 카키색 플레어스커트를 입은 자야도 절대로 빠지지 않는 외모였다. 노란 라운드 피케셔츠에 뱅뱅 청바지를 입은 자미나 하얀색 A라인 원피스에 가느다란 밤색 벨트를 잘록한 허리에 두른 자영이나 옥색 한복을 정갈하게 입은 잣골댁도 동네 사람들에게는 구경거리였다. 동네 개들도 모두 모여들어 꼬리를 흔들며 겅중거렸지만 사돈지간인 진희 큰엄마는 끝내 나와 보지 않았다. 골 안에 사는 아지매도 진작 내려와 영자를 도와 손님 접대를 했다.

무열도 절골을 떠나기로 작정을 했다. 아내가 아이를 낳다가 죽은 후부터 쭉 생각해왔지만 그 아이가 일곱 살이 되고서야 결정을 내릴 수가 있었다. 무산 때문이었다. 무산이 절골을 떠나자마자 단 하루도 절골에 있기가 싫어졌다. 아니 그걸 핑계로 마침내 절골을 떠났다.

절골은 사람과 자연이 한 덩어리로 살아가는 곳이다. 어쩌면 자연이 사람보다 위에 있어 자연이 시키는 대로 사람은 따라가는 줄도 모르겠다. 봄은 들판에서부터 온다지만 절골에는 부는 바람에서부터 봄은 왔다. 음지 비탈에는 아직 잔설이 남았어도 양지쪽에는 아지랑이가 아물아물 올라왔다. 뺨을 간질이는 부드러운 바람에 자작나무와 상수리나무와 자귀나무와 굴참나무들이 물을 죽죽 올리며 여린 새순을 틔웠고 갯가에 호랑버들이 노랗게 꽃을 피웠다. 노란 복수초와 보라색 제비꽃과 연파랑 현호색과 보라색 노루귀와 하얀색 노루귀와 보라색 처녀치마와 연노랑 모데미풀과 보라 둥근털제비꽃과 삼지구엽초가 언 땅을 뚫고 피어났다. 연두색으로 짙어지면 진달래와 산수유와 찔레꽃과 생강나무가 온 산을 뒤덮었다. 무덤가에는 빨간색 할미꽃이 무더기로 하르르 피어났고 분홍 복주머니난이 자고 나면 하나씩 얼굴을 내밀어 여기저기 지천이었다. 연두색의 여린 새순이 초록색으로 짙어지면 산은 더 울창해지고 그에 질세라 매미 떼가 온종일 쉬지도 않고 극성스럽게 울었다. 단풍나무는 울타리 안에 심지 않았다. 집안의 사람들이 바람이 나기 때문이란다. 단풍나무가 유난히 많은 절골은 가을이 되면 주위가 온통 붉은색으로 물들었다. 무열의 바람기가 절정을 달하는 때도 단풍나무가 절정을 달하는 가을 무렵이었다. 그렇게 야단스럽던 단풍도 늦가을 찬서리 한번으로 우수수 떨어져버리면 곧이어 긴긴 겨울날이 시작되었다. 온산을 뒤덮어버리고 길마저 끊겨버려 학교도 회사도 발목을 잡는 폭설은 산이 깊은 절골에는 자주 찾아오는 불청객이었다.

대부분의 석탄광업소에서는 직원들을 위해 사택을 제공했다. 광업소가 산 중턱에 있어 사택도 산중턱 비탈길에 자리를 잡았다. 아니 그런 이유보다는 월천이란 동네가 뾰족뾰족한 산만 첩첩으로 있지 편편한 버덩이 없어 수백 가구의 집을 한곳에 지을 마땅한 부지도 없었다. 거기에 아랑곳없이 사람들은 날마다 모여들어 월천이 터져나갈 지경이었다.

무열이 배당받은 사택도 산비탈에 대충 자리잡았지만 다들 이곳에 들어오려고 탐을 내었다. 일본식 목제주택이라 천편일률적인 사택과 차별이 되었다. 사택이긴 하지만 사택처럼 보이지 않는 독채가 무열의 마음을 사로잡았다. 하얀 페인트로 칠해진 판자로 둘러쳐진 울타리에 같은 색의 나무 대문 때문에 아늑하기까지 했다. 거기다가 제일 중요한 화장실도 마당 귀퉁이에 있어 다른 사택 사람들처럼 아침마다 공동화장실 앞에서 줄을 서야 할 진풍경은 연출하지 않아도 되었다.

남녀를 구분해 두 칸짜리 화장실이 나란히 붙었는데 골목마다 있다고 해도 문 앞에는 줄이 기본으로 대여섯 명은 서 있었다. 학교 다니는 사춘기 여학생들에겐 낭패 중의 낭패였다. 화장실의 문이 판자문이라 화장실 안에서 볼일을 보는 소리가 줄을 길게 늘어서서 기다리고 있는 사람들의 귀에 적나라하게 들렸다. 어찌어찌 소리를 내지 않고 볼일을 보고 싶어 나름 별 방법을 다 동원해보지만 배탈이라도 나는 날에는 그 방법도 써먹을 수가 없었다. 사람은 많고 위생은 엉망이라 배탈도 자주 찾아왔다. 평소에는 제일 줄을 많이 서는 아침 시간을 피해서 새벽 일찍 미리 볼일을 보거나 아니면 학교에 가서 볼일을 본다거나 하면서 나름 시간을 조절해볼 수 있었다. 그러나 배탈이 나 설사를 하게 되는 날에는 그런 고상한 방법도 써먹을 수가 없어 문제였다. 오히려 줄을 길게 서 있는 사람들을 무시하고 염치없게도 새치기를 할 수밖에 없는 상황이었다. 길바닥에 실례해서 온갖 남우세스러운 일을 겪는 것보다는 볼일을 끝낸 사람이 화장실 문을 열고 나오자마자 그 바로 앞에서 차례를 기다리는 사람보다 먼저 총알처럼 화장실로 들어가는 것이 나은 방법이니까. 자기 차례를 빼앗긴 사람이나 뒤에서 차례를 기다리는 사람들은 눈 깜짝할 사이에 일어난 일에 어리둥절했다. '누구 급하지 않은 사람이 있나. 누구 배탈 나지 않는 사람이 있나. 언제부터 기다렸는데 얌통머리없이 새치기를 하나.' 이렇게 씨발씨발 육두문자로 욕을 할 수밖에. 그러나 화장실 안에서 천둥 치는 설사 소리가 들려오면 오히려 무색해서 입을 다물어버렸다.

그래도 날씨가 좋은 시절에는 참을 만했다. 머리는 까치가 집을 지은 것처럼 솟아올랐어도, 미처 잠을 깨지 못해 눈을 반은 감고 있다고 해도, 무릎이 튀어나온 운동복 바지에 맨발에 고무 슬리퍼 차림이라고 해도 봄날의 꽃향기가 코끝에 얼쩡거렸다. 사택은 꽃잎처럼 산으로 첩첩 둘러싸여 봄이 되면 진달래꽃으로 만발했다. 마치 거대한 꽃 항아리 속에 풍덩 담긴 듯 온 천지가 꽃으로 뒤덮여 있는 때에 아이러니하게도 둘둘 만 휴지를 든 사람들이 길게 줄을 지어서 차례를 기다리고 있었다. 진달래가 그리 만화방창 피어난 이유는 줄 서서 기다리는 임들을 위로하기 위해서인지 몰랐다. 이렇게 봄에는 진달래와 조팝나무와 복숭아와 살구나무의 향기에 빠져 있어서 괜찮았다. 하다못해 대충 지어진 화장실 모서리 돌틈을 비집고 튀어나온 노란 민들레를 쳐다보는 맛도 좋았다. 줄이 길어 심술이 난다면 한번 밟는다고 해도 싫다 하지 않고 노란색을 맘껏 품어내었다. 여름에는 병풍처럼 둘러싸인 산이 푸르디푸른 녹음으로 그늘을 만들어주었고 그 숲에서 아침부터 울어대는 매미 소리를 자장가처럼 들으면서 서서 잠을 자는 맛도 좋았다. 단풍나무와 옻나무가 많아 설악산이 울고 갈 정도로 핏빛으로 선연한 가을 산도 보기 좋았지만 아쉽게도 너무 짧았다. 금방 삭풍이 불어오면 봄날의 그것처럼 계절은 하루하루가 달랐다. 새빨간 단풍빛에 줄 서서 기다리는 사람들의 얼굴까지 붉게 물들었다. 그러다가 하루아침에 된서리 한 방으로 우수수 떨어지고 나면 기나긴 겨울이 닥치고 만다.

공동 화장실과 공동 우물을 쓰는 사람의 가장 큰 적은 겨울이었다. 산이 깊은 고장이기에 겨울도 가장 먼저 찾아왔다. 버덩 너른 남쪽에서는 아직도 단풍놀이가 한창인데 이곳은 반갑지 않은 첫눈이 거위 깃털처럼 내렸다. 그러면 아침에 화장실을 가기 위해 완전무장을 해야 했다. 양말에 솜잠바를 걸치고 모자와 목도리에 장갑까지 끼고 나와야 춥지도 않고 신경질도 나지 않는다. 급해서, 귀찮아서 이불 속에 있던 그 차림으로 화장실 줄을 서 있다 보면 자기도 모르게 이가 떡떡 부딪쳤다. 괜히 신경질이 나서 자기도 모르게 육두문자를 하게 되었다. 그 육두문자에 볼일을 미처 다 보지 못하고 나온 이웃에게 미안한 마음이 들어 꽁꽁 언 바닥에 입안의 것을 다 모아 누런 가래침을 퉤퉤 뱉게 된다. 덜덜 떨며 기다리고 서 있다가 볼일이 보고 싶은 생각이 쏙 들어가 다시 집안으로 뛰어들어가는 사람들도 있었다. 날씨가 너무 추워 오줌이 얼어버렸다고 투덜대면서 뛰어들어갔고 동장군 서슬에 똥이 놀라 들어갔다며 고개를 절레절레 흔들었다. 그런데 세월이 약이라고 시간이 흐르면 사춘기 여학생들도 공동화장실 사용하는 데 익숙해졌다. 화장실 밖에 사람이 그들먹하게 줄을 서서 기다려도 천둥 치는 설사도 예사로 하고 방귀도 뽕뽕 뀌면서 시원하게 볼일을 보는데 아무 거리낌이 없었다. 사람은 환경의 동물이라는 말이 여기처럼 잘 맞는 곳이 있을까.

절골에서 이사를 나오자 자야는 취직을 생각했다. 중학교 중퇴가 학력이 전부인 자야는 그 당시 자격증 중에 취직이 잘 되던 주산과 부기 공부를 했다. 영자의 말을 빌리면 무열을 닮아 머리가 비상한 자야가 단번에 주산 1급 자격증을 취득하자 무열은 그가 다니는 광업소에 자야를 경리로 취직시켜주었다.

무열이 절골에서 이사를 나오자 이제 진희네와는 버스로 이십 분 정도 타고 가서 십 분 정도 언덕으로 걸어올라가면 되는 가까운 거리였다. 십 분 정도의 걸음도 걷기가 싫다면 또는 사위가 어둠에 묻혀가는 초저녁쯤이면 평소보다 한 정거장 더 버스를 타고 갔다. 거기서 택시를 타면 홍복사를 지나 평소의 반대 방향인 거꾸로 내려왔다. 홍복사는 사방 40㎞ 안에서는 꽤 유명한 절로 알려져 있었다. 가장의 죽음이 언제 표범처럼 덮칠지 알 수가 없는 불안한 월천의 특성 때문이었는지 자그마한 절에는 늘 불공드리는 여자 신도로 들끓었다. 홍복사 주위에는 아름드리 소나무가 울울창창 분포되어 근처의 중고등학교에 다니는 학생들이 해마다 소풍을 올 정도로 경치도 좋았다. 아름드리 소나무가 우뚝우뚝 서 있는 사이사이로 지나가면서 두 손을 모으고 끊임없이 절하는 신도들을 흘끔거릴 수가 있어 진희는 일부러 택시를 타겠다고 영자에게 떼를 쓰곤 했다. 어떤 날은 멀리까지 뎅 뎅 울려 퍼지는 범종 소리를 듣기도 했다. 승려들이 한자리에 모여 목탁을 치며 저녁 예불을 낭랑하게 드리는 모습도 구경했다. 사방이 어두컴컴해지는 저물녘에 종을 치는 이유는 모든 물상을 집으로 인도하기 위해서라고 했다. 그런데 저들은 왜 집에도 가지 않고 머리를 파르스름하게 깎고 잿빛 승복을 입은 채 저러고 있는가 하는 의문이 들면서 저절로 숙연해지는 그런 기분을 진희는 좋아했다.

영자는 친정이 이사를 내려오자 더 근심걱정이 많아졌다. 하지만 남의 집 며느리로서 친정을 허구한 날 들락날락하면 시어른들에게 좋게 비칠 리가 없다고 생각했다. 무엇보다도 겹사돈인 영자 형님에게 눈치가 보여 진희가 영자의 심부름을 자주 다녔다.

영자는 무열이 병반인 날에는 여자들만 밤을 보내야 한다는 걱정으로 잠을 이루지 못했다. 또 자야가 야간근무일 때는 다 큰 처녀가 혼자 밤길을 다녀서 근심이었다. 무열이 며칠 동안 집에 들어오지 않으면 어디 엎드려 있는지 소식은 전해야 할 것은 아니냐며 구시렁거리며 애를 태웠다. 급기야 잣골댁도 무산 집에 다니러가는 날에는 날이 어둑어둑하든 어쨌든 관계없이 진희를 채근했다. 진희도 별 볼 일 없는 국민학생 여자아이에 불과했지만 항우장사쯤으로 여기는 모양이었다. 진희 또한 저녁 어스름에 영자가 푸성귀로 싸준 조그마한 보퉁이를 안고 하루가 저물어가는 풍경을 바라보면서 버스를 타는 일이 싫지는 않았다. 친구들은 감히 상상도 못했던 혼자서 의젓하게 택시를 잡아타는 맛이 마치 어른이 된 것처럼 우쭐했다.

저녁을 먹고 난 후에 잠자리에 들 시간이 되자 자야는 부스럭부스럭 출근 준비를 했다. 미색 주름치마 위에 밤색 니트로 된 터틀넥 티셔츠에 같은 색의 카디건을 걸치고 자미와 자영이 오면 문단속을 잘하라고 몇 번을 당부하고 집을 나섰다. 자두와 진희는 대문 밖으로 따라나와 그녀가 가로등 하나 없는 어두컴컴한 골목길로 내려가는 모습을 한참 지켜보곤 했다. 밤 11시가 넘은 늦은 시각에 처녀가 혼자 밤길을 걸어가자 진희가 봐도 위험해 보였다. 뭐라고 딱 꼬집어서 표현할 수는 없지만 진희의 가슴을 아리게 만들었다. 하늘에는 별들이 물색없이 반짝거렸다. 밤길을 환히 밝혀주는 둥근 달은 밤길을 걷은 사람들에게 위안을 준다면 새초롬한 별빛은 캄캄한 거리를 더 캄캄해 보이게 했다. 자야의 모습이 시야에 사라지고 얼마 후에 자미와 자영이가 언덕을 올라오는 모습이 보였다. 자미는 언제나 크로스백을 메고 커다란 비닐봉지를 양손에 들었다. 찬거리 시장을 보는 것은 시장에서 헤어숍을 운영하는 자미와 자영의 담당이라 자야가 핸드백만 달랑 들고 살랑살랑 걸어가는 모습과는 비교되었다. 거기다가 자야와 자영은 날씬했지만 자미는 통통해서 아줌마라고 불러도 억울할 것도 없어 보였다. 그러나 진희는 날씬한 자야나 자영보다 자미를 더 좋아했다.

자미는 진희와 자두가 대문 밖에서 오들오들 떨며 서 있자 어린 것들이 잠은 안 자고 청승을 있는 대로 떨고 있다며 눈을 하얗게 흘겼다. 그러면서도 싫지 않은지 흐뭇하게 웃으면서 그들을 봄날 어미닭이 병아리 몰듯이 몰아 집안으로 들어갔다. 자미와 자영이 씻을 동안 진희와 자두는 자야가 미리 봐둔 밥상을 방안으로 가져다놓고 연탄불 위에 뚝배기를 올려놓았다. 호박과 느타리버섯과 감자를 넣은 된장찌개가 구수한 냄새를 풍겼다. 자영은 밥상을 본척만척하고 얼굴만 다듬었지만 자미는 자정이 가까운 시간인데도 밥 한 공기를 된장찌개에 싹싹 비벼서 다 먹고 열무 물김치 한 대접도 다 먹어치웠다. 진희와 자두는 자미 턱밑에 앉아서 무슨 큰 구경거리라도 되는 양 쳐다보고 있으면 자미는 씩 웃었다. 진희는 저렇게 많이 먹으니까 허벅지가 통나무처럼 굵지 하는 생각을 하면서도 자미가 밥을 아주 맛있게 먹는 모습이 보기 좋았다.

자미는 자야나 자영과 달리 키도 작았고 다리통도 굵었다. 특히 허벅지가 통나무 같다고 무열이 놀리면 자미는 그것이 듣기 싫어서 씩씩거리면서 화를 냈다. 그러면 무열은 처녀가 멧돼지처럼 화를 낸다고 또 놀려대곤 했다. 무열이 딸에게 농담이라도 하고 있을 때는 기분이 좋다는 뜻이었다. 딸들에게 불벼락이 떨어지는 일이 없으면 모두를 행복하게 했다. 그 평화 때문에 자미가 멧돼지뿐 아니라 불곰이라고 해도 다 받아들일 수가 있었다. 자미는 뽀글뽀글 짧은 파마머리를 한번도 다른 모양으로 바꾸어보지 않았고 언제나 뱅뱅 청바지에 피케셔츠 차림새였다. 봄가을에는 그 위에 춘추용 사파리를 걸쳤고 여름이면 반소매 피케셔츠로 바뀌었다가 겨울이면 무릎을 덮는 두꺼운 후두 사파리를 겹쳐 입으면 되었다. 합죽이 같은 주걱턱에 귤껍질같이 땀구멍이 넓고 여드름이 주렁주렁 달린 피부라 참 못생긴 얼굴이었다. 무열은 미용사가 머리 손질을 잘하고 다녀야 손님이 꼬이는 법인데 무식한 여편네들처럼 빠글빠글 볶아 드라이도 한번 안 해주고 어찌 그 모양이냐고 잔소리를 늘어놓으면 자야는 아무렇지도 않게 대답했다.

"얼굴도 안 예쁜 게 머리만 잘 손질해 다닌다고 스타일이 사냐? 괜히 시간만 버리지. 대신 자영이가 이쁘잖아."

"하긴 호박에 줄 긋는다고 수박 되는 것도 아니고……. 그래도 손님이 꼬이니 참 희한하단 말이야."

이렇게 무열이 자미의 사업 수완까지 칭찬하는 날에는 기분이 아주 좋은 날이었다. 아마 청춘사업이 잘 되는 증거라고 딸들은 살짝 흉을 볼 수 있는 것도 이럴 때뿐이었다. 무열의 바람기는 그의 아내가 살아 있을 때도 이미 소문이 나 있어서 새삼스럽지도 않았다.

자미는 진희와 자두 옆에 이부자리를 깔고 누웠다. 옆방에는 자영이 혼자 자고 있어서 여유가 있었지만 아랑곳하지 않았다. 됫박만 한 방에 이부자리를 두 채 펼쳐놓으니 송곳 하나 꽂을 여백도 없었다. 자는가 싶던 자미가 갑자기 벌떡 일어나서 머리맡에 있는 전축 쪽으로 가더니 책처럼 가지런히 꽂혀 있는 판 하나를 쑥 빼내서 턴테이블에 올려놓았다. 잔잔한 멜로디가 좁은 방안에 가득했다. 자미는 비틀스 노래를 좋아했다. 불도 켜지 않은 캄캄한 방안에 누워서 전축에서 흘러나오는 노래에 잠 못 이루는 모습은 가게에서 아줌마들과 실랑이할 때와 너무나 달라 같은 사람이면서 다른 사람이었다. 꼬부랑 노래가 왜 좋으냐고, 무슨 뜻인지 아느냐고 진희가 물어보면 노래는 뜻으로 듣는 물건이 아니라고 말했다. 피곤이 풀리면서 가슴이 시원하다고 했다. 답답한 이곳을 잠시라도 탈출할 수 있고 자기 마음을 대신해준다고 했다. 공부만 좀 했더라면 이렇게는 살지 않을 텐데 하고 넋두리를 늘어놓는 날도 비틀스 노래를 들을 때였다. 자두나 진희만큼은 자야와 자미와 자영 몫까지 공부를 많이 해야 한다고 했다.

"엄마는 성공한 사업가라고 칭찬하던데 언니는 맘에 안 드나?"

"성공은 무슨 성공. 월천이란 광산촌의 특이한 현상이지."

"진희야 우리 집에 전축이 어울리기나 하나?"

"전축이 뭐 어떻다고 그러는데?"

"아버지는 막장에서 두더지처럼 탄을 캐면서 늙어가고 언니는 광부들 간조 계산하느라 밤을 새우는데 그런 집에 전축이 주인인 듯 사람보다 방을 더 많이 차지하고 있잖아. 또 알아먹지도 못하는 꼬부랑 노래를 듣고 있는 게 두 칸짜리 사택에서는 어울리지 않는다고 봐야지."

"전축을 훔쳐온 것도 아닌데 뭐 그렇게 비하를 하느냐고 자야 언니는 그러더라. 그렇지만 주제 파악을 해야지. 트윈헤어숍에 오는 아줌마들도 마찬가지야. 남편이 삼교대로 일을 나가다보니 남편 구실을 할 시간이 없는 거야."

"남편 구실이 뭐야?"

진희는 자미의 말을 득달같이 자르고 물어봤다.

"그런 게 있어."

자미도 여느 날과 마찬가지로 득달같이 대답하면서 진희를 흘겨보았다. 어둠 속이지만 흘겨보는 것쯤은 눈 감고도 알 수가 있었다. 자미는 대답하기 곤란한 질문을 진희가 하면 항상 눈을 흘기면서 '그런 게 있어' 했다.

"월남구뎅이란 말이 왜 나왔겠나? 한 시간에도 몇 번씩 옷을 벗어서 물을 짜내야 할 정도로 땀이 비 오듯이 흐르는 찜통 같은 막장에서 탄을 캐던 남편이 집에 오면 무슨 힘이 남아 있겠나. 잠자기도 바쁘지. 아침에 일 나가는 갑반이나 을반은 그래도 괜찮지만 병반일 때에 긴 밤을 젊은 마누라 혼자 보내기가 어렵다고 하더라. 남편이 타오는 간조는 있지. 철 따라 옷을 사들이고 트윈헤어숍에 와서 파마하고 마사지 받으며 허전한 마음을 대신하는 언니 가게의 손님들은 모범적인 부인들이야. 옆집에서 전축 사면 월부라도 전축을 사고, 옆집에서 냉장고에 수박 넣어두고 으스대면 송장처럼 늘어져 있는 남편 흔들어 깨워 냉장고 사달라고 조르는 부인네들도 춤바람 나는 여자들보다는 선생이지."

"언니, 춤바람은 또 뭐야? 내 짝 보배 엄마가 춤바람이 났데. 학교에 소문이 쫙 났어."

"이마빡에 피도 안 마른 넌 몰라도 되는 말이야. 네 짝 같은 아이들이 이 광산촌에 한두 명인 줄 아냐? 아마 천지 계락일 거야. 창피해서 덮어두는 집도 많을 것이고. 네 짝도 아마 사택에 살 거야. 사택에 사는 사람들은 비밀이 있을 수가 없지."

그들이 누워 있는 이 집도 사택이건만 자미는 언제나 사택에서 제외했다.

무열 집도 까치발 위에 살았던 보배 집처럼 홍복사를 품은 뒷산 샘물에 호수를 묻어두고 물을 끌어다 썼다. 이렇게 만들어놓지 않은 집은 공동 우물로 물을 길으러 다녀야 했으니 그 당시에는 첨단 시설이었다. 뒤란에 커다란 고무통을 놓고 거기다 호수를 대어 물을 채우고도 흘러넘치는 물은 마당가로 홈을 파고 그대로 대문 밖으로 흘려보냈다. 마당가에 있는 홈은 마치 논에 물을 대는 도랑 같았다. 자야가 빨래를 하면 비눗물이 흘러내렸고 자미가 머리를 감으면 거품 물이 흘러갔다. 쌀을 씻으면 쌀뜨물, 무열의 작업복을 빨 때면 검은 물이 작은 도랑을 채웠다. 장마가 져서 산에도 강에도 물이 넘치면 마당가에 있는 도랑도 예외는 아니었다. 도랑이 터져나갈 정도로 물은 꽉 차서 내려오다가 급기야는 도랑을 넘어서 앞마당을 남실남실 먹어들었다.

마루에 앉아 책을 보다가 도랑에서 비눗물이 내려오면 진희는 얼른 뒤란으로 가봤다. 자야나 자영이가 있으면 다시 마루에 나왔지만 자미가 세수를 하고 있다면 그 옆에 쪼그리고 앉아서 구경했다. 진희는 이상하게도 자야와 자영은 꼭 꼬집어서 대라고 하면 할 말은 없지만 자미보다 편하지 않았다. 자미는 물이 튄다고 비켜보라고 했지만 진희는 더 바투 다가앉았다. 자미가 쓰는 모든 물건이 흥미로웠다. 세수할 때도 자미는 비누 대신 치약같이 생긴 것을 꾹 짜서 얼굴에 거품을 내고는 오랫동안 씻었다. 클린징폼이라고 자미가 친절하게 알려주었지만 이해는 안 됐다. 영자가 쓰지 않기 때문이다. 여드름 때문에 쓴다고 했지만 자미 얼굴은 하루라도 깨끗한 적이 없어 별로 효과는 없는 모양이었다. 그렇지만 처녀들은 참 여러 가지로 필요한 게 많은 모양이라고 그들을 통해서 배웠다.

"진희야, 아무래도 네 외삼촌을 장가보내야 할 것 같다."

진희는 뚱딴지같은 자미의 말에 살풋 들려던 잠이 퍼뜩 달아나고 말았다. 정작 결혼을 할 사람은 자야라고 생각했다. 영자는 자야가 시집도 못 가고 노처녀로 늙어갈까봐 걱정이 태산이었다.

"큰언니가 아니고? 갑자기 외삼촌은 왜?"

"언니를 시집보내기 위한 작전이지."

"무슨 작전이 외삼촌 장가보내기야."

"아직 젖내나는 아가 무얼 알겠나만, 두고 봐라, 자야 언니가 시집을 가려면 네 외삼촌이 새 장가를 들지 않고는 방법이 없다."

자미는 할 말이 없으면 젖내난다고 했다. 진희도 젖내난다고 하면 그것이 무슨 대단한 아킬레스건이나 되는 양 기가 죽어서 더는 물어볼 엄두를 못 냈다.

"진작부터 가게에 오는 단골손님에게 네 외삼촌 중매 좀 서달라고 부탁을 해놓았었는데 마침 마땅한 사람이 있다고 하네."

"……."

"조금 걸리는 점은 네 살짜리 사내아가 하나 딸려 문제지 나무랄 데가 없다고 하더라. 나이도 어리고 인물도 좋데. 네 외삼촌이 좋아하는 조건은 다 갖추고 있어야."

"……"

"진희야, 자나?"

"아니."

"자지도 않는 게 언니가 말하면 뭔 대꾸라도 해야지. 너는 외삼촌이 새 장가가는 게 싫나?"

"싫기보다는 지난 번에도 한번 갔었잖아. 지지난번에도 갔었고."

"아이구야, 젖내나는 아가 기억력 하나는 좋네. 하기야 그러니까 학교에서 반장도 하지. 접때는 내가 봐도 네 외삼촌이 싫어할 타입이었어. 예쁜 여자 좋아하는 네 외삼촌이 백번 양보했는데 그런 숭악한 도둑년일 줄 어찌 알았을까. 미쳐 돌아가는 사람이 많고 많은 동네가 월천이라고 하지만 생각할수록 기막힐 일이었어. 아무리 생각해도 처음 여자가 제일 나았었는데 왜 보냈는지 알다가도 모를 일이야. 자야 언니 고생시키려고 작정했다고 봐야지."

이불처럼 감싸주던 〈헤이 주드〉도 〈노르웨이 숲〉도 진작 끝났지만 자미는 일어나지 않았다. 진희처럼 무열과 잠깐씩 살았던 여자들에 대해 생각하는 모양이었다. 아주 잠깐씩 살아서 제대로 된 호칭도 써보지 못했다. 아니 그것보다는 누구라도 외숙모나 엄마라고 부르면 무열은 아주 싫어했다. 그냥 여자니까 여자라고 부르면 된다고 했다.

영자 말을 빌리면 조선 천지에 자야보다 살림 솜씨 좋은 사람 있으면 나와보라 할 정도인데도 무열은 끼니때마다 잔소리했다. 간이 싱겁니 짜니, 생선을 구워놓으면 찌지 않았다고 트집이고 또 갖은양념을 해서 모양 좋게 쪄놓으면 쓸데없이 양념을 썼다고 난리였다. 살림살이를 그렇게 헤프게 하면 시집을 어떻게 가겠느냐고 정작 시집보낼 생각도 없으면서 트집을 잡았다. 어떤 식으로든 트집을 부려서 자야가 눈물을 쏟아내야만 그제야 수저를 드는 사람이 여자가 들어오면 얼마간은 조용했다. 그때만큼은 딸들 특히 자야의 얼굴이 피는 날이라 딸 중에 특히 자미는 무열 장가보내기에 혈안이 되어 있었다.

보배네가 이사 간 사택이 미숙이가 사는 보다바 사택보다 좋다고 말을 할 수 있다면 집의 위치 때문이었다. 미숙의 집은 갱도 바로 옆인 산꼭대기에 자리잡고 있어 다람쥐처럼 산길을 타고 다녀야 했다면 보배가 사는 사택은 그나마 평지에 있어서 교통이 편리했다. 다른 것은 도긴개긴이었다. 슬레이트 지붕을 쓴 좁은 방 두 칸에 나무판자를 이어 만든 부엌이 고작이었다. 그렇게 똑같은 모양에 똑같은 크기의 집을 한 줄에 다섯 가구씩 배치해두고 천장은 한 천장이었다. 만약에 천장으로 바람이 지나간다면 거칠 것 없이 자유롭게 오갈 수가 있을 정도다.

이 끝 1호 방에서 나누는 소리가 저 끝 5호 방까지 다 들렸다. 비밀이 있을 수가 없었다. 칸칸이 판잣집이라 이 집 대문을 두드리면 5호 방까지 다 덜렁덜렁 흔들렸고 복판을 두드리면 양쪽이 다 덜렁덜렁했지만 집집이 마치 경쟁이라도 하듯 아이들이 대여섯은 기본으로 두었다. 공원이나 공터가 있을 리가 없어 방도 없는 아이들이 갈 곳은 판자로 붙인 부엌을 나오면 곧바로 길인 골목에서 놀았다. 골목에는 언제나 아이들로 그들먹했다. 마을의 공동 우물이나 빨래터에는 아낙들의 수다로 그들먹했고 길에는 아이들의 소리로 꽉 찼다. 그런데 눈 밝은 사람들은 특이한 것을 발견했다. 길게 줄지어 있는 똑같은 길이지만 유독 조용한 길이 섬처럼 덩그렇게 놓여 있었다. 아이들은 한 명도 보이지 않았고 어쩌다 보이는 아이들도 조용히 입을 다문 채 홀로 놀고 있을 뿐이다. 골목에 놓인 들마루에 삼삼오오 앉아서 나물을 다듬는 아낙들도 조용히 나물만 다듬었다. 정 입이 심심한 아낙들은 나물바구니를 들고 시끌시끌한 골목으로 찾아갔다. 갑반 가장들은 상관이 없었지만 을반이나 병반인 가장들은 낮에 잠을 자두어야 밤새도록 일을 할 수가 있었다. 환하게 비추는 태양이 무색할 정도로 골목이 쥐 죽은 듯 고요하다면 그 골목에는 을반이나 병반인 가장이 있다는 뜻이다.

아침이든 점심이든 때와 장소를 가리지 않고 두세 사람만 모이면 얌전한 고양이 부뚜막에 먼저 올랐다고 입을 삐죽였다. 온갖 고상한 척하더니 뒤에서 딴짓하는 꼴이라니, 내 진작 이런 일이 일어날 줄 알았다고 점쟁이처럼 아는 척을 했다. 눈을 새치름하게 내리깔고 입을 뾰족이 내밀고 다닐 때부터 짐작했다고 했다. 저나 나나 컴컴한 굴속 막장에서 탄 캐먹고 살면서 거시기에 금테 두른 것처럼 잘난 척했었다고. 엉덩이를 흔들어대며 물을 길으러 다닐 때부터 알아봤다고 하자 옆에 있던 아낙이 입은 삐뚤어졌어도 말은 바르게 하라고 엉덩이를 흔들고 다니지는 않았다고 거들었다. 그러자 그 옆의 아낙이 그게 지금 뭐 그리 대수냐고 했다. 그런 여편네인 줄도 모르고 밤낮으로 기침을 쿨럭거리며 월남구뎅이에서 탄이나 캐는 사내가 불쌍하다고 했다. 사내가 등신이라고도 했다. 등신 같은 사내는 그렇다치더라도 바람난 어미를 대신해서 살림하는 보배가 불쌍하다고 했다. 그렇게 열렬하게 찧고 까불다가도 당사자가 나타나면 언제 그랬냐는 듯이 입을 동시에 꾹 다물고 하던 일을 하기 시작했다.

두레박으로 물을 긷던 아낙은 두레박에 철철 넘치도록 물을 퍼올렸고 푸성귀를 씻던 사람들은 푸성귀가 곤죽이 되어 풀냄새가 나도록 씻었다. 좀 전의 왁자하게 떠들어대던 우물터는 첨벙첨벙 물소리 외에는 모든 소음은 우물 속으로 빨려들어간 것만 같았다. 그렇지만 자리를 뜨지는 않았다. 초롱이 차버리자 옆에 푸성귀를 씻고 있는 함지에 한 두레박 물을 부어주었다. 물을 받은 아낙은 푸성귀를 자꾸 씻었다. 보배엄마의 얼굴을 고양이처럼 할끔할끔 쳐다보기도 했다. 그녀는 그들의 묘한 시선 때문에 물을 한 초롱도 못 퍼담아 들고 자리를 총총히 떴다. 자리를 뜨자 우물가 아낙들은 일제히 다시 시작했다. 했던 말을 또 하고, 또 하고 해도 질리지 않았다. 아이들이 찾아오자 그때야 주섬주섬 흩어졌다. 번갯불에 콩 볶듯이 저녁밥을 대충 해주고는 마치 약속이라도 한 것처럼 다시 또 들마루에 삼삼오오 모여들어 낮에 했던 이야기를 하고 또 하고 했다. 이야기는 하면 할수록 눈처럼 뭉쳐졌다. 조약돌 같은 이야기가 나중에는 바위처럼 커져버렸다. 진실이 조약돌이라면 허구는 바위였다. 아낙들은 한여름밤에 가로등 밑으로 몰려든 불나방 같았다.

보배 엄마로 인해 발생한 소음이었다. 같이 흉을 보는 사람 중에는 보배 엄마와 함께 카바레에 가서 춤을 추고 왔던 여자도 있었다. 그런데 그런 여자들일수록 더 그녀에 대해 목소리를 높이고 더 눈을 흘겼고 옆에 있다면 돌멩이라도 던질 태세로 사나웠다. 거기에 모인 여자 중에 얼마쯤은 그 사실을 잘 알고 있으면서도 모른 척 시침을 떼고는 그 꼴을 할끔할끔 즐기기도 했다.

여느 날처럼 분주복잡한 아침 시간을 치르고 들마루에 두세두세 모여든 사택 여자들은 시장을 다녀오자고 했다. 일석의 아내가 보리밥에 열무김치를 넣고 비벼먹는 얘기를 하자 아낙들은 햇열무로 김치를 담글 생각이었다. 사택은 김치를 담그는 일도 시샘인지 한 사람이 담그면 동시다발로 이곳저곳에서 똑같은 김치를 담갔다. 집집이 찬장에 들어앉아 있는 반찬들도 똑같아서 모두가 똑같은 집에서 똑같은 음식을 먹고 똑같은 말을 하면서 살아가는 곳이었다. 시장에 간 김에 목욕도 할 작정으로 목욕용품이 든 바구니도 챙겨들었다. 급할 게 없는 아낙들은 시장을 어슬렁거리면서 물건을 찬찬히 구경했다. 마침내 가장 실하고 밭에서 갓 뽑아온 것처럼 싱싱한 곳을 찾아내어 각자 열무 두세 단씩 사들었다. 파와 붉은 고추와 생강과 마늘과 양배추까지 사자 목욕바구니와 함께 짐보따리는 더넘스러울 정도였다. 장보기가 끝나자 기다렸다는 듯이 점심시간이 되었다. 여자들이 시장을 떼로 몰려다니고 목욕도 떼를 지어 다니는 이유 중에 하나라면 이 점심시간의 특권 때문이었다. 그렇다고 어디 근사한 고깃집도 아니었다. 칼국수집이었고 짜장면이나 짬뽕이 고작이었지만 여자들에게는 참 행복한 호사였다. 묵은 때를 파란 이태리타월로 박박 벗겨내자면 배가 든든해야 한다는 그럴듯한 명분도 보탬이 되었다. 늘 다니는 중국집에서 짜장면 한 그릇을 게 눈 감추듯이 뚝딱 먹어치우고는 그 옆 골목에 있는 목욕탕으로 향했다. 일곱 명의 사택 아낙들은 배가 부르자 느긋하기도 했고 기분도 좋아졌다. 짜장면과 함께 배갈 한 잔을 곁들이자 간도 커졌다. 공짜라면 양잿물도 마신다는 아줌마들의 속성상 어쩌면 공짜에 혹했을지도 몰랐다. 기본안주만 시키면 맥주 세 병이 공짜라는 글귀에 동했다면 배갈 한 병을 한 잔씩 공평하게 나누어 먹었던 사택 여자들에게 한 잔의 술이 부족했을지도 몰랐다.

전봇대 광고지는 아줌마들을 현혹했다. 한 손에 열무보따리를 들고 다른 한 손에 플라스틱 목욕바구니를 든 채 불빛이 번쩍이는 카바레 앞으로 주춤주춤 다가섰다. 하나같이 물이 날린 월남치마에 늘어진 티셔츠에 파란 플라스틱 슬리퍼를 신고 장바구니 안에 들어앉은 양배추처럼 둥그런 파마머리였다. 시장에서 열무를 살 때나 짜장면을 쩝쩝 소리를 내가며 먹을 때는 전혀 문제가 없었던 차림새가 번쩍이는 카바레 앞에 서자 촌스러웠다. 더군다나 양손에 잔뜩 든 보따리를 더하니 그들의 모양새가 추레했다. 검은 바지에 하얀 남방을 입고 붉은 보타이를 한 젊은 남자들이 카바레 출입문 앞에서 주춤거리는 아줌마들의 손목을 잡아끌었다. 그들의 하얀 손에 손목이 턱 잡히자 사택 여자들은 하나같이 부끄럽다는 생각이 들었다. 그래서 몸을 배배 꼬고 덩달아 목도 한껏 틀면서 잡힌 손목을 빼보려고 했다. 사택 골목길이나 공동 우물가에서는 목청도 컸었는데 지금의 아낙은 얼굴에 귀를 갖다대어야 겨우 들릴 정도로 '왜 이러니껴, 이 손 놓으시소, 사람 잘못 봤니더, 우리 그런 사람 아이니더'라고 중얼거렸다.

몸을 배배 꼴 때는 숨어 있던 교태까지 차르르 흐르자 눈치가 구단인 사내가 못 볼 리가 없었다. 그들이 열무보따리와 목욕바구니를 잡아당기자 아낙들의 손은 스르르 풀렸다. 아낙 중에는 아이를 업은 아낙도 있었다. 보배 엄마였다. 뭔가 심상치 않은 분위기에 아이가 입을 삐죽이자 얼굴이 해사한 사내가 아이에게 까꿍을 하면서 원숭이 흉내를 냈다. 그러자 아이는 제 엄마의 등을 두들기며 까르륵 웃었다. 그것이 신호였다. 일석의 아내가 한번만 가보자고 했다. 남편들은 허구한 날 술집에서 술 마시는데 우리라고 못할 게 뭐냐고 했다. 누가 아느냐고 했다. 우리끼리 입을 싹 닫고 있으면 귀신도 모를 거라고 했다. 그리고는 이미 남자 손에 넘어간 열무단과 목욕바구니를 한번 힐끗 보고 육중한 카바레 문 안으로 들어섰다. 보배 엄마는 내키지 않았다. 아낙들에게 밖에서 기다리겠다고 하자 한 아낙이 처네에서 아이만 쏙 빼내 안고 카바레로 들어가버렸다. 아이가 들어가자 어미는 울며 겨자 먹기로 어쩌면 아이 핑계를 대고 카바레 안으로 발을 들여놓을 수밖에 없었다.

그곳은 날마다 검은 땅에서 검은 강물에 검은 먼지만 보며 지난한 생활을 했던 아낙들에게 참말로 희한했다. 검은 가루를 캐내느라 날마다 초주검으로 들어와 반송장처럼 늘어진 남편이 사내의 대명사로 알고 지냈던 아낙들이었다. 할로겐 조명이 빙글빙글 돌아가는 곳에 있는 젊고 잘생긴 사내는 복숭아꽃 활짝 핀 무릉도원에서나 있을 법해 도무지

어리둥절했다. 더군다나 남편은 심술궂고 퉁명스럽고 아프기까지 한데 이곳 사내들은 건강했고 친절했다. 아낙들에게 아름답다고 말했다. 분명히 장삿속에서 나온 입에 발린 거짓말인 줄 모르진 않았지만 듣기 좋았다. 누구에게도 예쁘다는 소리를 듣지 못했다가 잘생긴 사내가 그런 말을 해주니 다리가 풀려 그 자리에 주저앉아버리고 싶었다. 그래서 처음에는 약간 무서웠다. 열무단과 목욕바구니를 찾기만 하면 도로 나가고 싶어 두리번거렸지만 실내가 밤처럼 어두침침해 보이지 않았다. 어쩌면 그것이 보이지 않길 아낙들은 바랐다. 잘생긴 데다 친절한 사내가 맥주를 권하자 아낙들은 처음에는 거절하는 척하다가 한 잔 두 잔 받아먹기 시작했다. 술이 몸에 들어가자 조금 전까지 잔잔한 수면 위의 물결처럼 일렁이던 민망함과 어색함이 시나브로 사라져버렸다. 젊은 사내들은 이때다 싶었는지 서로서로 눈짓하면서 아낙들의 손을 한 명씩 잡고 할로겐 조명이 어지럽게 돌아가는 무대로 이끌었다. 술로 인해 간이 달덩이만큼 커졌지만 이런 곳에서 한번도 춤을 춰보지 못했던 아낙들은 어색할 수밖에 없었다. 노련한 사내들은 이것 또한 잘 알고 있어 아낙의 손을 잡아 사내의 한쪽 어깨에 올리고 또 다른 손은 사내의 탄탄한 허리를 잡게 했다. 사내는 아낙을 거의 포옹을 하다시피하며 흐느적거리는 노래에 몸을 맡겼다.

아낙들은 누구나 할 것 없이 생전 처음 말로만 들었던 카바레를 구경했다. 또 난생 처음 블루스를 췄다. 당연히 잘 출 수가 없어 자꾸만 젊은 사내의 반질거리는 구두를 밟아 당황하면서 부끄러웠다. 젊은 남자는 아낙이 그럴수록 더 다정한 미소를 지으며 아낙의 귓바퀴에 뜨거운 숨을 불어넣으며 속삭였다. 괜찮다고, 처음에는 다 그렇다고, 발을 밟는 모습이 너무 귀엽다고 귓바퀴에 한숨과 함께 밀어넣자 아낙의 기분은 하늘로 붕붕 나는 것만 같았다. 기회는 이때다 싶은 젊은 사내가 아낙의 사타구니에 자기의 불룩한 거시기를 비비자 아낙은 당황스러우면서도 아득했다. 아낙의 사타구니가 간질간질했고 오줌이 마려웠다. 온몸의 힘이 일시에 쫙 빠지면서 그 자리에 주저앉아버릴 것만 같았다. 사내는 이것 또한 익숙한지 아낙의 팔을 다정하게 붙들었다. 사내가 아낙을 붙들지 않았다면 분명히 할로겐 조명이 핑글핑글 돌아가는 무대에 주저앉아버렸을 것이다. 오줌도 쏼쏼 싸버렸을 터이다. 일곱 아낙이 다 아득했다.

보배 엄마는 일곱 아낙 중에서 가장 젊었다. 남편보다 열두 살 아래라 나이 차이가 꽤 났지만 마을 아낙들과 어울리는 데는 하등 문제되지 않았다. 그렇다고 스타일까지 따라갈 수는 없겠던지 긴 생머리를 뒷머리에 한 가닥으로 질끈 묶고 무릎 나온 청바지를 입었다. 하긴 다른 아낙들과 같은 차림을 했다고 해도 보배 엄마는 군계일학이었다. 다른 아낙들처럼 얼굴에 화장기 하나 없었지만 별처럼 반짝이는 눈동자와 고른 치아와 긴 목과 가느다란 팔다리와 잘록한 허리를 감출 수는 없었다. 젊은 남자의 까꿍에 넘어간 아이는 주방 아줌마가 손에 쥐여주는 오징어 다리의 짭짤한 맛에 빠졌다가 어미의 젖꼭지인 양 오징어 다리를 입에 문 채 잠들었다. 주방 옆에 있는 조그마한 소파에 누워 가끔 어미의 젖인 것 마냥 입술을 오물거리며 빠는 시늉을 했다. 주방에서 일하는 아줌마는 연신 안주를 만들어내면서 이런 아이를 한번 내려다보고 홀에서 남자와 춤을 추느라 정신이 훌러덩 나간 아이의 엄마를 쳐다보다가 했다.

신선놀음에 도낏자루 썩는 줄 모른다는 말처럼 아낙들은 젊은 사내들의 품에서 흐느적거리느라 시간 가는 줄도 몰랐다. 사내들이 먼저 이별을 통고했다. 젊은 사내의 품에서 사내의 말을 얼른 이해 못한 아낙들은 눈을 둥그렇게 뜨고 사내의 얼굴을 쳐다보았다. 사내는 이런 아낙을 사랑스러워 죽겠다는 듯이 아낙의 펑퍼짐한 허리에 힘을 가하면서 가정이 평화로워야 우리의 만남이 오래 갈 것이 아니겠냐고 다시 한번 속삭였다. 아낙들은 화들짝 놀랐다. 이제야 꿈에서 깨어났다. 남편도 생각났다. 지금쯤 퇴근해 돌아와서 고래고래 소리를 지르며 찾아다닐 것 같았다. 출입문에는 이미 열무단과 목욕바구니가 나란히 놓여 있었다. 주방에서 곤히 자는 아이를 둘러업을 때 주방 아줌마에게 조금 창피해서 얼굴이 붉어졌지만 아직 술기운이 남아서인지 정말 창피해서인지 잘 가늠이 되지 않았다.

두꺼운 문을 밀고 밖으로 나오자 밝은 빛에 순간적으로 눈이 부셔 눈을 질끈 감았다. 아낙들만 빼고 거리에 오가는 사람들은 모두 활기차고 건강해 보였다. 넘어가는 해를 쳐다보자 더 그런 마음이었다. 아낙들은 약속이나 한 듯이 입을 굳게 다물고 버스 정류장까지 걸어갔다. 조금 기다리자 사택으로 가는 버스가 곧 도착했다. 아낙들은 버스를 타고 사택 앞 버스 정류장에서 내렸다. 사택 한가운데에 있는 공동 우물이 가까워오자 마침내 처음 주동자인 일석의 아내가 입을 열었다. 카바레의 육중한 문을 밀고 나와 지금껏 한마디도 하지 않아 오랜만에 들어보는 목소리처럼 생경스러웠다. 오늘의 일은 다들 죽어 무덤에 들어갈 때까지 비밀에 부치자고 했다. 그러자 아낙들은 일제히 머리를 끄덕였다. 모두 그런 마음이었지만 먼저 말을 꺼내기가 어려웠을 뿐이었다. 우물가에는 동네 아낙들 몇몇이 저녁거리로 채소를 다듬기도 하고 두레박으로 물을 긷기도 했다. 아침 일찌거니 시장을 가더니만 왜 이렇게 늦었냐고 물었다. 그러자 카바레를 다녀온 아낙들은 화들짝 놀랐지만 때는 밀수록 자꾸 생긴다며 의뭉스럽게 눙치고는 각자의 집으로 들어갔다. 물어봤던 아낙이나 옆에서 물을 긷는 아낙들은 그런 아낙들을 물끄러미 쳐다보면서 저녁밥이 늦어 저리 서둔다고만 생각했다.

비밀을 공유한 사람들끼리는 같이 잘 어울렸다. 어쩌면 서로서로 감시하기 위해서인지 몰랐다. 비밀은 나 혼자서 잘 지킨다고 지켜지는 것은 아닐 테니까. 무엇보다도 일곱 아낙이 아침이든 저녁이든 남편이 출근만 하면 뭉치는 이유는 또 다른 속셈도 있었다. 아무도 먼저 입 밖으로 얘기를 꺼내지는 않았지만 모두 바라는 바였다. 이번에도 처음 주동했던 일석의 아내가 나섰다. 일석이 무열과 어울리며 그녀의 속을 한창 썩일 무렵이었다. 딱 한번만 더 가보자고 은밀하게 속삭였다. 안 할 말로 젊은 사내와 술을 마시며 춤을 좀 춘다고 바람이 날 것도 아닌데 무슨 문제냐고 했다. 누구처럼 노름해서 수백만 원 빚을 졌나, 누구처럼 곗돈을 떼먹고 야간도주를 했느냐며 시장바구니와 목욕바구니를 주섬주섬 챙겨 들었다. 역시 시장에 가서 이번에는 대충대충 반찬을 사고 카바레로 향했다.

카바레 앞에 서 있던 젊은 남자는 한눈에 이 일곱 아낙을 알아봤다.

첫날과 다른 점이 있다면 아낙들의 얼굴과 옷차림새였다. 모두 화장을 했다. 화장하는 기술이 있을 리 만무한 아낙들이라 화장도 가지각색이었다. 어떤 아낙은 유난히 눈두덩을 시퍼렇게 칠해서 꼭 아침에 남편에게 한 방 두들겨 맞은 꼴이었다. 입술만 시뻘겋게 칠한 것까지는 좋은데 잘 바르지 못해 고추장을 한 숟가락 먹고 문지른 것만 같은 아낙도 있었다. 어떤 아낙은 프리다 칼로의 자화상처럼 눈썹에 굵은 숯이 하나 올라앉았고 거기에 어울리지 않게 볼터치를 동그랗게 그려 피에로 같았다. 옷차림새도 모두 정장을 했다. 아마 집에서 가장 좋은 옷을 찾아 입다보니 스커트에 블라우스를 받쳐 입고 그 위에 재킷을 입었다. 첫날에 신었던 플라스틱 슬리퍼를 벗어던지고 검정 구두에 살색 스타킹도 신었다. 옷 색깔도 대부분 분홍이나 빨강이었다. 일석 아내와 보배 엄마만 그들과 달랐다. 둘 다 결혼식다운 결혼식을 올리지 못해 결혼 예복이 없었기 때문이다. 젊은 사내들은 이런 아낙들의 꼴이 기가 막혔다. 무엇보다 웃음이 나와서 자기 혀를 자기 이빨로 자꾸 물어야 했다. 아기 업은 보배 엄마도 엷게 파운데이션을 발라서 얼굴이 뽀사시했다. 첫날보다 젊은 사내들은 아낙들에게 더 적극적이었다, 더 친절했고 더 자극적이었다. 그날도 아낙들은 목욕탕 근처도 가지 못하고 부랴사랴 집으로 돌아와 겨우 저녁밥을 지을 수 있었다. 몇 번을 더 그런 식으로 남편도 몰래 이웃도 몰래 카바레를 들락날락했다. 그런데 대부분 아낙은 거기까지였다.

그런데 보배 엄마는 젊은 사내의 친절한 미소에 홀라당 넘어가버리고 말았다. 젊은 사내의 달콤한 말에 속아 다른 아낙들 몰래 따로 만나기에 이르렀다. 보배 엄마는 이제 남편과 자식은 안중에도 없었다. 방구석에 있는 걸레는 언제 물맛을 보았는지 마른 북어처럼 꾸덕꾸덕 말라 있었고 주먹만 한 먼지덩어리가 굴렁굴렁 굴러다녔지만 얼굴 마사지는 빼먹지 않았다. 비싼 옷을 자주 사들였고 트윈헤어숍에서 긴 생머리를 귀밑까지 자르고 방그랗게 파마를 했다. 자주 드라이도 했다. 얼굴이 예뻐 자영의 미용 솜씨가 빛이 났다. 끼니때가 되어도 집에 들어오지 않는 날에는 보배가 대신 밥을 해 아버지 도시락과 자기 도시락을 싸서 학교에 왔다. 남편이 병반인 날에는 아이를 보배에게 맡기고 저녁 어스름에 공작새처럼 치장하고 나가 아예 들어오지 않아 보배가 어린 동생을 안고 밤을 지새워야 했다. 부지런한 참새가 라일락 가지에 앉아 지저귀고 새벽 보름달이 서쪽 산마루에 걸릴 때쯤 별처럼 눈을 반짝반짝 빛내며 들어왔다. 콧노래를 흥얼거리면서 아침밥을 준비하다보면 남편이 그제야 퇴근했다.

똑똑한 보배가 유일한 걸림돌이었다. 자주 보배에게 용돈을 쥐여주면서 핑계를 댔다. 친구가 아파서 밤새도록 병간호를 했다는 말을 자주 써먹었다. 친구 누구냐고 보배가 꼭 물어보자 보배 엄마는 친구 이름이 중복되지 않도록 신경써야 했다. 어떤 날은 친구가 죽어 문상했다는데 어떤 날은 그 친구가 맹장 수술을 해 밤새도록 간호하느라 집에 들어오지 못했다고 했다. 저번에 죽은 친구가 다시 살아났느냐고 보배가 받아치면 이름이 똑같은 친구였다고 얼른 둘러댔다. 너도 친구 중에 같은 이름이 있지 않으냐는 말에 보배는 엄마를 노려보기만 했다. 보배가 학교에 갈 때는 할 수 없어 젖먹이를 업고 다녔지만 사내가 싫어하는 기색이 보이자 어느 순간부터 아이를 집에 재워놓고 다녔다. 방문을 꼭 닫아걸고 아이 머리맡에 젖병을 놓아두었다. 그런데 잠에서 깬 아이는 젖병을 빨지 않았다. 머리맡에 있는 우유는 본체만체하고 울기만 하자 기운이 빠진 아이는 울음소리에 힘이 없었다. 우유는 먹지 않아도 오줌과 똥은 쌌다. 기저귀 밖으로 흘러나온 똥이 온 이불을 누렇게 칠갑을 했다. 보배가 아이의 어미보다 학교에서 먼저 돌아와서 눈물과 콧물로 칠갑을 한 채 똥투성이가 된 동생을 씻기고는 부랴사랴 미음을 끓였다. 아이가 미음은 허겁지겁 잘 받아먹었다.

날마다 아이의 울음소리가 사택 구석구석으로 퍼져도 사택 사람들은 별로 신경을 쓰지 않았다. 언제나 왁자지껄한 곳이 사택 분위기였고 아이 울음소리쯤은 늘 듣는 소리라 대수롭지 않았다. 그런데 자꾸 듣다 보니 울음소리가 이상했다. 울음소리는 끊어졌다가 이어졌다가 해서 귀를 쫑긋하지 않으면 들리지 않을 정도였다. 사택 아낙들은 울음의 근원지를 찾기 위해 귀를 더 세웠다. 아낙들의 발소리가 들려오자 아이는 숨이 넘어갈 정도로 더 울어댔다. 아이로서는 최선을 다해서 자기의 존재를 알렸다. 마음이 급해진 몇몇 아낙들은 부엌문을 펄떡 열었다. 그런데 부뚜막에 올라서서 방문을 잡아당기자 방문이 꽁꽁 걸려 있었다.

"아이구야 얄궂어라. 똥간에 간 년이 방문을 뭐 한다고 꽁꽁 닫아걸고 언나를 울리고 있나 그래. 지나 나나 둘러봐도 훔쳐갈 것도 하나 없는 것이."

옆에서 같이 방문을 흔들고 있던 아낙에게 소리쳤다.

"얼른 똥간에 가봐라."

“배탈이 났나보네. 이 사달이 났는데도 안 오는 것을 보면.”

“아이구야 중간에 끊고라도 와야지 언나가 뒤로 넘어가게 생겼구먼.”

“하여간에 저놈의 성질머리도 보통이 아니구먼. 불알 차고 나온 유세가 저리도 당당하나.”

공동 화장실로 달려갔던 아낙이 그냥 달려올 때만 해도 방문 밖에 모여든 아낙들은 아이 울음소리에 농담 반 진담 반 하면서 오히려 우는 아이를 탓했다. 우물터에도 빨래터에도 하다못해 구멍가게에도 없자 아낙들의 얼굴은 차츰 어두워졌다. 아이는 밖에서 사람 소리가 들려오자 더 그악스럽게 울어대 숨이 넘어갈 지경이 되자 아낙들이 더 안절부절못했다. 급기야 방문 앞에 달린 커다란 자물통을 도끼로 내리찍었다. 방문을 열자마자 아낙들은 일제히 얼굴을 찡그리며 고개를 돌렸다. 온 방안에 있는 이불이며 장판이며 심지어 젖병에도 똥으로 칠갑했다. 차고 있던 헝겊 기저귀가 아이의 사타구니를 탈출해서 더 난리가 났다. 그 위에 파리들은 잔칫상을 받은 각다귀처럼 까맣게 앉아 있었다. 사람이 그리웠던 아이는 아낙에게 와락 매달렸다. 아이가 칭칭 매달리자 아낙은 순간 깜짝 놀랐다. 아낙은 똥투성이 아이를 덜렁 안을 수가 없었다. 아이의 눈에도 코에도 똥이며 눈물이 매달려 있자 검은 파리까지 까맣게 뒤덮였다. 보배가 먼저 나타났다. 아낙들은 보배에게 보배 엄마의 행방을 물었다. 엄마 친구가 돌아가셔서 문상을 하러 갔다고 둘러댔지만 아무도 보배 말을 믿는 눈치가 아니자 보배는 입을 닫았다. 보배 엄마는 보배가 동생을 씻기고 청소를 다 하고 미음을 끓여 먹이고 저녁밥을 짓고 나자 허깨비처럼 허적허적 나타났다. 그때부터 야릇한 소문이 사택 아낙들의 입에서 입으로 퍼지기 시작했다. 하지만 그녀는 독립군처럼 의연했다.

이번 여자는 자미 말처럼 맘에 딱 들었는지 무열은 전에 없이 영자를 비롯해서 가까이 사는 친척들 몇 명을 불러 같이 선을 보자고 했다. 영자의 얼굴은 오랜만에 바깥 날씨처럼 봄 햇살이 비쳤다. 이번에는 어떠하든지 잘 구슬러서 호적에 올려놓겠다고 별렀다. 그동안 무열의 재혼 실패를 영자는 여자를 호적에 올려놓지 않아서라고 했다. 영자도 살다가보면 집어치우고 싶을 때도 있었지만 호적에 올라가 있는 이름 때문에 참고 살았다면서 호적에 이름 올리는 것에 절체절명의 원칙을 부여했다.

무열은 영자와 무열의 당숙 부부를 대동하고 불고깃집에서 여자와 선을 봤다. 여자는 시종일관 새색시처럼 머리를 숙이고 있었다. 무열은 여자에게 맥주를 권하면서 아이가 참 귀엽게 생겼다며 몇 살이냐고 물어봤다. 선보는 장소에 아이를 데리고 나와 잠시 뜨악해 있던 분위기가 이 한마디로 인해 화기애애하게 변했다.

"어쩌다가 젊은 나이에 혼자가 되었는가?"

당숙모의 물음에 여자는 고개를 들지도 않고 나지막하게 대답했다.

"팔자가 박복해서 광산 사고로 보냈습니더."

"그게 어디 자네 팔자 때문이겠는가. 이놈의 동네가 사람을 한 명 한 명 잡아먹어야만 살 수 있는 동네이기 때문이지."

당숙모는 여자를 애처롭게 쳐다보며 말했다. 아이만 딸려 있지 않았다면 처녀라고 해도 믿을 수 있을 정도로 가녀린 몸매에 얼굴이 백합처럼 고왔다. 또 흰색 블라우스에 검은 개더스커트를 입은 수수하면서도 단정한 옷매무새에서 풍기는 인상이 먹고 살기가 급급하지 않으면 무열 같은 사람하고 어울릴 사람은 아니게 보였다. 한쪽 구석에서 세상 모르게 자는 볼이 통통한 사내아이도 딸만 넷이 있는 무열에게는 거저 아들을 얻는 셈이니 손도 안 대고 코 푸는 격이라고 생각되었다. 무열만 맘에 들면 얘기는 일사천리로 돌아갈 것 같은데 그는 맥주만 들이켰다. 곁에 있는 사람들이 미처 맥주를 따라주지 않자 직접 따라서 마셨다.

"오빠는 술 마시러온 사람처럼 술만 마시고 있네. 무슨 말이라도 좀 하지 않고."

참다못한 영자가 한마디 하자 무열은 영자를 물끄러미 쳐다보았다.

"내가 올해로 광산생활이 이십오 년째 접어들었으니 참 징글맞게 오랫동안 해먹었네. 그러는 동안 죽을 고비도 수태 겪어 내 목숨은 그냥 덤으로 얻은 느낌이 들 때가 많아. 왜 그런 생각을 하느냐고 하겠지만 좀 전까지 지하 막장의 칠흑 같은 어둠 속에서 자기 모자에 달린 불빛 하나에 의지해 점심 나눠 먹던 동료가 불과 몇 분 후 저세상 사람이 되자 그 이후의 삶은 덤이란 생각이 든단 말이야. 사고가 났지만 운 좋게도 살아남으면 그 다음부터는 먹는 밥도 덤, 먹는 술도 덤, 인생도 덤이란 생각 때문에 그냥 막살게 되지. 덤이니까. 아비 인생이 덤이다 보니 내 딸들도 고생이 말이 아니었지. 집안 어른들에게도 참 부끄러운 행동을 많이 했었고. 특히 진희 에미는 못난 오라비 때문에 시집에서 고개를 못 들었을 테고. 내가 다 알면서도 일부러 그랬지. 하지만 이젠 정신을 좀 차려보려네. 세상에 시집갈 때가 지난 딸들이 애비 새장가 보내겠다고 중신이나 서는 것을 진희 에미 시집에서 알면 뭐라 하겠냐?"

무열은 말을 하면서도 마치 이곳에 영자 혼자만 앉아 있는 것처럼 그녀만 바라보고 있었다. 맞선을 보는 여자도 여전히 무열이 따라준 맥주잔만 만지작거렸다. 당숙 부부도 땅바닥만 내려다보고 있었다. 상 위에 음식들은 꾸덕꾸덕 말라갔지만 아무도 손을 대지 않았다. 가만히 두면 이 밤이 지나기 전에 이 방은 땅속으로 가라앉아버릴 것 같았다. 이 무거움을 깨뜨릴 사람은 영자밖에 없는 모양이었다.

"오빠, 오늘 조금 이상하네. 평생 안 할 것 같은 말만 하고. 앞에 앉아 있는 사람이 맘에 드는가봐."

영자의 조금은 방정하지 못한 말이 방안의 침묵을 깨는 데는 효과가 있었다. 당숙이 이제야 할 말을 찾은 것처럼 고개를 번쩍 들었다.

"그동안 자네를 이해 못해서 미안하네. 하지만 이 고장에서 자네처럼 살지 않는 사람이 몇 명 되겠는가. 자네는 좋은 일도 많이 했지. 자네 손으로 구한 목숨이 얼마인가 말일세."

무열은 그 말에는 긍정도 부정도 않고 다른 말을 했다.

"잔을 받았으면 한 잔 권하는 것이 법도거늘 어찌 아까부터 그 차가운 것을 만지작거리기만 하는지……."

여자는 무열이 처음으로 자기에게 말을 건네자 화들짝 놀라면서 얼른 얼굴을 옆으로 돌리며 쥐고 있던 맥주잔을 입에 대었다가 옆에 있는 물컵에 조심스럽게 따랐다. 그리고 무열에게 술잔을 건네고는 맥주를 술잔에 찰랑찰랑 넘칠 정도로 가득 따랐다.

"뭔 술을 이렇게나 많이 따르는지……."

하얀 맥주 거품이 잔을 타고 넘치자 무열은 얼른 맥주잔에 입을 가져대고 한번 쭉 빨아먹으면서 혼잣말처럼 말했다.

"잔에 넘치도록 술을 따라주니 앞으로 잘 살겠네. 정이 많아서라고 하지 않던가."

여자가 당황해하면서 안절부절못하고 있자 옆에 앉아 있던 당숙모가 한마디했다. 당숙모와 영자는 여자의 얌전한 행동에 안도하는 눈빛이었다. 지금까지 무열을 거쳐간 몇 명의 여자들과는 행동부터 달랐기 때문이었다.

상처하고 난 후 그동안 무열에게는 세 명의 여자가 거쳐갔다. 첫 번째 여자가 제일 괜찮았다고 자야도 자미도 말했지만 무열이 술집에서 만난 여자여서 그랬던지 완전 술고래였다. 얼굴도 예쁜데다가 살림도 알뜰하게 잘했지만 술을 시작했다 하면 기본으로 사나흘을 줄기차게 마셔대는 버릇이 있었다. 참다못한 영자가 무열에게 한마디 하자 자존심이 상한 무열은 여자를 보내버리고 말았다. 자기의 입방정이 미안해 영자는 고르고 골라서 두 번째의 여자를 무열에게 소개했다. 큰 키에 몸매가 호리호리한데다 얼굴이 창백한 코스모스 같은 여자였다. 무열은 영자만 믿고 별생각 없이 여자를 집에 들였는데 알고 봤더니 병자였다. 일주일에 세 번은 신장 투석을 하는 여자가 그것을 감쪽같이 속이고 무열과 함께 살 작정을 했던 모양이었다. 도의적인 책임 때문인지 무열은 여자를 내치지 않고 몇 년간 병원비도 잘 대주면서 살았다. 그런데 병이 낫기는커녕 합병증까지 생기자 여자가 먼저 떠났다. 벼룩도 낯짝이 있지 더는 그리할 수가 없다고 했다. 여자는 아마 자기 생명이 얼마 남지 않았다고 느꼈던 모양이라고 영자는 말했다. 무열과 헤어지고 얼마 후에 죽었다는 소식을 듣고는 무열은 며칠 동안 말없이 술잔만 기울였다.

몇 년 후 세 번째 여자를 고를 때 딱 두 가지만 생각했다. 첫 번째는 몸이 수소처럼 건강해야 하고 두 번째는 술은 입에도 대지 않는 조건이었다. 그런데 그만 그거만 본 게 문제였다. 술 근처에만 가면 얼굴부터 빨개지는 데다 몸도 수소처럼 건강하긴 했다. 그거 두 가지만 제대로 갖추었지 다른 것은 엉망진창이었다. 뚱뚱했고 수다쟁이인데다 음식 솜씨도 별로 없었지만 무열은 그래도 이번 여자가 마지막이길 바랐다. 더는 세 딸과 이웃과 친척들에게 부끄러웠다.

자야와 자미와 자영은 자기들이 돈을 벌어도 처음부터 통장은 무열이 관리했다. 무열이 딱히 요구하지 않았는데도 왜 그랬는지 알 수가 없었다. 아마 트윈헤어숍을 개업할 때 무열에게 돈을 꾸면서 버는 족족 갚는 과정에서 자연스럽게 통장까지 맡기게 되었는데 자야까지도 자연스럽게 그렇게 했다. 무열이 자기 돈은 물 쓰듯이 허랑방탕하게 쓸지언정 딸들의 돈은 한푼도 안 건드렸기에 어떤 믿음도 작용했던 모양이다. 무열의 여자가 몇 번 바뀌어도 그 규칙은 바뀌지 않았다. 하나같이 여자와 길게 살지 못했기 때문인지도 몰랐다. 또 무열이 먼저 내놓기 전에는 딸들이 먼저 나서서 통장을 돌려달라고 할 수도 없었다. 그런데 그런 사정을 어찌 알았는지 세 번째 여자가 그것을 몽땅 들고 도망을 가버렸다. 세 딸이 지금껏 번 돈이었다. 통장 비밀번호를 얼떨결에 유출한 무열이 백방으로 수소문해서 찾았지만 오리무중이었다. 마침내 포기하면서 무열이 하는 말이 못나고 못난 여자에게 해웃값 한번 오지게 치렀다고 했다나 뭐라나.

무열은 여전히 안절부절못하는 여자를 그때야 안쓰러움이 배인 깊은 시선으로 지그시 쳐다보았다.

"젊은 나이에 남편을 보내버린 자네도 나처럼 팔자가 참 기막히구먼. 하긴 이 고장에 사는 사람들의 팔자는 다 그럴 거야. 목숨줄이 붙어서 찬 공기라도 들이키면 그래도 좋은 팔자라고 볼 수 있지. 언나 걱정은 말게나. 내가 친아들처럼 잘 길러줄 테야. 자기가 하겠다고 하면 대학 공부까지 시켜줄 것이고."

"딸들을 공부 못시켜 천추의 한이 맺힌 사람이 나란 말이지. 그때는 그래야 하는 줄 알았어. 내가 생각을 잘못했지. 그것들이 이제 시집갈 나이가 되고 보니 후회가 되네. 진희 어미에게도 내가 죄가 많은 사람이야. 그래도 워낙 똑똑했으니 야학당에서 서너 달 배운 것으로 제 서방이나 시집에서 기 안 죽고 살지."

"오빠, 그때는 오빠 혼자 벌어서 그 많은 식구가 다 먹고살았는데 공부야말로 호사 중의 호사였지요. 철없이 내 욕심만 채우려고 몽니를 부려 부끄럽기만 하네요. 그리고 자두가 있는데 무슨 그런 말을 해요."

"그래, 그놈이 제 어미 잡아먹고 나온 놈이긴 하지만 공부만 잘한다면 제 언니들 못 배운 설움까지 다 풀게 할 작정이야."

"자두는 좋겠네. 이제 귀여운 남동생까지 생기게 되었으니 좀 좋아?

자네 그러고 앉아 있지 말고 신랑 될 사람에게 술 한 잔 더 따라주게."

여자 옆에 앉아 있던 당숙모가 여자의 어깨를 가볍게 쓰다듬으면서 맥주병을 건네주었다. 여전히 고개를 숙이고 있던 여자는 당숙모가 건네준 맥주병을 들고 무열의 잔에 맥주를 살금살금 따랐다. 이번에도 잔에 그득해서 거품이 찐빵처럼 볼록 솟았지만 넘치지는 않았다. 무열은 금방 실력이 늘었다며 이러다가 술꾼이 되겠다면서 처음으로 웃었다. 무열이 웃자 방안에 있던 모든 사람도 따라 웃었다. 여자는 고개를 살짝 틀면서 부끄러워했다. 분위기가 이쯤 되자 당숙이 여자를 들일 날짜를 잡자고 서둘렀다. 무열은 새삼스럽게 혼례를 치르면 말만 한 딸들에게 부끄러운 일이니 생략을 하자며 한 가지 제안해도 괜찮겠냐고 여자에게 물어보았다.

여자는 얼굴을 살짝 들고 무열을 쳐다보았다.

"자네, 오늘 나와 같이 여관에 갈 수 있겠는가?"

여자뿐 아니라 같이 있던 사람들도 눈이 휘둥그레졌다. 여자는 못 들은 척할 작정인지 고개를 다시 숙였다.

"고개를 숙이지 말고 나를 똑바로 보고 결정을 내려야 할 것이야. 자네뿐 아니라 진희 어미와 집안 어른들까지 모셔놓은 자리에서 이런 말을 하는 나를 이상하게는 생각하지 말게. 그렇지만 내 생각은 확고해. 남남으로 만나서 특히 상처가 있는 사람들이 만나서 살 때는 속궁합이 맞지 않고는 살아갈 수가 없는 법이거든. 다른 것은 다 덮어둘 수가 있고 양보할 수가 있지만 그것만은 양보가 안 되는 법이지. 이런 말 하는 나도 부끄럽지만 더 이상은 허랑방탕하게 살고 싶지가 않네. 더 늦기 전에 남들처럼 알콩달콩 가정을 이루며 살아보고 싶으이."

말을 마친 무열은 앞에 있던 잔을 단숨에 벌컥벌컥 비우고 여자에게 잔을 건넸다. 여자는 잔을 받아야 할지 말아야 할지 망설이는 모습이 역력했다. 무열은 재촉하지 않았다. 그렇다고 술잔 든 손을 내려놓지도 않고 여자를 그냥 지그시 바라보기만 할 뿐이었다. 옆에 앉아 있는 당숙 부부도 무열 말에 수긍이 되는지 여자의 다음 행동만 기다리고 있을 뿐이었다. 법도를 일 순위로 생각하는 영자도 가만히 고개를 끄덕이기만 했다.

마침내 여자는 무열이 내민 잔을 받았다. 무열은 여자가 받은 술잔에 맥주를 삼 분의 일 정도만 따라주었다. 여자는 고개를 약간 돌리고는 단번에 다 마셨다. 여자가 맥주를 마시자마자 기다렸다는 듯이 아이가 잠에서 깨어났다.

그로부터 며칠 후에 여자와 아이는 무열의 집에 들어왔다. 여자가 들어와서 살림을 맡게 되자 자야는 직장 일이 끝나면 곧잘 트윈헤어숍에 들르곤 했다. 그전에는 상상도 못했던 일이었다. 무열이 여자로 인해 봄날의 바람처럼 많이 부드러워졌기 때문이었다. 네 자매는 여자 보고 엄마라고 불렀다. 자야와는 나이 차이가 두 살밖에 나지 않았지만 무열은 그렇게 불러주길 원했다. 무열의 여자로서는 그런 호칭은 처음이어서 네 자매는 기꺼이 환영했다.

어깨까지 내려왔던 여자의 생머리는 곱슬곱슬 파마머리로 부드럽게 바뀌었다. 여자는 무릎 밑까지 오는 검정 주름 스커트에 곱슬한 작은 레이스가 달린 연분홍 블라우스를 입고 그 위에 흰색 앞치마를 걸치고는 마당과 부엌을 종종걸음쳤다. 마당에는 배추 두 통과 무 세 개, 그리고 연해보이는 열무가 펼쳐져 있었다. 오랜만에 친정에 들른 영자가 무슨 김치를 이렇게 많이 하느냐고 묻자 할 때 몇 가지 할 생각이라고 여자가 작게 대답했다. 모습이 많이 안정되었다고 영자가 무열에게 속삭이자 마루에 앉아서 제비처럼 종종거리는 여자만 쫓던 그가 빙그레 웃었다. 붉은 작약이 소담스럽게 피어 있는 마당가 화단에는 여자가 데리고 온 사내아이가 장난감 굴착기에 흙을 퍼 담느라 영자가 대문에 들어서도 쳐다보지 않았다. 굴착기에 붙은 종이 상표가 새것이었다. 영자가 몇 번이고 사내아이의 이름을 불러도 사내아이는 영자를 한번 흘깃 쳐다보고는 다시 흙을 퍼담는 데 열중했다. 무열은 이것도 보기 좋은지 그냥 흐흐 웃었다. 영자는 무열이 자주 흐흐거리자 밉지 않게 눈을 흘기면서 웃었다.

"올케는 음식 솜씨도 좋네."

여자가 밥상을 차려오자 영자도 네 자매처럼 여자를 부르는 호칭에 별 저항 없이 오뉴월 엿가락 달라붙듯이 입에 잘 달라붙었다. 영자는 자야보다 훨씬 양념을 더 많이 써서 보기에는 좋았지만 맛은 자야가 더 잘 낸다고 생각했다. 여자가 찬밥을 밥상 밑에 두고 먹자 자야도 자기가 먹던 밥을 내려놓고 여자가 먹는 찬밥에 숟가락을 가져갔다. 여자는 따뜻한 밥을 먹고 출근을 하라고 하자 자야는 엄마만 찬밥을 좋아하는 게 아니고 자기도 좋아한다고 했다. 엄마란 말을 백 년이나 써본 것처럼 아주 자연스러웠다. 여자도 더는 어쩔 수 없는지 자야 앞으로 밥그릇을 조금 밀었다. 무열과 영자는 이런 모습을 못 본 척하면서 밥을 먹었다.

자야가 볼링을 배우러 다니겠다고 하자 무열은 시집갈 생각은 않고 무슨 볼링이냐 하면서도 여자에게 들은 말이 있었던지 더는 말이 없었다. 자미는 배드민턴도 배우겠다며 배드민턴 라켓을 사들였다. 배움에 늘 목말라 있었던 자영은 영어 학원도 다녔다. 기초 영어라 부끄러웠던지 교재와 테이프를 미용실 구석에 감추어두고 공부를 했다. 학교에 다니는 자두를 뺀 세 자매가 경쟁적으로 볼링 점수에 열을 올릴 무렵에 그만두었다.

여자가 사내아이와 가버렸기 때문이었다. 영자는 이번에도 호적 타령을 했다. 영자는 무열이 이런저런 이해되지 않는 행각도 그의 호적만 깨끗하면 상관이 없다고 생각하는 사람처럼 보였다. 그래서인지 그동안 잠깐씩 살다가 간 어느 여자보다도 더 나쁜 여자라고 입에 거품을 물었다.

늦게 여자의 재혼 소식을 여자의 전남편 쪽에서 알게 되자 그쪽에서는 자기네 손자를 남의 집에서 키울 수가 없다며 사내아이를 보내라고 했다. 여자로서는 청천벽력과 같은 소리였다. 사실 그렇게 될까 두려워서 재혼 사실을 알리지 못했는데 나쁜 말은 참 빨리도 전달되어 아이를 빼앗겨버리게 생겨버렸다. 여자는 제정신이 아니었다. 아이를 보내놓고는 단 하루도 살 수가 없다며 아이를 키울 수 있게 해달라고 무열에게 매달렸다. 무열은 사내아이의 집안 식구를 만날 수밖에 없었다.

워낙 달변가인 무열이라 서슬 푸른 그쪽이 한발 물러섰다. 아이가 아직 어린 것도 한몫했다. 아이를 데리고 있으면서 잘 키워달라고 했다.

단 십 년 후에는 꼭 그쪽 집안으로 보내야 한다는 조건이었다. 여자는 안도했다. 여자에게 십 년 후는 멀고도 먼 미래의 일이었다. 당장 품에서 빼앗길까 전전긍긍하고 있다가 십 년이란 세월을 벌어들인 무열에게 고마워했다. 하지만 무열은 여자와는 달리 냉정해지기 시작했다. 남의 식구가 될 아이는 키우고 싶지가 않았다. 십 년 후에 아이를 보내는 일은 지금보다 몇 배는 더 힘들다고 여자에게 말했다. 보내려면 지금 보내야 아이 쪽에서나 엄마 쪽에서나 훨씬 나을 것이라고 했다. 여자는 무열의 의향이 잘 파악되지 않는지 아이가 어려 엄마의 손이 얼마나 많이 필요로 하는지에 대해 보육교사처럼 설명했다. 남자이기 때문에 그런 세심한 부분까지는 잘 모를 거라는 말까지 보탰지만 무열은 그런 여자를 가만히 쳐다만 볼 뿐 말이 없었다. 무열이 그러고 있으면 딸들은 긴장하기 시작했는데 여자도 마찬가지였다. 새처럼 말이 많던 여자가 순간 입을 닫고는 고개를 떨어뜨렸다.

"자네는 나와 아이 중에 하나를 선택해야 하네."

여자는 대답하지 않았고 무열도 더 이상의 말은 하지 않았다. 여자는 대답 대신 손등에 진주만 한 눈물이 덜렁 떨어졌지만 닦지 않았다.

여자는 무열 대신 아이를 선택했다. 여자와 아이가 없는 집은 여자와 아이가 들어오기 전의 상태로 돌아왔다. 마당가에 있던 도랑이 다시 눈에 잡히기 시작했다. 사내아이와 여자가 있을 때는 들리지 않던 물 흐르는 소리가 들렸기 때문이다. 무열이 다시 까다롭고 성마른 홀아비로 변하자 자매들은 배우던 모든 것을 접고 그의 비위 맞추기에 모든 촉수를 곤두세워야 했다. 그는 선언했다. 더는 아비 장가보낼 생각을 한다면 딸과의 인연을 끊겠다고 했다. 물론 영자에게도 해당하는 말이었다.

언제부터인가 그녀의 전화를 따돌리기 시작하자 보배 엄마는 혼란스러웠다. 처음에는 순진하게도 정말 바빠서 그녀를 만날 시간이 없는 줄 알았다. 세상에서 제일 예쁘다고 속삭였던 남자와의 이별을 단 한번도 상상해보지 못했다. 그가 전화를 받지 않자 카바레로 찾아가는 것밖에 달리 방법이 없었다. 무엇보다도 그가 보고 싶어 미칠 지경이었다. 아니 목소리라도 듣고 나면 숨은 쉴 것 같았다. 그즈음 그녀는 물조차 목으로 넘기는 게 힘들어 바싹 말라갔다. 소매라도 잡으면 가랑잎처럼 바스러질 것 같았고 불면 연기처럼 흩어질 것 같았다. 혼이 빠진 사람처럼 누가 옆에서 불러도 잘 듣지 못했다.

그녀의 새가슴처럼 작은 간보로는 카바레 문을 펄떡 열지도 못해 밖에서 얼쩡거렸다. 그러다 보면 한번 정도는 마주칠 거라는 기대 때문이었다. 그런데 쫓겨나고 말았다. 남의 장사 망칠 일이 있냐며 눈을 부라렸다. 언제는 너무나도 상냥했던 사람들이 표범처럼 사나워졌다. 그녀는 표범 같은 남자에게 돈봉투를 쥐어주며 그 남자를 한번만 만나게 해달라고 애걸했다. 이쪽 동네가 돈이면 다 해결된다는 사실쯤은 진작 알았으니까. 마지막으로 한번만 얼굴을 보고 나면 마음을 잡을 수가 있겠다고 했다. 다시는 귀찮게 하지 않겠다며 두 손으로 싹싹 빌었다. 지나가는 사람들이 이런 그녀를 흘끔흘끔 쳐다봤지만 그녀는 부끄럽지 않았다. 등에 업힌 아이가 입을 삐죽이다가 커다랗게 울기 시작했다. 그는 우는 아이를 힐끗 보더니 내일 이맘때쯤 만나게 해주겠다며 그냥 돌아가라고 했다. 그녀는 그에게 연신 머리를 조아리며 고맙다고 인사를 했다. 그는 허리에 양손을 짚은 채 이런 그녀를 비웃듯이 흘끗거리며 바닥에 침을 한번 칙 뱉고 카바레 안으로 들어갔다.

다음날 보배 엄마는 약속한 시각에 카바레 앞에 나타났다. 대낮인데도 카바레는 네온사인으로 번쩍였다. 카바레의 육중한 문을 여닫을 때마다 시끄러운 음악 소리가 흘러나와 지나다니는 사람들이 눈살을 찌푸리며 카바레 문을 쳐다봤다. 보배 엄마는 그날도 빨강과 녹색이 반반 들어간 나일론 처네로 아이를 업은 채 작은 손가방을 들었다. 아이를 집에 재워두고 싶었지만 사택 아낙들의 눈초리 때문에 그것도 쉽지가 않았다. 문밖에서 손님을 맞이하던 어제 그 남자는 그녀를 본 척도 하지 않았다.

아줌마들이 부대를 이루어 카바레로 왔다. 그녀는 왁자지껄 떠들면서 카바레로 들어가는 아줌마들을 물끄러미 쳐다봤다. 잠이 든 아이의 가느다란 고개가 한쪽으로 뚝 떨어져 간당간당하자 그녀는 자꾸 아이를 추슬렀다. 술에 잔뜩 취한 손님들이 카바레 문을 밀고 나오면 그 남자는 택시도 잡아주고 허리를 구십 도로 굽혀 인사를 하며 또 오시라고 소리쳤다. 취객이 카바레 옆에 있는 전봇대에 바지를 내리고 오줌을 누면 다 눌 때까지 기다렸다가 택시를 잡아주었다. 취객은 소처럼 오랫동안 오줌을 누었다. 다 누었나 싶으면 또 쫄쫄 나오고 잠시 조용해서 다 누었나 싶으면 또 쫄쫄 흘러나왔다. 바지섶을 적시며 진저리쳐야 끝나는 작업을 그녀는 보지 않기 위해 고개를 한껏 틀고 있어야 했다.

드디어 그 남자가 아주 거만하게 손짓했다. 하늘 한복판에 있던 해가 어느덧 업힌 아이의 목처럼 서쪽 산마루에 간당간당 걸렸다. 해가 비스듬히 넘어가면서 붉은 기운을 뿜어내자 그 남자와 그녀의 얼굴도 불그죽죽했다. 아이는 자면서도 오줌을 몇 번 누어 등이 뜨뜻했다가 곧 축축해졌다.

그 남자가 그녀를 데리고 간 곳은 카바레 안에서 가장 밀실이었다. 보배 엄마는 그렇게 카바레를 많이 들락거렸지만 이런 밀실이 있는지도 몰랐다. 그녀의 얼굴에는 긴장감이 돌았다. 커다란 탁자를 중심에 두고 자주색 가죽 소파가 마주 보게 놓였다. 소파에는 그녀가 오매불망 그리워했던 그 남자가 앉아 있었다. 검은 바지에 하얀 셔츠를 받쳐 입고 분홍 보타이 차림이었다. 팔꿈치까지 걷은 셔츠 아래로 푸른 정맥이 툭툭 불거진 단단한 팔뚝이 보였다. 그런데 그 남자 옆에 여자가 앉아 있었다. 얼핏 보아도 아이를 업은 그녀와 비교조차 할 수도 없는 아주 젊고 예쁜 아가씨였다. 보배 엄마는 가슴이 덜컥 내려앉았다. 그 남자가 그녀를 만나주지 않고 피하기만 할 때는 어찌하든지 얼굴 한번 보는 것이 소원이었는데 이렇게 마주 앉자 뱃속 깊은 곳에 웅크리고 있던 기대가 뭉클뭉클 솟아났다. 좋지 않은 예감도 욕심 때문이다. 그녀는 그 남자 앞에서 고개를 바로 들지도 못했다. 그 남자보다 그녀의 나이가 한참은 더 많은데도 그 남자 앞에만 있으면 자꾸만 작아졌다. 처음에는 이런 그녀의 모습까지도 예쁘다고 말했었다. 그런데 옆에 있는 아가씨의 정체가 무엇인지, 왜 거기에 안방마님처럼 도도하게 앉아 있는지 알 수가 없어서 더 고개가 숙어졌다. 그 남자가 먼저 입을 열었다.

"보배 어머님, 저에게 아직 하실 말씀이 남았나요?"

"아니 그게…… 그게……."

보배 엄마는 말을 더듬거렸다. 지금껏 한번도 그런 칭호를 쓰지 않았던 사내였기에 더 더듬거렸다. 나의 꽃사슴이란 칭호 대신에 보배 어머님은 별나라 공주처럼 아득한 단어였다. 그 와중에 딸아이 이름을 언제 가르쳐주었는지 생각해보았다. 그 남자를 만나면 할 말이 태산이었는데 말문이 탁 막혀버렸다. 커다란 바위가 목구멍을 틀어막은 것만 같았다. 옆에 앉아 있는 어리고 예쁜 여자가 커다란 바위였다. 그 남자는 이렇게 더듬거리는 그녀를 보더니 손뼉을 한번 탁 쳤다. 소리가 크게 나지는 않았지만 그것은 어떤 상태에서 다른 상태로 넘어갈 때마다 그 남자가 하는 버릇이었다. 영화감독이 꿈이었기 때문이란다. 오랜만에 그 남자의 버릇을 보게 되자 눈물이 핑 돌았다.

"그럼 시간이 없으니 제가 먼저 말할게요. 사실 오늘 제가 보배 어머님을 마지막으로 만나자고 한 이유는 소개해줄 사람이 있어서요. 제가 사랑하는 사람이고 곧 결혼할 예정입니다."

그 남자는 전에 없이 존댓말을 쓰면서 유독 마지막이란 단어에 힘을 주었다. 옆에 있는 여자에게는 가만히 속삭였다.

"인사하지. 보배 어머님이라고, 내가 언제 말했었지. 나를 많이 도와준 여사님이라고."

그러자 하얀 리본블라우스를 입은 여자가 얼굴 가득 미소를 담고 그 여자에게 고개를 살짝 숙였다. 하얀색이 잘 받는 여자는 목소리까지 예뻤다. 보배 엄마도 얼떨결에 같이 인사했다. 눈물이 핑 돌았지만 꾹꾹 참았다. 아무려면 유부녀보다는 옆에 있는 어여쁜 여자가 그 남자에게 잘 어울릴 것 같아 안심되기도 했다. 그것은 도저히 넘을 수 없는 벽이라 포기가 빨랐다. 들어올 때 시킨 맥주와 과일 안주가 탁자 위에 차려졌다. 자릿값은 해야 했으니까. 그 남자는 맥주 병뚜껑을 펑펑 소리나게 딴 후에 보배 엄마에게 맥주잔을 내밀었다. 그녀는 그가 건네는 맥주잔을 받았다. 그 남자는 술을 조금 따라주었다. 그녀는 그것을 마시지 못하고 다시 탁자 위에 내려놓았다. 곤하게 자던 아이가 잠에서 깨어났다. 아이는 엄마 등 뒤에서 두리번거리다가 입을 삐죽이며 울기 시작했다. 처음에는 작은 소리로 칭얼거리듯이 울다가 그 어미가 반응이 없자 큰소리로 울어버렸다. 아이까지 울자 그녀는 더 초라하고 서글펐다. 기저귀도 축축하고 배도 고플 것이다. 온종일 엄마 등 뒤에서 잠만 잤으니까. 아이 엄마는 염치불고하고 처네를 풀면서 딱히 누구에게라고 할 것 없이 물었다.

"아이가 온종일 아무것도 먹지 못해 배가 고파 우니더. 여기서 젖을 먹여도 되니껴?"

그리고는 대답을 듣지도 않고 티셔츠를 쓱 걷어올리고 아이 입에 젖꼭지를 물렸다. 몸을 옆으로 돌리지도 않았다. 탐스러운 하얀 젖을 감추지도 않았다. 그 남자 옆에 앉아 있던 여자가 눈을 동그랗게 뜨고 쳐다보았지만 상관하지 않았다. 자지러지게 울던 아이는 어미의 진갈색 굵은 젖꼭지가 입에 들어가자 울음을 뚝 그치고는 양손으로 엄마 젖통을 꽉 잡고 게걸스럽게 빨기 시작했다. 금방 젖물이 아이의 턱을 흥건히 적셨다.

"그러시죠. 우리는 그만 나갈 테니 천천히 먹이고 가세요."

그 남자와 예쁜 여자가 마치 못 볼 것을 본 것처럼 부랴부랴 밖으로 나가자 보배 엄마는 그때야 눈물을 흘렸다. 울음소리를 내지 않으려고 애를 쓸수록 앙다문 입술을 비집고 나오는 소리는 끄윽끄윽이었다가 꺼억꺼억이었다가 했다. 젖을 먹던 아이가 젖꼭지를 쑥 빼고 이런 엄마를 빤히 올려다보았다. 아이도 곧 입을 삐죽이며 큰소리로 울어버렸다. 아이 엄마는 얼른 눈물을 훔치고 아이를 둘러업고 방을 빠져나왔다. 아이는 금방 먹은 생젖을 고스란히 그녀의 등에 게웠다. 등이 뜨뜻했다가 곧 축축했다. 토한 젖은 냄새가 고약했지만 아랑곳하지 않고 보배 엄마는 그 남자를 찾아보았다. 그 남자는 맥주병과 맥주잔이 수북한 쟁반을 한 손으로 어깨높이만큼 올려들고 다른 방으로 바삐 들어가고 있었다. 그 남자 옆에 앉아 있던 예쁜 여자는 카운터에 앉아서 보배 엄마가 건네는 돈을 받아 헤아렸다. 카운터 구석에는 노란 국화가 풍성하게 꽂힌 커다란 바구니가 놓여 있었다. 카운터를 바로 비추는 어두운 조명과 국화 바구니의 그림자가 길게 드리워져서 예쁜 여자는 신비롭기까지 했다. 뜬금없이 보배 엄마는 날마다 그 자리에 놓여 있을 국화가 부러웠다.

카바레의 육중한 문을 밀고 거리를 나서자 마치 큰 강 하나를 건너온 것같이 아득해 다리가 후들거렸다. 좀 전에 그녀를 그 남자에게 데려다준 표범같이 사나웠던 남자는 여전히 문밖에 서서 이런 그녀를 흘끔 쳐다보았지만 표정이 없었다. 술에 잔뜩 취한 한 무리의 손님들이 카바레 문을 열고 나오자 쿵작거리는 음악도 함께 나왔다. 젊은 남자는 그들에게 허리를 구십 도로 꺾어 인사를 하고 때마침 한 무더기 들어오는 사람들을 저승에서 살아온 누이들을 보는 것처럼 반색하며 카바레 안으로 데리고 들어갔다. 보배 엄마는 자기도 모르게 슬쩍 웃음이 흘러나왔다. 처음 양손에 목욕바구니와 열무단을 들고 카바레 앞에서 얼쩡거리던 일이 생각났다. 참 긴 시간이 흘러간 것 같았지만 따지고 보면 그 열무가 팔뚝만 한 무를 키워 김장김치를 담그는 시간 정도였다. 그 남자의 예쁜 애인을 소개받는 동안 산마루에 걸려 있던 해가 매정한 애인처럼 꼴깍 넘어가버렸다. 거리가 어둑어둑해지자 카바레 불빛은 본래 자기 색을 찾아 현란했다. 그녀는 그 불빛을 마치 처음 보는 사람처럼 물끄러미 쳐다보다가 그새 손님 영접을 끝내고 두 손을 마주 잡고 가만히 서 있는 표범처럼 사나운 남자를 쳐다보다가 했다.

그녀는 어디로 가야 할지 알 수가 없어 가만히 서 있었다. 업힌 아이가 또다시 칭얼거리자 살짝 나가버렸던 정신이 돌아왔다. 그녀가 선술집이며 갈빗집이며 곱창집이 빼곡히 줄지어 서 있는 골목길로 접어들자 그 남자는 이런 그녀를 한번 흘낏 바라보았다. 얼굴에는 여전히 표정이 없었다. 때마침 한 자락 불어닥친 삭풍에 몸을 한번 부르르 떨 뿐이었다. 그녀는 버스 정류장에서 사택으로 가는 버스를 기다리고 서 있었다. 소리 없이 울고 있자 옆에서 버스를 기다리는 사람들이 그녀를 흘낏흘낏 쳐다보았다. 매서운 바람 한 자락이 정류장을 덮치자 그녀는 아이를 씌운 남편의 검은 점퍼가 날아갈까 움켜쥐면서 눈물이 그렁그렁 담긴 눈을 한번 질끈 감았다. 저만치서 버스가 어른어른 보였다. 아이가 또다시 칭얼거리자 몸을 살짝 흔들면서 아이를 얼렀다. 아이가 조용해지자 그녀는 또 울기 시작했다. 여전히 소리 없고 맥없는 눈물이었다. 버스 안에는 사택 사람들도 타고 있었다. 그녀를 본 사람들은 그녀에게 아는 척을 하려고 다가섰다가 멈칫했다. 자기들끼리 귓속말을 주고받기도 하고 무엇을 다 아는 투로 혀를 차는 사람들도 있었다. 대부분 여자가 그런 행동을 했다. 사택 앞에 버스가 멈추자 그녀는 이번에도 눈을 한번 질끈 감아 눈 속에 얼룽덜룽 들어앉은 물을 짜내고 버스에서 내렸다. 그리고 사택 쪽으로 걸어갔다. 뒤따르는 사택의 아낙들이 그녀에게 말을 붙였다. 다 늦은 저녁때에 어딜 다녀오느냐고 했다. 그 말을 듣는 순간 아직 한밤중이 아닌 모양이라고 생각했다. 그때야 집이 걱정되기 시작했다. 지금쯤 광산에서 돌아온 남편은 늘어졌을 것이다. 어쩌면 기침을 쿨럭거리느라 보배가 차려준 밥상을 본체만체 할지도 모르겠다고 생각했다.

그런데 보배 엄마는 한 가지만 알고 있었다. 운명의 신이 그리 호락호락하게 놔두지 않을 모양이었다.

그날 저녁 같은 줄에 사는 아낙은 자기 남편이 퇴근해서 돌아오자마자 부리나케 밥상을 차렸다. 숟가락이 넘치도록 수북수북하게 밥을 떠서 후후 불어먹는 남편을 흐뭇하게 바라보다가 문득 보배 아빠가 생각났다. 보배 엄마가 아침 일찍 아이를 업고 나가서 아직 돌아오지 않았다는 사실을 사택의 아낙들은 다 알고 있었다. 학교에서 돌아온 보배가 우물로 물을 길으러 오는 것도 지켜봤다. 아무리 사내에게 미쳤다고 해도 물은 한 초롱 여다놓고 내빼도 내빼야 하지 않겠느냐고 우물가의 아낙들끼리 수군거리기도 했다. 보배가 부실한 저녁밥을 준비할 것이다. 생각이 거기에 미치자 보배도 불쌍한 생각이 들어 아낙은 저녁 밥상머리에서 자기 남편에게 고자질하기에 이르렀다. 사실은 그 아낙도 보배 엄마에게 억하심정이 있지는 않았다. 다만 자기 남편에게 자기 아내가 얼마나 정숙하고 살림 잘하는 여자라는 것을 확인시켜주기 위해서였다. 한마디로 자기 남편에게 잘난 척하고 싶었기 때문이었다.

그런데 그 소리를 들은 남자가 가만히 있을 리가 없었다. 그게 남자와 여자의 차이점이었다. 대부분 여자는 비록 입은 가볍더라도 함부로 입을 놀리지는 않았다. 입을 놀리면 발생할 수 있는 파장을 미리 짐작하고 있기 때문이다. 골치 아프고 귀찮고 무서운 일이 벌어지는 것이 싫었다. 그런데 남자들은 그런 파장은 아예 관심 밖이었다. 아니 파장을 불러일으켜서 문제를 해결하려는 본능으로 피가 부글부글 끓었다. 어쩌면 날마다 목숨을 내놓고 일을 하는 동료들이라 그들에게는 한 어머니에서 나온 형제보다 더 끈끈한 무엇으로 맺어졌다. 잘난 척하고 싶었던 여자는 그것까지는 생각 못했을 뿐이다.

그 남자는 가운데 화덕이 있는 둥근 탁자 서너 개가 놓여 있는 선술집으로 보배 아빠를 불러냈다. 연탄불이 들어가 있는 화덕 위에 석쇠를 올려놓고 삼겹살을 노랗게 구워 소주를 주거니 받거니 했다. 매캐한 연탄 냄새로 보배 아빠는 자주 기침을 쿨럭거렸다. 탁자 위에 빈 소주병이 늘어나자 그 남자는 대뜸 보배 엄마 단속 좀 잘하라고 일침을 놓았다. 무슨 소리인 줄 알 수가 없는 보배 아빠는 눈을 둥그렇게 뜨고 바라보았다. 그 남자는 그의 맑은 눈을 뻔히 쳐다보면서 저렇게 순해터져서 집안 단속을 잘할 수가 있겠냐고 한마디 더 했다. 그러면서 자기 마누라에게 들은 이야기를 그대로 일러바쳤다.

“아이고, 성님 농담도 잘하시니더. 우리 보배 엄마는 그런 여자가 아니니더."

"동상, 비싼 고기 먹고 농담하는 미친놈이 어디 있노? 나도 농담이면 좋지. 그래도 알 수 없는 일이니. 마누라 단속 좀 잘하게나."

"성님, 다른 건 몰라도 우리 보배 엄마는 제가 더 잘 아니더. 그런 못된 짓을 할 사람이 아니니니더. 제가 몸이 안 좋다는 것 성님도 잘 알고 있지 않능교? 그래도 우리 보배 엄마는 제가 제일 좋다고 하니더. 히히히."

"하모, 그래야 하고말고, 그게 부분기라. 내가 괜히 잘못 듣고 참견했구먼. 이놈의 여편네 똑바로 듣고 와서 주둥이질할 일이지. 이래서 마누라와 북어는 사흘 도리로 두들겨 패야 한다는 말이 나온 거여. 안 그런가?"

"야? 야."

무슨 생각인가 골똘히 하고 있던 보배 아빠는 얼떨결에 대답했다. 그러고 보니 요즈음에 이상한 점이 한두 개가 아니었다. 보배 아빠의 머릿속에서는 여러 가지 일들이 필름처럼 휙휙 지나갔다. 보배 아빠의 표정이 말끔하지 않았다. 갑자기 기침이 터져나왔다. 보배 아빠는 허리를 새우등처럼 꼬부리고 오랫동안 기침했다. 기침은 내장을 다 꺼낼 듯이 둘러팠다. 이마에는 핏줄이 툭툭 불거지면서 진땀이 삐죽삐죽 솟았다. 옆 탁자에 앉아 있는 손님들이 자꾸 흘끔거렸다. 어쩌면 보배 아빠가 기침을 불러들인 듯싶었다. 그 남자도 이 정도면 자기가 할 수 있는 일은 다 했다는 생각에 애꿎은 술만 자꾸 들이켰다. 요즘 들어 병색이 더 완연해 보이는 그에게 괜한 짓은 아니었는지 후회했다.

보배 아빠는 다리가 후들거리고 가슴이 떨려서 무슨 정신으로 집으로 들어온 줄도 몰랐다. 그동안 동네 사람들이 자기 뒤통수에 대고 수군거렸다고 생각하니 너무 창피하고 기가 막혔다. 가난하게 살지언정 자존심만큼은 득달같이 높은 그였다. 늘 유림의 고장 안동 출신임을 자랑스러워했다. 그때 보배 엄마가 얼이 반이나 빠진 얼굴로 집에 들어섰다. 보배 아빠는 다짜고짜 보배 엄마의 따귀를 한 대 때렸다. 얼떨결에 따귀를 얻어맞은 그녀는 무슨 영문인지 알 수가 없어 뺨을 감싸고 남편을 물끄러미 쳐다보았다. 남편의 눈에는 시퍼렇게 살기가 돌았다.

"그래 쳐다보지 말고 오늘 고만 니 죽고 나 죽제이."

"……?"

"내사 동네 창피해서 더는 못…… 쿨럭쿨럭, 쿨럭, 쿨럭, 쿨럭."

보배 아빠는 말을 하다 말고 기침이 터져나왔다. 기침이 자발머리없이 오랫동안 쿨럭거리자 보배 엄마는 이런 남편을 물끄러미 바라보다가 업고 있던 아이를 내려놓았다. 구석에서 아까부터 서 있던 보배가 눈물을 훌쩍이며 얼른 아이를 받았다. 보배 엄마는 이런 보배를 물끄러미 바라보았다.

"엄마 잘못 만나 우리 보배 고생이 많네."

보배 엄마가 밖으로 다시 나가자 보배가 동생을 방바닥에 내려놓고 따라나섰다.

"엄마, 어디 가는데?"

"안 간다. 니 동생이 울겠다. 얼른 들어가서 동생 죽 좀 쒀주라. 온종일 아무것도 먹지 못해 배 고플끼다. 기저귀도 갈아주고."

"엄마는 어디 가는데?"

"잠깐 저기 가겟방에 다녀올 테니 얼른 들어가라. 니 아버지 또 난리 나기 전에."

"알았어, 엄마 빨리 와."

"그래, 알았데이. 니가 고생이 많아 어쩌노. 니 동생 잘 부탁한데이."

때마침 동생이 자지러지게 울자 보배는 엄마를 흘끔 바라보고는 얼른 방으로 들어갔다. 보배 엄마는 이런 보배를 한참 바라보고는 허정허정 걸어나왔다. 아까 집으로 돌아올 때의 그 길을 되짚어나왔다.

카운터에 앉아 있던 여자는 그 남자에게 그날 하루 대타로 이용되었을 뿐이다. 하긴 그날 하루만도 아니었다. 그 남자에게 울며불며 매달리던 여자들이 그녀를 애인이라 소개하면 한여름 햇볕 아래에 있는 호박잎처럼 금방 수그러지고 말았다. 그동안 남자에게 돈이고 뭐고 바친 것은 따질 엄두도 내지 못한다. 그냥 울면서 조용히 물러날 뿐이었다. 처음부터 그 남자는 이렇게 결론이 날 거라고 보았기에 순진한 아낙들을 하루에도 몇 명씩 막 꼬여냈다. 카바레에서 손 몇 번 잡아주고 여관 가서 잠 한번 자고 나면 그 다음부터는 아낙들이 알아서 옷 사주고 용돈 대주고 철철이 보약을 해먹였다. 아낙들은 절대로 싫증을 내지 않지만 그 남자는 여자들에게 금방 싫증났다. 싫증나면 애인이 생겼다고 그만 만나자고 통보했다. 아낙들은 자기에게 그동안 했던 친절하고 다정한 기억 때문에 믿을 수 없었다. 그래서 한번만 더 만나자고 애원을 하고 또 하게 된다. 아낙들은 그 남자를 다시 한번 만날 생각에 아까울 것이 없었다. 그 남자는 그런 아낙들의 심리를 교묘하게 이용하다가 더는 나올 것이 없으면 아낙들이 아무리 애걸복걸해도 눈 한번 끔쩍하지 않았다. 죽어버리겠다고 자살을 기도하는 아낙들도 생겼다. 문제는 그렇게 죽었다고 해도 유가족들이 드러내놓고 요란스럽게 손해배상을 청구하거나 떠벌이며 장사를 지낼 입장은 아니었다. 밤중에 남들 알까 쉬쉬하며 야산 어느 자락에 매장하거나 화장터에 가서 한 줌의 연기로 날려보내면 그뿐이었다. 어쩌면 월천은 잦은 광산 사고로 인해 죽음이 익숙했기 때문인지도 몰랐다.

보배 엄마도 그동안 수백 번 죽고 싶었지만 아이들 때문에 겨우겨우 추슬렀다. 그런데 소용없게 되었다. 자존심 강한 남편이 알았다면 끝이었다. 잘되었다. 어차피 살고 싶지도 않을 정도로 절망적인데 그냥 이참에 핑계도 좋은데 죽자는 마음이 들었다. 보배와 젖먹이 아들이 불쌍했지만 산목숨은 어찌하든지 살겠지. 무엇보다도 병이 깊은 보배 아빠보다는 똑똑한 보배를 믿었다. 보배 엄마는 음흉한 짐승처럼 사택을 까맣게 누르고 있는 검은 산으로 허적허적 올라갔다. 목을 매는 것 그동안 무서웠는데 작정하고 나니 무섭지도 않았다. 젖먹이 아들 마지막으로 젖 한통 실컷 먹이지 못해 자기도 모르게 양 볼로 눈물이 주르륵 흘러내렸다. 이럴 줄 알았다면 카바레 밀실에서 젖이나 양껏 먹이고 나올 것이지 뭐가 창피해서 젖도 제대로 못 먹였을까.

철물점 주인은 새로운 버릇이 생겼다. 노끈만 보면 깜짝깜짝 놀라 노끈을 팔지 못했다. 그날 밤 보배 엄마에게 노끈만 팔지 않았다면 결과가 바뀌었을까? 라는 물음에 오랫동안 사로잡혔다.

제3장

연기

사람들은 무열의 손을 '신의 손'이라고 불렀다. 죽었던 사람도 그의 손이 가닿으면 살아난다고 믿었다. 뭐 그에게 특별한 기술이나 염력이 있지는 않았다. 오랫동안 광산생활을 해왔기에 그곳에 터줏대감이 되었기 때문이다. 지하갱도의 그림이 설계도보다 더 정확하게 무열의 손바닥에 다 들어앉아 있었다. 거기에다가 남들보다 다른 동물적 감각마저 갖추었다. 그래서 사고가 났는데 무열이 보이지 않으면 가족들은 회사 측에 무열을 투입하라고 소리를 질렀다. 무너진 굴에 대한 원망보다 무열을 투입하라는 원성이 더 높아 갓 발령받은 회사 간부들은 어리둥절할 정도였다.

무열이라도 뜻대로 되지 않을 때도 있었다. 목숨은 신이 주관하기 때문이다. 기계였다면 가장 최상의 매뉴얼대로 움직였겠지만 사람이기 때문에 때로는 잘한다고 칭송하는 소리에 감각이 멀어지고 머리만 앞서 잘못 결정했다. 그러나 그것의 결과는 엄청났다. 살릴 수도 있는 누구의 아버지와 누구의 남편을 죽였다. 무열은 괴로웠다. 졸지에 가장을 잃어버린 가족의 울부짖음이 자기를 원망하는 것만 같았다. 등에 식은땀이 줄줄 흘러내렸다. 집으로 허겁지겁 달려왔다. 무열에게 집은 평소에는 가장 멀리하고 싶은 대상이었지만 이럴 때는 집밖에는 없었다. 그런데 절대로 맨정신으로 집으로 올 수는 없었다. 중간에 아무 술집에 들어가서 안주도 없이 소주 한 병 벌컥벌컥 마신 후에야 집으로 올 수 있었다.

구조활동은 촌각을 다투는 일이라 구조가 완료될 때까지는 입에 음식을 넣을 시간이 없었다. 아니 주위에서 음식을 장만해 구조팀들이 교대로 먹을 시간이 있었지만 무열은 음식을 넘길 수가 없었다. 사고가 난 지점이 아주 깊은 바다 밑에 있는 갱도라든가, 접근이 까다로운 곳이든가, 이차, 삼차 또 다른 폭발로 인해 갱도가 무너질 수 있다든가 하면 구조 자체가 한없이 길어질 수밖에 없었다. 물론 제대로 잠을 잘 수도 없었다. 갱도 밖에서는 유가족들이 몰려와서 울부짖으며 기다렸고 또 단 몇 분 차이로 살아 있던 사람이 죽을 수도 있는 긴박한 순간에 눈을 감는다고 잠이 올 리도 만무했다. 그런 식으로 먹지도 자지도 않고 구조활동을 했는데 모두 순직해 있으면 허탈했다. 더군다나 방금까지 동발에 걸터앉아 탄가루 묻은 계란말이나 김치쪼가리 반찬으로 도시락을 나누어 먹었던 동료였다면 반쯤은 제정신이 아니었다. 다시는 굴속에 들어오면 인간이 아니라고 맹세를 하는 순간도 바로 동료의 부릅뜬 눈을 손으로 쓸어 감아줄 때였다.

폭삭 무너진 탄더미에서 동료를 찾아내는 일도 기막혔다. 감자도 아니고 칡도 아닌 사람을 삽이나 괭이로 살살 긁어내다가 혹 다칠까 걱정이 되어 손으로 탄더미를 살살 후벼팠다. 평소에는 죽일 놈 살릴 놈 하면서 으르렁거렸던 사람들이 위급할 때는 똘똘 뭉치는 모양이었다. 칡넝쿨처럼 똘똘 뭉쳐 있기 일쑤였다. 시간이 많이 지났을 때는 이미 굳어서 서로 떼어놓기도 쉽지가 않았지만 오히려 그 편이 속은 더 편했다. 아직도 온기가 남아 있는 동료가 탄가루를 뒤집어쓴 채 눈을 부릅뜨고 있다면 그것 자체가 깊은 절망이었다. 조금만 더 빨리 왔더라면 절명을 하지 않았을 텐데 하는 자괴감은 또 다른 절망의 나락으로 떨어지게 하였다.

무열은 떨리는 손으로 얼굴에 묻은 탄가루를 조심조심 털어냈다. 마지막까지 무엇을 보려고 했었던지 부릅뜬 눈은 손으로 쓸어도 감기지 않았다. 탄가루를 살살 털어내도 얼굴은 새까맣다. 그래도 마른 탄가루라면 털어내는 일도 쉬웠지만 죽탄이면 털리지도 않았다. 튜브에 얼마 남지 않은 마요네즈를 짤 때처럼 정수리부터 쭉쭉 내리훑었다. 부릅뜬 눈도 보이고 코도 보이고 붉은 입술도 보이고 하얀 치아도 보였다. 옷에 붙은 죽탄도 쭉쭉 훑어주며 인사를 했다. 잘 가라고, 죽도록 고생만 하다 가느라 수고가 많았다며 치하도 했다. 다음 생에는 꼭 밥숟갈 뜨는 집에 귀한 도령으로 태어나 천하를 호령하며 살아가길 바란다고 했다. 하지만 생각해보면 이 일 또한 사내로 태어나서 해볼 만한 일이 분명하다고도 했다. 사람이 살아가는 데 꼭 필요한 물건을 캐내는 일처럼 값진 일은 없다고 했다. 간이 큰 사내라야 가능하지 간이 쥐싸라기만 한 놈은 하고 싶어도 못할 일이 이 일이 아니겠느냐고도 했다. 자네는 산업역군으로 장하게 전사했으니 너무 서러워하지 말라고도 했다. 하지만 산업역군은 이번 생 한번이면 충분하다고 했다. 다음 생에는 더 폼나게 한세상을 주름잡아야 하질 않겠느냐고 했다.

무열은 말과 행동이 달랐다. 한덩어리로 엉겨 있는 시신들을 그의 손길로 민첩하게 수습하면서 말은 타령조로 느릿느릿했다. 작은 소리라 옆사람들도 잘 들리지 않았다. 꼭 복화술을 구사하는 것처럼 입술의 움직임도 거의 없었지만 소리는 끊길 듯 말 듯 들려왔다. 며칠 동안 밤낮을 꼬박 구조에 매달렸지만 살아 있는 사람이 한 사람도 없으면 더 허탈해 타령이 더 늘었다. 희망이 있을 때는 힘든 줄도 몰랐고 졸리지도 않았고 배고픈 줄도 몰랐지만 모두 절명해 있으면 그 순간에 죽은 사람과 동일화가 되어 허깨비가 되어갔다.

온몸은 죽탄으로 칠갑을 하고도 모자라 바닥에 철떡철떡 흘러내렸지만 선술집에서는 그를 박대하지 않았다. 온 나라가 다 아는 사고 소식과 더불어 최일선에 그가 있었다는 사실을 모르는 사람은 아무도 없었으니까. 오히려 그런 그를 위로할 길이 없어서 술집 주인들은 그의 눈치를 보며 전전긍긍했다.

무열은 탄광 사고를 수습하고 돌아온 날이면 여름이든 겨울이든 상관없이 집에서 목욕했다. 시커먼 목욕물이 마당가 도랑을 타고 쫄쫄 흘러내려가면 식구들은 그것을 물끄러미 바라보고 있었다. 마당가에 작약꽃이 만발했지만 이를 딱딱 부딪쳐가면서 목욕을 하고는 자야가 쑤어온 죽은 본체만체하고 술을 들이라고 소리를 질렀다. 물기를 제대로 닦지 않은 머리카락에서 검은 물이 이마로 똑똑 떨어졌다.

식구들의 얼굴을 하나하나 인상을 한껏 찌푸리고 눈을 가느다랗게 만들어 노려봤다. 자야는 벌써 덜덜 떨렸다. 십중팔구 꼬투리를 잡아낸 것만 같았다.

무열에게 잣골댁은 계륵과 같은 존재였다. 왜 좁고 누추한 곳에 굳이 살겠다고 고집을 부리는지 이해가 되지 않았다. 그러나 어쩌다 잣골댁이 무산 집에 며칠 머물게 되면 불안하고 허전해서 안절부절못하였다. 애먼 자야만 더 잡을 뿐이었다.

“어무이요, 제발 철원에 가서 사시소. 어무이 때문에 들어올 사람도 못 들어오니더.”

“이 사람아. 자네 장가가고 못 가고가 왜 나 때문인가? 괜히 애먼 에미 보낼 생각은 하지 말게나.”

“아이고 참, 집이 좁아서 그렇지요. 어무이가 이레 방을 떠억 차지하고 있으면 누가 들어올라고 하겠니껴.”

“곰보든 째보든 사람만 들여놓으면 내 그날로 바로 철원으로 갈 테니 걱정 마시게나.”

“어무이는 왜 이렇게 내 속을 썩이니껴? 그 이유를 오늘 기어코 알아야겠으니 어무이는 말씀을 좀 해보소.”

“이 사람아, 피곤할 텐데. 그만 억지를 부리고 주무시게나.”

“억지라니요. 어무이가 그렇게 말씀을 하면 이 모자란 아들은 섭섭하니더.”

“자네가 모자라긴 뭐가 모자란다고 술만 드시면 그러는가. 몇 날 며칠을 얼마나 고생을 했는데 또 그 타령을 하는가?”

“타령이라 했니껴? 타령 아니니더. 암 아니고 말고지요. 어무이요, 내 오늘 기어코 그 이유를 알아야 잠을 자도 잘 것 같니더. 어무이는 왜 큰 아들 집에 안 가시는지 그 이유를 말해보소.”

“그 이유가 뭐가 있겠는가. 그냥 여기가 편하니까 여기 있는 거지 다른 이유는 하나도 없네. 그리 알고 그만 주무시게.”

“어무이요. 거짓말하지 마소. 입에 침이나 바르고 거짓말을 해도 해야 할 거 아니니껴?”

“…….”

“왜 아무 말도 안 하니껴? 이 못난 아들이 아무리 생각을 해도 도통 모르겠니더. 어무이가 박복하니 이 아들도 이리 박복한 거 아니겠소?”

“알았네. 그만하시게. 내일 아침 날 밝으면 자야 보고 기차 태워달라고 할 테니 그만하시게.”

“이번에는 참말 가시는 거 맞지요? 또 저번처럼 가신다고 해놓고 시치미떼고 안 가시는 거 아니겠지요?”

“걱정하지 마시게. 이번에는 참말로 두 번도 돌아보지 않고 갈 테니 그만하시게. 자네는 어찌 술만 먹으면 사람을 괴롭히는지 모르겠네. 내가 그리 안 키웠구먼. 아무래도 귀신이 붙은 게야.”

“귀신이 붙은 거 맞니더. 어무이는 모를 끼니더. 어무이 못난 아들이요 며칠 동안 몇 명이나 이 손으로 눈을 감겨주었는지. 그러면 그 지지리도 복도 없고 운도 없는 불쌍한 그네들이 어딜 가겠소? 다 이 눈감아준 사람에게 들러붙겠지. 이 못난 어무이 아들도 그 꼴이 된다면 나를 처음으로 찾아내준 사람에게 들러붙을 것 같네요. 고마워서지요. 어찌면 영원토록 시커멓고 컴컴한 곳에 매장되어 고사리처럼 화석이 될 수도 있었을 텐데 이리 구출되어 비록 몸은 차디차게 굳었지만 그 왜 영혼이라는 게 있다지 않습니까. 그 눈으로 마지막으로 여편네도 보고 자식새끼들도 보고 햇살에 자글자글 끓고 있는 들꽃도 볼 수 있어 얼마나 좋겠소. 저라도 구출해준 사람을 어무이를 삼고 싶을 겁니더. 죽어서 처음으로 만난 사람이나 태어나서 처음으로 만난 사람이나 어차피 새 출발은 똑같은 의미니 그 어무이가 그 어무이겠지요."

"에고 불쌍한 사람들 같으니라고. 이 세상에 사람으로 태어나기도 힘들다지만 그것보다 천만번 힘든 것이 남자로 태어나는 것이라는데. 그 어렵게 태어난 남자가 제 명대로 살다가지도 못하는 팔자라니."

"어무이요. 이 못난 어무이 아들이 왜 날마다 술을 먹고 자야 저 불쌍한 딸년을 괴롭히는지 모르지요? 암만, 모르고 말구요. 어무이가 제 속을 우에 알겠소?"

무열의 끝없는 사설에 자야는 자기도 모르게 끄덕끄덕 졸고 있었다. 사설을 시작했다 하면 대답만 잘해주면 평화가 보장되어 마음이 놓였다.

무열이 회사에서 인명구출을 위해 날밤을 새우는 동안에는 회사의 나머지 직원들도 비상체제로 돌아갔다. 자야도 며칠 동안 집에 들어오지 못하고 비상근무를 하느라 잠을 제대로 자지 못했더랬다. 그런데 비상체제가 풀렸고 무열도 무사히 귀가했고 전전긍긍 불안에 떨었던 그의 주사도 일단락되자 졸음이 찾아왔다. 짧은 시간에 꿈도 꾸었다. 꿈이 너무 선명해서 꿈같지 않은 꿈을 꾸고 있는데 무열이 자야를 부르자 자동으로 눈이 번쩍 뜨여졌다. 꿈과 현실과 갈팡질팡할 사이도 없이 가슴은 벌써 벌렁벌렁했다. 무열이 뭔가의 꼬투리를 잡은 모양이었다. 그런데 꼬투리를 잡아 혼낼 작정으로 자야를 부른 것 같지가 않자 눈물이 핑 돌았다. 자야를 불쌍한 딸이라고 얘기를 하고 있었다. 무열에게서 처음으로 듣는 말이었다. 그 한마디로 지금껏 자야 가슴에 맺혀 있던 응어리가 모두 술술 풀려나가는 느낌이었다. 자기도 모르게 코를 훌쩍이며 울고 있는데도 무열은 이런 자야를 물끄러미 바라볼 뿐 하던 사설을 계속할 뿐이었다. 마치 그 방에는 무열과 잣골댁만 있는 것 같았다. 밤은 깊어가는데 아무도 잘 수는 없었다. 흘레바람 한 자락이 나무 대문을 흔들자 무열은 자야를 힐끗 쳐다보았다. 자야는 냉큼 일어나 밖으로 나갔다. 나무 대문은 바람이 하라는 대로 펄렁펄렁 바쁘게 움직였다. 자미가 제일 늦게 들어오면서 대문을 걸지 않아 일어난 일이었다. 자미는 늘 뒷손이 없어 자야에게 지청구를 들었다. 대문을 꼼꼼히 잠그고 다시 한번 당겨보고는 하늘을 한번 쳐다보았다. 매지구름이 잔뜩 뒤덮였다. 별은 보이지 않았지만 일석은 별이 되었을 것 같았다. 무열이 부르기 전에 빨리 방으로 들어가야 하는데 별을 찾고 있었다. 빗방울이 후두둑 떨어지기 시작했다.

사람은 생긴 대로 논다는 말처럼 일석도 생긴 대로 겁이 참 많은 사람이었다. 발목이 접질렸을 때 남들 다 맞는 침이 무서워 오랫동안 발을 질질 끌고 다니다가 결국은 다리가 약간 휘어졌다. 깊은 산골에 사는 사람이 밤을 무서워하면 어디 다닐 수가 있겠느냐만 그는 해가 져서 고샅에 어둠만 스며들면 마당 귀퉁이에 있는 화장실도 혼자 못 갔다. 그의 어미가 그의 무서움증을 치료해보려고 비방이란 비방을 다 써보았지만 별 소용이 없었다. 그런데 첫아이를 얻고 나자 생각이 바뀌고 말았다. 아니 원래 갖고 있던 무서움보다 더 큰 무서움이 자리를 잡았다.

시작할 때만 해도 겨울 농한기 석 달만 다닐 생각에 홀로 월천에 왔다. 봄이 오면 비탈밭이라도 도지를 더 얻어 씨를 뿌릴 작정이었다. 죽을 둥 살 둥 한 달 일을 끝내자마자 그의 손에 월급이 올려졌다. 그는 그 돈을 물끄러미 내려다봤다. 지금까지 살면서 한번에 이렇게 많은 돈을 만져본 적이 없었기 때문에 놀랍기도 하고 두렵기도 했다. 꼭 설탕물 같았다. 설탕물은 우선 달콤하지만 이빨을 썩게 만드는 독이 들었기 때문이다. 월급도 설탕물처럼 우선 젖먹이가 배를 채울 수가 있고 늙은 부모 밥상에 고등어꽁다리를 올릴 수가 있었다. 일석보다 모자라지도 넘치지도 않는 동료들을 바라보면서 날마다 견뎠다. 석 달이 지나자 월천에도 바람결이 부드러워지며 들판이 파릇파릇해졌다. 이제 고향으로 돌아가서 씨를 뿌리며 굶더라도 마음 편하게 살고 싶어 뒤도 돌아보지 않고 집으로 달려왔다. 일석의 이런 쉽지 않은 결단에 동료들은 부러운 시선으로 송별회를 열어주었다. 고기도 사고 쌀도 사고 식구들 앞앞이 옷도 사고 신발도 사자 들고 왔던 비닐 가방이 작아 비닐 가방도 하나 더 준비했다. 그런데 다시 월천으로 돌아와야 했다. 이번에는 아내와 젖먹이도 함께 왔다.

일석은 국민학교 이후로 학교 마당을 밟아보지 못했다. 그게 아쉬워 동생들만큼은 자기가 못한 공부를 시켜주기 위해 중학교라도 보내주려고 애썼다. 셋째 동생이 머리가 좋은지 공부를 아주 잘해 그놈만큼은 고등학교도 보내주었다. 졸업하면 펜대 굴리는 공무원은 떼놓은 당상이란 생각에 자기도 모르게 벙글벙글 웃음이 나왔다. 그런데 동생은 공무원으로 만족할 수가 없었는지 일석 몰래 대학 입학원서를 넣고는 붙어버리자 울며불며 간청했다. 입학금만 마련해주면 자기가 벌어서 학교에 다니겠다는 말에 일석은 모른척할 수 없었다. 그런데 일석도 동료들처럼 작정대로 되지 않았다. 그의 아내가 남들처럼 낭비벽이 있는 것도 아니고 그가 다른 사람들처럼 돈을 펑펑 써본 적도 없는데 돈은 모이지 않았다.

일석은 팔남매의 장남이었고 부모를 대신해 집안 살림을 책임져야 했다. 그와 반대로 그의 형제들은 그가 어떻게 일을 해서 돈을 벌어들이는 것에는 관심이 없고 다만 손을 내밀 뿐이었다. 착한 사람이라 단 한번도 거절해본 적이 없었더랬다. 그러자 그의 형제들은 그의 착한 마음을 이용해서 더 우는소리를 했고 그는 그 울음을 달래기 위해 애를 쓸 뿐이었다. 그의 손으로 동생들을 모두 시집, 장가를 보내면서 그의 아주 소박한 꿈은 점점 별나라 공주처럼 아득해져가다가 결국은 그렇게 두려워했던 일이 일어나고야 말았다.

이 모든 것이 죽어가는 찰나에 파노라마처럼 일석의 머릿속에서 휙휙 지나갔다. 기억은 끝이 없었지만 더는 기억할 여력이 없었다. 동발이 우지끈 부러지면서 그와 그의 동료들의 머리 위로 죽탄이 끊임없이 쏟아져내렸다. 머리끝까지 묻어버리고도 모자람이 있던지 자꾸만 쏟아져 동굴은 형체도 없었다. 그 바람에 그의 머릿속으로 휙휙 지나가던 생각의 끈도 거기서 끝나고 말았다.

무열이 그 죽탄의 감옥에서 일석을 구출했다. 일석은 그가 반가웠고 고마웠다. 죽탄더미 아래에서 아무리 애써보아도 몸과 마음이 따로 놀았다. 마음은 절절한데 몸이 끄떡도 하지 않아 닷새 동안이나 옆에서 멀거니 내려다보고만 있었다. 그러자 갑자기 걱정되기 시작했다. 자기가 자기를 내려다봐도 꼴이 엉망진창이었다. 죽탄이 줄줄 온몸과 얼굴에 칠갑을 한 채 무슨 미련이 있어 두 눈을 부릅뜨고 있어 자기도 모르게 고개를 돌렸다. 그런데 무열이 와서 눈을 감겨주려고 애쓰고 있었다. 온몸에 칠갑한 죽탄을 손으로 살살 긁어내며 단장을 해주었다. 이 정도면 아내도 덜 무서워하겠지. 이제 동굴 밖으로 나가면 제일 먼저 아내를 만나게 될 것이다. 언제 다시 만날지 기약이 없기에 잘 보이고 싶은 바람은 아주 컸다. 무열은 자꾸 미안하다고 했지만 일석은 조금도 그를 원망하는 마음이 없었다.

운명이라는 생각은 광산에 다시 들어올 때부터 쭉 생각해온 문제였다. 하필이면 그때 동생이 그 어려운 대학시험에 합격할 게 뭐란 말인가. 운명이 아니면 그리 딱딱 맞출 수가 없는 일이었다. 날마다 죽으러 들어가는 사람처럼 출근하는 일이 무서웠다. 일을 마치고 굴 밖으로 나오면 마치 십 년 감수한 사람처럼 한숨이 저절로 나왔다. 이런 일석의 마음을 아는 사람은 그의 아내밖에 없었다. 오히려 동료들이 알까봐 숨기느라 전전긍긍했다. 동료들은 배 속에 회충이 있다고 놀려댔다. 회충에는 석유가 제일이라며 석유를 한 컵 마셔보라고 권했다. 그래서 유난히 더 하얗게 질렸을 때는 짐짓 배를 움켜쥐고 아픈 시늉을 했다. 일석은 광차를 타고 굴 밖으로 나오면 제일 먼저 아내부터 찾느라 두리번거렸다. 멀찌감치 산그늘 밑에 아이를 업고 서 있는 아내를 발견하고 나면 오늘도 무사했다는 안도의 한숨이 저절로 나왔다. 처음에는 날마다 아내가 굴 밖에서 기다리고 있자 동료들은 잉꼬부부라는 둥 하면서 놀려댔다. 그렇지만 그런 놀림에도 아랑곳없이 아이가 두 명이나 더 생길 동안에도 계속되자 그때야 동료들은 오히려 그들 부부를 부러워했다. 회사에서도 이런 모습이 보기 좋았던지 직원들의 사기고양 차원에서 아빠 마중 나오기 캠페인을 대대적으로 벌였다. 한동안은 퇴근시간이 가까워지면 일석의 아내처럼 아이를 업거나 손을 잡고 골짜기에 있는 굴 입구로 시장판처럼 그들먹하게 모여들었다.

무열만은 언제부턴가 그의 아내가 날마다 마중을 나오는 이유를 알아챘다. 그렇지만 아는 척은 하지 않았다. 무열은 그의 심정이 백번 이해가 되고도 남았지만 다른 한편으로는 걱정되기도 했다. 자식은 한두 해마다 한 명씩 생기는 판에 두려움을 이기지 못하고 날마다 발목이 잡혀 있다면 그것 또한 큰 낭패라고 생각했다. 뭐 그렇다고 무열에게 비장의 비책이 있지는 않았다. 그냥 시간 있을 때마다 같이 밥 먹고 선술집에서 싸구려 안주일망정 작부를 옆에 앉혀놓고 술을 따르며 놀았다. 무열과 어울리는 날에는 날마다 고주망태가 되기에 십상이었다. 당연히 그의 아내는 무열이 싫었다. 자신을 위해서는 돈 천 원도 쓸 줄 모르던 남편이 돈 씀씀이가 점점 커지는가 싶더니만 나중에는 술집 작부의 저고리섶으로 돈이 들어가자 눈이 뒤집힐 지경이었다. 날마다 무서워 덜덜 떨면서 벌어온 피 같은 돈이었다. 경국지색 양귀비라면 또 몰랐다. 학교 마당에도 못 가봤지만 천하절색의 미인을 품에 넣기 위해 하나밖에 없는 목숨도 건다는 말은 들었기 때문이다. 그런데 돼지코에 얼멍덜멍 곰보자국에 드럼통 몸매의 영동댁은 아무리 후한 점수를 주어도 목숨을 걸기는 모자라 보였다.

화가 날 대로 난 그녀는 어느 날 작정하고 그를 마중 나가지 않았다. 첫째 아들과 둘째 아들은 그런 엄마를 말똥말똥 쳐다봤다. 그들도 이미 아버지 마중 나가는 일에 익숙해서 자기들끼리 양말도 신고 두툼한 윗도리도 입고 모자도 쓰는 둥 만반의 준비를 갖추었다. 이제나저제나 눈치만 보다가 마침내 둘째 아들이 그 어미에게 불쑥 물었다.

"엄마, 오늘은 아부지 마중을 안 가는가? 시곗바늘에 날개가 달렸나? 벌써 저리 멀리 가버렸구먼."

시계도 볼 줄 모르는 아이가 벽에 걸린 괘종시계를 손가락질하며 그 어미가 날마다 쓰는 말투를 따라하면서 어미의 눈치를 봤다.

"니 아부지가 뭐 언나나? 맨날 마중 가게."

"그럼, 이제부터 아부지 마중은 안 가는가."

그제야 첫째 아들이 여전히 어미의 눈치를 보며 조심스럽게 물어봤다.

"니 아부지 나이가 몇 살인데 맨날 마중을 나가노. 남 보기 남사스럽게?"

그녀의 표정은 여전히 굳었고 말투도 반듯하게 각이 졌다. 그 눈치를 힐끔힐끔 살피던 둘째 아들이 곧 울 것처럼 입을 삐죽이더니 마침내 당나귀 울음을 터트렸다.

"히이잉, 히이잉, 엄마 미워."

"저놈의 자슥이 그만 울음을 못 그치노? 그 애비에 그 자슥이라고 저것도 지 애비 못된 것만 닮아서 저리 고집을 부리네. 꼴도 보기 싫으니 내 눈앞에서 없어져라."

그래도 둘째가 울음을 그치지 않자 그 어미는 방안을 휘휘 둘러보더니 구석에 있는 몽당비를 들고 아들에게 울러맸다. 그러자 첫째 아들이 둘째 아들의 손을 잡아끌고 밖으로 나갔다. 밖은 이미 어둠이 살짝 내려앉았다. 동지가 가까워져 해가 짧았다. 괘종시계가 울렸다. 두 아이는 굴뚝 옆에 나란히 앉아서 작은 소리로 입을 맞추어가며 종소리를 헤아렸다. 다섯 번 울리고 조용해졌다.

어쩌다 잘못해서 그 어미에게 쫓겨나오면 담벼락에 붙어 앉아 넘어가는 해를 바라보면 따뜻했다. 그런데 해가 꼴깍 넘어가고 사방이 컴컴해지면 담벼락보다는 굴뚝 옆이 더 따뜻하다는 것을 형제는 잘 알고 있었다. 울음 끝이 긴 둘째가 또다시 훌쩍이자 한 살 터울의 형이 동생의 등을 작은 손으로 토닥거렸다. 그러자 동생은 그것이 위로되었던지 형의 무릎에 얼굴을 묻었다. 울음은 멈추었지만 울음 끝에 달린 딸꾹질은 멈추지 않아 이따금 딸꾹질하고 있었다.

"성아야."

"응?"

"어른들은 우리보다 나이를 더 빨리 먹나?"

"글쎄."

"엄마가 그랬잖아. 니 아부지 나이가 몇 살인데 맨날 마중을 나가노? 남사스럽게."

둘째는 엄마 흉내를 냈다.

"음, 성아 생각도 아무래도 어른들은 우리보다 나이를 더 빨리 먹을 것 같아. 우리보다 키도 크고 밥도 더 많이 먹으니 당연하겠지."

"그럼 아부지가 오늘 또 한 살을 먹었나? 그러니 이제 마중을 안 나가도 된다고 하지. 어제도 마중을 갔었는데 그지?"

"음, 그럴 수도 있지."

"어른들은 좋겠다. 성아야 나도 빨리 어른이 되고 싶다."

"바보야. 어른이 되고 싶다고 해서 어른이 될 수는 있는 게 아니야. 나이를 먹어야 어른이 되지."

"그래도 빨리 어른이 되고 싶다. 성아야, 성아는 어른이 되면 제일 먼저 뭐가 하고 싶나, 응?"

"글쎄, 생각 안 해봤는데, 너는?"

"나는 어른이 되면 날마다 짜장면과 김밥만 사먹을 거야. 그리고 영동집 가서 아부지처럼 술도 마시고."

"어른이 되어도 영동집은 가면 안 돼."

"왜?"

"네 부인이 슬퍼할 거야. 그리고 네 자식은 지금 우리처럼 한데로 쫓겨나와 우리처럼 굴뚝 옆에 쪼그리고 앉아서 빨리 어른이 되길 바라고 있을 거야."

"아부지가 영동집에 가서 마중을 나가지 않는 거야?"

"나는 그렇다고 생각해. 왜냐하면 영동집에는 날마다 한복을 떨쳐입고 쥐 잡아먹은 사람처럼 입술을 새빨갛게 칠한 뚱땡이 아줌마가 있거든. 그 아줌마 때문에 엄마가 화가 나서 우리도 함께 야단을 맞는 거거든."

"뚱땡이 아줌마 때문에 엄마가 왜 화가 나는데?"

"내 생각에는 입술이 새빨개서 화가 난 것 같아. 엄마는 입술을 새빨갛게 칠하지 않잖아."

"그럼 우리가 엄마에게 선물할까? 엄마도 입술을 새빨갛게 칠하게."

"어디서 파는지 모르잖아. 돈도 없고."

"일단 영동집 가서 물어보자."

"안 돼, 거기 가면 아마 그 입술 새빨갛게 칠한 뚱땡이 아줌마가 우릴 잡아먹을지도 몰라."

"왜? 왜 우릴 잡아먹는데?"

"아마 꼬랑지가 아홉 개나 달린 구미호일 거야."

"칫, 거짓뿌렁이. 구미호는 머리도 길고 예쁘잖아. 꼬불꼬불한 라면 머리에 하마처럼 생긴 뚱땡이 아줌마가 구미호일 리는 없어."

"그건 아마 우리를 속이기 위한 위장일 거야. 아버지가 나타나면 아마 구미호로 짜잔 변신할 수도 있어."

"칫, 거짓뿌렁이. 성아는 거짓뿌렁이야. 입술이 빨개서 아버지가 날마다 갈 거야. 남자들은 빨간 입술을 좋아하잖아. 그러니까 우리가 그것을 사서 엄마에게 선물하자."

"돈이 있어야지. 돈이 없는데 어떻게 사?"

"엄마에게 달라지 뭐, 과자 사먹겠다고 하면 되잖아."

"바보야. 그것이 과잣값밖에 안 한다면 사택 아줌마들이 다 빨갛게 발랐었게. 아마 엄청나게 비쌀 거야."

"보배 누나 엄마가 빨갛게 바르고 다니잖아. 그 누나 엄마에게 빌려 달라고 해볼까?"

"그 아줌마도 안 돼. 바람둥이라고 엄마가 미워하잖아."

"그러면 어떡하나, 성아야 나는 쥐 잡아먹은 것처럼 빨갛게 입술을 칠한 영동집 아줌마가 싫다. 보배 누나 엄마도 싫다. 보배 누나가 너무 불쌍하잖아."

"성아도 싫다."

"그런데 아버지는 왜 자꾸 거길 가는지 모르겠네."

"그러니까 어른이야."

"성아야, 나는 빨리 아부지처럼 어른이 되고 싶다. 성아는?"

"나도 그래. 빨리 어른이 되고 싶다."

"성아는 어른이 되면 무엇을 제일 먼저 하고 싶나?"

"글쎄. 나는 생각을 안 해봤는데."

"나는 어른이 되면 아부지처럼 탄을 캐러 굴속으로 들어갈 거야. 그리고 간조를 받으면 그것으로 몽땅 과자를 사서 실컷 먹을 거야."

"바보야, 굴속은 위험하다고 엄마가 날마다 마중을 나가는 것 몰라. 그리고 그것으로 과자를 몽땅 사먹으면 어떡하냐?"

"몰라, 그냥 과자부터 사먹고 볼 거야. 성아는 과자가 안 먹고 싶나? 나는 배가 고프니 과자가 더 먹고 싶다. 자부럽기도 하고."

"안 돼, 밥 먹고 자야지."

탄광의 미남은 사끼야마다.
동발에 시달리는 반겨주는 마누라다.
오늘은 이 집에서 뗑깡을 놓고,
내일은 어데 가서 뗑깡을 놓나?
옹헤야 뎅헤야 탄광이다. 사끼야마다.

동생이 노래를 부르기 시작하자 형도 따라 부르기 시작했다. 사택 아이들은 동요보다는 이런 노래를 더 잘 부르면서 놀았다. 노래를 부르고 나자 배에서 꼬르륵 소리가 더 자주 났다. 형제는 잠깐 각자의 배에서 나는 꼬르륵 소리에 귀를 기울이고 있었다. 배가 고프니 노래할 기운도 말할 기운도 없어지고 말았다.

'신고산이 우르르 화물차 떠나가는 소리~~.'

그때 노랫소리가 들려왔다. 형의 무릎에 엎드려 있던 동생이 고개를 발딱 들고 형을 쳐다보았다. 형도 동생을 내려다보는데 둘은 눈에 빛이 났다. 그리고 누가 먼저라고 할 것도 없이 벌떡 일어나서 달려나갔다. 일석은 술만 먹으면 기분이 좋아졌다. 기분이 좋아지면 노랫가락이 저절로 나왔다. 노래도 딱 한 가지만 불렀다. 그것밖에 아는 게 없었다. 일석은 어둠 속에서 아들들이 쥐처럼 뛰어나와 품에 달려들자 양팔을 한껏 벌려서 얼싸안고 방안으로 들어갔다. 그의 아내는 그런 남편에게 눈을 한껏 흘겼다. 그의 아들들이 엄마의 서슬에 아버지 등 뒤에 숨자 마치 서랍 빼내듯이 아들을 차례로 빼냈다. 그리고는 방안에 차려진 밥상 앞으로 다가가서 아들들에게 밥을 먹이기 시작했다. 아들들은 식어

빠진 김치찌개에 밥을 비벼 정신없이 욱여넣었다. 일석은 그것을 물끄러미 바라보며 껄껄 웃었고 그의 아내는 아무도 모르게 가만히 가슴을 쓸어내렸다. 이제 더는 마중을 나가지 않아도 되는 모양이었다.

무열은 친구가 별로 없었다. 아마 갈수록 까칠해지는 성격 때문인지도 모르겠다. 유일하게 가까이 지내는 동료가 일석이었는데 무열보다 훨씬 나이가 아래였다. 무열은 툭하면 그를 놀려댔었다. 천석이나 만석이라고 지어주었다면 잘살았을 텐데 일석이라 지어주어 이만큼밖에 못산다고 했다. 그러면 일석은 소처럼 커다란 눈을 끔뻑이며 아주 신중하게 생각하고 있었다. 그런 모습이 재미있어 무열은 한마디 더 했다.

"안 그런가, 이 사람아. 거기다가 자네 성은 천가가 아닌가. 천가에다 만석을 붙이면 천만 석이 저절로 자네 이마에 떡 올려붙여질 텐데, 아깝구먼. 그렇게만 되었다면 월남구뎅이에 들어갈 팔자는 안 되었겠지. 암만, 천만 석을 거느리고 사는데 천하를 호령하면서 살았겠지. 자네가 좋아하는 영동댁도 자네가 천만 석의 대부호였다면 벌써 치마를 훌러덩 올렸을 거고. 아깝구먼. 아까워."

"그렇게 갖다붙이니 그렇기도 하니더만, 사람이 이름대로 살아갈 수가 있겠니껴? 대통령이라고 지으면 대통령이 될 수만 있다면 일자무식 부모라도 이름을 잘 지으려고 기를 썼겠지요. 그리고 만약에 내가 천만 석의 큰 부자라면 그깟 영동댁 쳐다보지도 않았을 거구먼요. 새미꿀 아가씨 정도면 모를까. 흐흐흐."

일석은 새미꿀 생각만 해도 기분이 좋은지 흐흐 맥없이 웃자 마시던

막걸리가 입가로 허옇게 흘러나왔다. 이런 모습을 무열이 물끄러미 바라보았다.

"이 사람아. 거 침이나, 아니지 술이나 닦으면서 웃게나. 생각만 해도 기분이 좋긴 하지. 우리 처지에 어떻게 새미꼴 처자를 볼 수 있겠나? 고 년들이 술집 가스나 주제에 사람들을 가리면서 상대를 한다는 소문이야. 천만금을 주어도 우리 같은 땅두더지와는 상대를 하지 않겠다고 하더라나."

"누가 새미꼴 가스나에게 창피를 당했다고 하니껴?"

"누구긴 누구야 우리 작업반장이지. 그놈도 나처럼 계집이라면 사족을 못 쓰는 위인이라."

"아이고 성님도 오랜만에 바른말을 하니더."

일석의 그 말에 무열의 눈초리가 가늘어졌다. 그러자 일석은 고개를 자라목처럼 얼른 집어넣으며 말 보충을 했다.

"성님은 그럴 만하니까 그렇지만 그 작업반장 놈은 처자식이 눈앞에 그들먹한데도 그러니까 문제니더, 그놈이 아마 성님처럼 일찌거니 홀아비가 되었다면 어찌 되었을까요. 안 봐도 보이는 것만 같니더, 안 그러니껴. 새미꼴 가스나들도 그렇지 언놈의 돈은 돈이고 우리같이 탄 캐는 두더지의 돈은 돈이 아니고 종이니껴, 그것도 변소에서 밑 닦은 종이로 취급하다니. 날마다 목숨 내놓고 탄 캐는 일도 서러워 죽겠는데 이놈 저놈 품속에 놀아나는 것들에게까지 이렇게 개 취급을 받다니 서럽니더."

"그게 다 자네 선친께서 이름을 잘못 지어서 그런 게야. 만석이라고 지었다면 새미꼴 가스나들도 자네 눈에는 안 찼을걸."

무열은 일석이 의기소침해지자 얼른 분위기를 바꾸었다. 사고는 언제나 큰 원인으로 일어나지 않았다. 아주 사소한 일이라서 지나고 나서도 그것이 원인인지 깨달을 수도 없는 원인으로 인해 일어났다. 그래서 출근 전에 조금이라도 기분이 나쁘면 출근하지 않는 것이 상책이었다. 괜히 하루 일당이 아까워서 출근을 자초했다가 불귀의 객이 될 수도 있기 때문이었다. 출근길에 여자가 바로 앞에서 길을 훌랑 타넘어도 재수 옴붙었다고 집으로 되돌아왔다. 그래서 사택 여자들은 아침 일찍 남의 집에 가지 않았다. 그 집 가장이 아직 출근 전이니까. 또 일찍 길을 나서지 않았다. 피치 못할 볼일로 길을 나서게 되더라도 멀리서 출근하는 광부를 보게 된다면 그 자리에서 가만히 서 있다가 광부가 지나가면 갈 길을 가곤했다. 이것은 사택뿐 아니라 월천에 사는 사람들에게는 보이지 않는 규칙이었다.

집의 아녀자들도 웬만하면 출근을 앞둔 남편의 심기를 건드리지 않으려고 나름 노력했다. 잔소리할 일도 출근 전에는 하지 않고 보자기에 꽁꽁 싸두었다가 퇴근하고 집으로 돌아오면 보자기를 풀었다. 문제는 아무리 꽁꽁 보자기에 싸두었다고 해도 종일 시간이 흐르는 동안 보자기 밖으로 살금살금 냄새가 빠져나가버려 남편이 돌아올 즈음에는 아무것도 남지 않았다. 그런데 이것도 집에 있는 아녀자가 교양까지는 안 가더라도 분별력이 있어야 가능한 일이었다. 일자무식한 아녀자들은 남편이 출근하든 말든 자기 기분 따라 싸움을 걸어놓고는 남편이 기분 나빠 출근하지 않으면 처자식 다 굶겨 죽일 작정이냐고 어깃장을 놓아가며 또 싸웠다. 그러다가 까마귀 날자 배 떨어지는 격으로 일터에 나간 남편이 죽는 사고가 발생했다면 그 아낙은 자기 가슴을 쥐어뜯으며 크게, 크게 울었다.

"암만, 제가 만석꾼만 되었다면 일단은 눈에 차든지 말든지 그 콧대 높은 새미꼴 가시나들 다 잡아 잡술 것이니더. 제가 두더지들의 한을 대신 풀어주어야 죽을 때 눈이라도 제대로 감을게 아니니껴? 흐흐. 그렇긴 하지만 이름이 무슨 소용이니껴. 다 팔자를 잘 타고 나와야지."

"그렇지 않다네. 이름은 중요하지. 멀쩡한 아들을 날마다 개똥이라고 부르면 커서 잘되어봤자 뭐가 되겠는가? 텔레비에 나오는 잘난 사람 중에 아니 멀리 갈 것도 없이 우리 회사에서 굴속에 들어가지 않고 책상 앞에 앉아서 펜대만 굴리는 놈들도 개똥이같이 천한 이름은 하나도 없지 않은가? 오히려 우리처럼 탄 캐서 하루 벌어 하루 먹고 사는 놈들을 보면 별 희한한 이름이 다 있지. 쌍팔이, 석두, 조지자……. 이런 이름들을 보게나. 듣기만 해도 그네들의 일생이 파노라마처럼 쓱쓱 지나가지 않던가."

"성님은 철학관을 차렸으면 좋았을 것을 왜 팔자에 없는 탄을 캐 먹고 사느라고 그리 힘들게 사는가 모르겠니더. 저는 그런 거 안 믿니더. 언놈은 날 때부터 은숟가락을 물고 나오고 언놈은 날 때부터 나무숟가락도 하나 물고 나오지 못했는데. 출발부터 다른데 어떻게 하겠니껴? 눈앞에 그들먹한 자식들 입에 밥이나 제때 들어가게 만들어주고 제가 못한 공부 제대로 시켜서 자식놈만이라도 굴속에 들어가지 않고 살아갈 수 있게 만드는 게 내 유일한 소망이니더. 성님은 아들이 없어서 이런 걱정은 안 하는지 몰라도 저는 아들만 다섯이라 별걱정이 다 되니더. 이것들이 나중에 제 애비처럼 탄이나 파먹고 살면 어쩌노하고요."

"자네 지금 아들 없는 나에게 아들 있다고 자랑하는 것으로 들리는구먼……. 다 웃자고 하는 소리고. 딸이라고 왜 걱정이 없겠나. 내 걱정이야 자네가 더 잘 아는 것을 구차하게 말해봤자 술만 더 고픈 법. 그러나저러나 자네 내일 나랑 출근을 좀 바꾸어주면 안 되겠는가?"

무열은 감기 때문에 일석과 출근을 바꾸었다. 바꾸어준 사람은 억세게 운이 나쁜 사람이었고 별 커다란 이유 없이 바꾼 사람은 억세게 운이 좋은 사람이 되고 말았다. 그런데 대신 살게 된 사람은 평생 죄인처럼 살아야 했다.

그날도 일석과 동료들은 동발을 하나씩 등에 짊어지고 허리도 펼 수 없는 좁은 굴속을 기어올라가고 기어내려오면서 날랐다. 소나무 동발은 굵기가 일석 몸통만 했고 길이는 그보다 더 길었다. 땀이 비 오듯이 쏟아져 눈을 제대로 뜰 수가 없었다. 숨이 컥컥 막혀 마스크도 진작 벗어던졌고 땀에 젖어 쿨렁쿨렁한 옷도 몇 번이나 벗어 물기를 짜내고 다시 입었다. 그렇게 지고온 동발은 동굴이 무너지지 않게 지주목으로 받치고 곡괭이로 반짝반짝 빛나는 탄맥을 캐기 시작했다. 규정에는 동발을 더 가지고 와서 더 촘촘하게 받쳐야 했지만 숨이 턱턱 막히는 찜통 속 같은 곳에서 무겁디무거운 것을 무릎걸음으로 다시 가지러 가기 싫었다. 또 그날의 목표량도 있었기에 생략하는 쪽으로 모두 선택하고 말았다. 경험상으로 이 정도면 굴이 무너질 이유가 없었다. 경험했다는 것이 때로는 커다란 함정이 되기도 했지만 그곳에 있는 사람들은 알 리가 없었다. 오히려 자기들이 경험했던 것을 대단한 양 허세를 부리면서 원칙을 무시했다.

설계도에는 이만한 길이와 높이의 동굴에는 이만한 굵기와 길이를 갖춘 동발의 개수가 표기되었지만 경험을 앞세운 백전노장들은 다 필요 없다고 소리를 질렀다. 평생 한번도 굴속에 들어가보지 못한 위인들이 책상 앞에 앉아서 볼펜 돌리고 계산기 두들겨서 나온 숫자가 어찌 현장에 먹히겠느냐고. 농사는 머슴에게 물어보고 베 짜는 일은 계집종에게 물어보라는 고사도 있다고 아는 척도 했다. 그들이 하라는 대로 동발의 숫자를 맞추다보면 할당량의 탄은 언제 캘 거냐고. 동발의 숫자로 간조를 주는 것도 아니고 캐낸 탄의 무게로 간조를 받는데 동발 나르다가 힘 떨어져 탄을 못 캐내면 우리 손해라고 했다. 어쩌면 안전을 빙자한 간조를 작게 주기 위한 회사의 술책일 거라고 일축했다. 책상에 앉아서 볼펜 돌리는 놈들은 회사와 한편을 먹은 다 그놈이 그놈이 아니겠냐고 분개를 하기도 했다. 소장이 회사 사장의 친척이라는 소리를 들었다는 사람도 나왔다. 그러자 나머지 사람들은 큰 증거를 잡은 것처럼 침을 탁탁 튀기면서 그것 보라고, 자기 말이 맞지 않느냐고 눈을 희번덕거렸다.

그들은 그날 할당받은 일의 목표량도 채워야 했다. 그들이 가장 중요한 안전을 할당량 채우는 것보다 뒤로 두는 것은 동발의 무게 때문이었다. 무거운 동발을 더 무겁게 만드는 아주 열악한 작업환경 때문이기도 했다. 환경이 나쁘면 시야라도 시원하게 탁 트였다면 좋았겠지만 검은 장벽처럼 앞이 딱 막혔는데다 칠흑같이 어두운 곳에서 유일한 빛은 개

개인의 헬멧에 부착된 주먹만 한 등이 전부였다. 그것은 각자의 앞만 삼각뿔 모양으로 겨우 비춰 무거운 동발을 등에 지고 기어들어가고 기어나가야 하는 개미굴처럼 낮은 동굴은 더 좁아보였고 더 답답했다. 더군다나 40도가 넘는 지열과 높은 습도로 굵은 땀은 대책 없이 흘러 눈도 제대로 뜰 수가 없었다. 사방에 지천으로 깔린 탄가루가 입으로 코로 막 들어가는 곳에서 규정에 맞추기 위해 쓸데없이 시간만 낭비할 뿐인 동발을 나르고 싶은 사람은 없었다. 그들은 쓸데없다고 생각했다. 거기다가 새로 발견한 광맥이 눈앞에서 시퍼렇게 꿈틀거리고 있자 어서 빨리 그 시퍼런 광맥에 곡괭이를 꽂고 싶어 안달이 났다. 탄맥은 곧 그들에게 노다지였다. 그것이 자기들에게 온전한 몫으로 다가오지 않는다고 해도 상관이 없었다. 수억 년 동안 땅속 깊은 곳에 잠자고 있던 보물에 처음 곡괭이를 척 꽂는 일은 매번 영웅호걸이 천하를 평정한 것과 다름없는 느낌으로 다가왔다.

그런데 일어나지 않으면 좋았을 사고가 일어났다. 사고는 초대하지 않은 손님과 마찬가지로 생뚱스러웠다. 경험을 너무 믿었지만 그들이 경험을 소산으로 판단한 것이 잘못은 아니었다. 다만 변수를 가늠하지 못한 불찰이었다. 몇 억 년 전의 유물을 처음 만난 설렘과 떨림이 눈을 가렸다. 아주 독특한 떨림이라 그들은 그날 따라 더 허둥지둥했다. 작업 감독이라도 이성을 갖고 있어야 했다. 그런데 작업 감독하는 사람을 현장 경험이 충분한 사람이 아닌 가방끈 길이로 세웠다. 이쪽 세계와는 어울리지 않게 가방끈이 조금 길다는 이유로 가방끈이 짧은 사람들보다 모든 면에서 월등할 거라는 지레짐작은 완전히 오판이었다. 그날처럼 광원들이 모두 제정신이 아닐 때는 감독이 정신을 바짝 차려야 했다. 그런데 나이 어리고 경험 없고 사태 파악이 제대로 되지 않은 감독은 평소대로 우두망찰 서 있을 뿐이었다. 아니 욕심은 더 많아서 은연중에 생산량을 독려했다.

구렁이처럼 구불구불 박힌 시퍼런 탄맥이 눈앞에 있자 생산량에 눈이 어두운 감독이 한 방 더 놓았으면 했다. 그렇다고 명령을 내리는 것은 아니었다. 단지 저기 시퍼런 탄맥에 화약 한 방 더 놓으면 질 좋은 석탄이 우수수 떨어질 것이라는 말만 늙은이처럼 중얼거렸다. 광원들은 감독 말에 들은 척도 하지 않았지만 착한 일석은 외면하지 못했다. 그런데 바로 그게 문제가 될 줄은 몰랐다. 다이너마이트를 꽂고 도화선에 불을 붙이자마자 그들은 잠시 대피했다. 폭발이 나고 먼지가 가라앉은 후에 다시 탄을 캐러 들어갔다. 그런데 동발을 설치하면서 탄을 캐는데 곡괭이를 꽂아도 가루가 퍽석 날리지 않았다. 탄가루가 퍽석퍽석 꽃을 피우던 평소와 달랐다. 일석은 고개를 갸우뚱거렸다. 경험으로 미루어 본다면 좋은 조짐은 아니었으니까. 옆의 동료도 고개를 갸웃거렸다. 그리고는 그를 쳐다보았다. 일석의 사슴같이 순하고 커다란 눈에 어린 공포를 읽었는지 얼굴이 하얗게 변했다. 둘은 약속이라도 한 듯이 동시에 동발을 올려다보았다. 그것은 평소와 별로 달라보이지 않았다. 평소처럼 규정을 조금 무시했고 무너지지 않을 만큼만 받치고 있느라 애쓰고 있는 폼이 역력했다. 그런데 귀퉁이에 있는 동발이 이상했다. 반듯했던 동발이 휘어지고 있었다. 아니 부러지는 중이었다. 그 옆에 있는 동발도 마찬가지로 부러지는 중이었다. 거대한 무게에 필사적으로 대항

하다가 마침내 항복하는 중이었다. 부러짐은 찰나였었지만 그것을 바라보고 있는 일석은 그 순간이 영원처럼 느껴졌다.

그들의 머리 위 상방은 지난 주에 탄을 캐고 난 후에 거대한 물주머니가 만들어져 있었다. 그날은 그 물주머니를 피해 수직으로 얼마만큼 내려와서 다시 수평으로 석탄을 파들어갔다. 감독 말대로 석탄의 질은 최상품이었다. 그들의 손놀림은 빨라졌다. 이유를 대라고 하면 꼭 꼬집어서 이유를 댈 수도 없었지만 그들은 뭔가 붕뜬 것처럼 허둥댔다. 돌이켜보면 그들의 머리 위에 있는 물주머니가 터지고 있는 찰나였다. 그들은 그것을 인지하지 못했지만 그들의 몸의 감각은 인지했기에 그리 서둘렀던 모양이다. 물주머니는 그들이 석탄을 캐고 나가는 시간을 기다려주지 않았다. 일석이 철수를 부르짖자마자 기다렸다는 듯이 물주머니는 그들의 발목을 잡았다. 물주머니가 터지면서 순식간에 동발이 무너지며 죽탄이 폭포처럼 쏟아졌다. 일석은 가장 먼저 머리에 떠오른 생각은 '이런 거였구나'였다. 결국은 이렇게 될 일을 피해보려고 아등바등했던 시절이 가소롭기도 했다.

돌아가신 어머니와 아버지의 얼굴이 떠올랐다. 아직 일석이 아이였을 때 부모님과 함께 자드락밭에 콩을 심은 후에 둘러앉아 먹었던 꽁보리밥이 생각났다. 살아서 나간다면 제일 먼저 아내에게 꽁보리밥을 해달라고 하고 싶었다. 잘 익은 열무김치에 참기름 한 방울 떨구어 된장에 싹싹 비벼먹고 싶었다. 아내와 결혼하던 날도 머리에 떠올랐다. 가난한 살림살이라 결혼식이라 할 것도 없는 찬물 한 그릇 떠놓고 올린 식이었지만 유난히 부끄러워 고개를 들지 못했던 아내가 보고 싶었다.

첫아들을 얻었을 때의 기쁨도 떠올랐다. 손바닥만 한 불알을 덜렁 내놓고 얼마나 울어댔던지. 처마 밑에 금줄을 칠 필요가 없을 정도로 왁자하게 광고를 했더랬다. 어미가 뭘 제대로 먹지 못해 당연히 젖이 나오지 않을 수밖에. 그런 사정을 알 리가 없는 놈은 다리 길이의 반이나 되어 보이는 불알을 내놓고는 젖을 달라고 울어댔더랬다. 일석이 농한기에 석 달 정도 고향을 떠날 결심을 한 것도 바로 그 첫아들 때문이었다. 양수를 하얗게 뒤집어쓴 아이가 두 주먹을 불끈 쥐고는 이마에 핏줄이 툭툭 불거지도록 온 힘을 다해 어미의 젖을 빨았다. 몇 시간 동안 식은땀을 빡빡 흘리면서 악착같이 어미의 젖을 빨았지만 목구멍으로 넘어가는 게 없었다.

일석의 장례식은 같이 사고를 당한 열다섯 명의 동료들과 합동으로 치러졌다. 팔 형제의 장남이지만 그의 장례식장에 와서 장례 절차를 밟아 일할 사람은 없었다. 일석이 자식을 다섯 명이나 두었다고 해도 모두 고만고만 어렸고 그의 아내는 기함했다가 깨어났다를 반복할 뿐이었다.

무열이 팔을 걷어붙이고 장례 절차를 밟았다. 일석과 처지가 바뀌었다면 그가 이 일을 맡았을 것이다. 그게 싫어서 먼저 가버렸나 싶을 정도로 장례 절차는 복잡했다. 회사에서는 단돈 일천 원이라도 보상을 덜 해주고 싶어서 각계각층의 전문가를 내세워가며 협박했고 유족들은 일천 원이라도 더 받기 위해 맨몸뚱이로 나섰다. 회사 측에서는 전문가도 많았지만 유족들에게는 제대로 옷을 갖추어 입고 올 조문객도 없는 형편이라 애초부터 협상 테이블에 마주 앉을 수준도 아니었다. 달걀로 바위를 치는 격이었다. 더군다나 아는 것이 없어서 요구할 줄도 몰랐다. 결국은 보상이라는 것은 돈을 받는 것인데 그들은 돈을 많이 만져본 적도, 본 적도, 들은 적도 없어서 오히려 그들이 생각한 것보다 훨씬 많은 돈은 그들에게는 피부에 와닿지 않는 종이쪽에 불과했다. 팔자소관이라는 생각도 지배적이었다. 팔자가 나빠 죽었고 팔자가 좋은 사람은 여전히 일을 잘하지 않느냐고 했다. 노조가 무엇인지 알 수도 없었던 시절이라 더 그랬다.

무열만은 그냥 쉽게 타협이 이뤄져가는 꼴을 볼 수가 없었다. 일자무식 유족들을 설득하면서 회사 측과는 협상하고 또 했다. 무열은 유족들을 바보라고 욕을 했다. 자기의 권리도 찾아먹을 줄 모르는 사람이라 평생을 그런 대접만 받고 살았다고 했다. 사람의 목숨이 얼마나 귀한 줄 모르는 게 가장 안타까웠다. 그렇다고 그들의 슬픔이 적지 않았다. 미망인들은 하루에 몇 번씩 혼절하면서 온몸으로 슬픔을 토해냈지만 그게 다였다.

무열은 또 한 가지 해결할 일이 있었다. 미망인이 고인의 영정 앞에서 울고불고하면 그것이 안타까워 찾아가지를 못했다. 어찌어찌 용기를 내어 찾아가면 기함을 해서 정신을 잃고 쓰러질 때였다. 주위에 있던 사람이 혼비백산해 얼굴에 물을 뿌리고 손발을 따고 온몸을 주무르는 모습을 멀찌감치 바라볼 뿐이었다. 처음에는 가까이 있던 누군가가 둘러업고 바로 옆의 응급실로 달려갔다. 그런데 정신이 들면 다시 영정 앞으로 달려와서 울고불고해 이제는 누구도 업고 응급실로 달려가지 않았다. 누군가가 물을 한 모금 물었다가 그녀의 얼굴에 몇 번 뿌려주면 눈을 번쩍 뜨곤 했으니까.

제대로 작별인사를 할 수 있었던 기회는 장지 문제 때문이었다. 처음에는 태가 묻힌 고향으로 모셔가고 싶었다. 술만 먹으면 고향 이야기를 눈시울을 적셔가면서 했으니까 망자도 말을 할 수 있는 형편이라면 고향으로 가고 싶다고 할 것이다. 그런데 실행에 옮길 수가 없었다. 고향에 풀 한 포기 심을 땅덩어리가 없기 때문이었다. 조문 온 형제들은 하나같이 난감해했다. 이제는 제법 번듯한 동네가 되어서 송장이 들어오자면 마을 사람들의 허락을 받아야 한다고 했다. 무열은 땅을 사면 되지 않겠느냐고 했다. 보상금이 나올 텐데 그것으로 그 사람의 한을 풀어주자고 했다. 그러자 그들은 아무리 자기 땅이라고 해도 객지에 있다가 죽어서 들어오면 그곳 사람들도 반기지 않는다고 했다. 송장이 들어오면 동네가 좋을 리가 없다는 이유였고 그것도 자연스러운 호상이 아닌 악상이면 마을에 혹 미칠 화가 두렵다는 이유였다. 시골 인심이 오히려 도회지 인심보다 더 야박하게 변해갔다고 그들은 장황하게 말을 하고 또 했다. 무열은 무슨 뜻인지 알아들었다며 그들의 말을 막았다.

그는 집에 돌아가서 검은 양복에 검은 타이를 단정하게 매고 처음으로 일석이 모셔져 있는 영정 앞으로 다가갔다. 미망인이 반쯤은 넋이 나간 표정으로 그를 맞이했다. 그는 먼저 영정을 향해 두 번 절을 올린 다음에 미망인에게도 절했다. 입사원서 사진이 영정이 되어 큰 눈을 두리두리 굴리며 하얗게 겁에 질려 있던 그 시절이 생각났다. 그 옆에 올망졸망 서 있는 상주들은 이제 절하는 것에 이력이 붙었는지 제법 흉내를 냈다.

그는 미망인 앞에 무릎을 꿇었다. 그가 무릎을 꿇자 미망인도 황망해하면서 같이 무릎을 꿇었다.

"용서해달라는 말은 차마 못하겠지만 용서해주소."

"어데요, 그런 말은 하지 마이소."

"저하고 바꾸지만 않았어도 저리되었겠소."

"어데요. 다 팔자소관일 겁니더. 만약에 언나 아버지가 근무를 바꾸지 않았다면 사고도 일어나지 않았을 겁니더. 그리 생각하니더. 그동안 지가 말은 안 했어도 참 고마웠니더. 아이같이 날마다 무서워 쩔쩔매던 것을 고쳐주지 않았능교?"

"그것도 일이 이렇게 되고 보니 지가 잘못했다고 생각하니더. 모른척했다면 지금껏 일하지 않을 수도 있었을 텐데."

"어데요. 일을 그만두면 언나가 주렁주렁인데 밥은 어떻게 먹겠니껴. 지금껏 남사스럽지만 언나들 줄줄이 델꼬 마중을 나갔겠지요. 언나 아부지 잘 싸서 보내주시소, 지는 아는 것도 없고 정신도 없어서 어찌해야 할지 하나도 모르겠니더. 언나 아부지도 그렇게 해주면 좋아할 겁니더."

"그리 이해를 해주시니 고맙소. 내가 저 사람 대신 살아 있는 게 염치없어 어찌 콱 죽어버릴까도 생각해보았지만 그것도 마음대로 되지 않아 이리 나타났니더."

"어데요. 그런 숭악한 말은 하지 마소."

미망인은 무열과 마주 앉아 있는 자체가 어색한지 말을 시작할 때마다 꼭 '어데요'라는 말을 붙여가며 말을 했다. 장지 문제를 의논했다. 미망인은 그의 말을 끝까지 듣고는 가만히 고개를 끄덕였다. 형제들에 대한 섭섭함의 표정도 얼굴에 없었다. 하긴 지금 그녀가 겪고 있는 일보다 더 큰 일은 없어 다른 일들은 정말 아무 일도 아니었다. 무열에게 어찌하면 좋겠냐고 의견을 물었다. 무열은 한참을 말없이 묵묵히 앉아 있다가 화장을 시켜드리자고 했다. 그러자 미망인은 지금껏 숙이고 있던 고개를 번쩍 들고 그를 쳐다보았다. 그녀의 표정은 잘못 들어 믿지 못하겠다는 표정이기도 했고 안 들은 거로 하겠다는 단호함도 깃들어 있었다. 지금처럼 화장이 익숙하던 시절이 아니므로 더 그랬다. 무열은 그녀가 형형한 눈초리로 쏘아보자 그 눈빛을 피하지 않고 가만히 바라보았다. 그의 눈빛은 단호했다. 다른 좋은 방법이 있다면 얘기를 해보라는 무언의 압력도 얼굴에 쓰여 있었다.

"그 방법밖에 없겠니껴?"

눈빛 싸움에서 그녀가 졌다. 그녀는 다시 고개를 숙이고는 기어들어가는 목소리로 물었다.

"화장이 나쁜 것은 아니지요."

"언나 아부지를 두 번 죽이는 것 같니더. 얼마나 뜨겁겠니껴? 탄더미에 깔려 숨 막혀 죽었는데 또 불구덩이에 집어넣을 생각을 하니 기가 막히니더."

"죽은 사람이 뜨거우면 뜨거운 줄 알겠소. 그것을 알 정도면 저리 가만히 누워 있을 사람도 아니지요. 오히려 공동묘지보다는 나을 겁니다. 낯가림이 심한 사람이라 공동묘지에서 모르는 사람과 같이 누워 있는 걸 좋아하지 않을 겁니다. 맞춤한 장지를 알아보긴 했는데 가격을 터무니없이 부르니더."

"그래도 언나 아부지 목숨과 바꾼 돈이 나올 텐데 그것 가지고 안 되겠니껴?"

"그것이 얼마나 나올지 아직 확실하지도 않지만 또 그 돈을 그렇게 써버리면 그 사람도 좋아하지 않을 거요. 앞으로 언나들 델꼬 살 생각을 해야지요."

"……."

무열의 말에는 미망인도 할 말이 없는지 아무 말이 없었다. 그런데 눈물이 맥없이 흘러내렸다.

"죽은 사람이 뜨거우면 뜨거운 줄 알까? 차가우면 차가운 줄 알 리가 있겠소. 그러니 화장으로 결정합시다. 다른 유족들도 모두 화장으로 결정을 본 모양이네요."

"다른 집도 고향에서 받아주질 않는다고 하니껴?"

"세상인심이 어디나 마찬가지겠지요."

"하긴 한 형제도 출세하면 모른척하는데……. 없이 사는 사람들은 죽어서도 대접을 못 받니더."

"그러니 언나들 잘 키울 생각이나 하시소. 공부 많이 시켜서 언나들만큼은 탄구덩이에 들어가 탄 캐면서 밥 먹을 생각은 아예 못하게 해야 돌아간 분이 마음을 놓을 것이니더. 언나 아버지의 목숨과 바꾼 돈을 허투루 쓰지 말고 내 말대로 화장을 잘해 드립시다. 그리 알고 진행할 테니 더는 말하지 마소."

무열은 미망인이 또 무슨 말인가 하면서 반대할까 걱정이 되는지 벌떡 일어나 자리를 뜨고 말았다. 미망인은 다시 눈물이 맥없이 흘러내렸다. 구구절절 그의 말이 틀리지 않아 서러웠다.

일석의 다른 동생들은 장례식장에서 큰 도움은 되지 않아도 침통한 표정을 지으며 분주하게 왔다갔다 했다. 그런데 일석의 셋째 동생은 아직도 장례식장에 나타나지 않았다. 하긴 기별도 못했으니까 그것으로 위안을 받으면 되는 걸까? 연락처를 알아야 기별을 하든지 말든지 할 게 아니냐고 그의 형제들이 언성을 높였다. 그건 핑계거리도 되지 않는다고 또 다른 형제가 소리를 질렀다. 텔레비전만 켜면 나오는 사고 소식에다가 사망자 명단도 나왔는데 그걸 모를 리가 있겠냐고 또 다른 형제가 소리를 질렀다. 고상한 양반이라 텔레비전을 보겠느냐고 말을 하는 사람도 있었다. 형이 따지고 보면 누구 때문에 다시 광산에 들어갔는데 이렇게 배신을 때린다고 말을 하기도 했다. 모두 일석의 셋째 동생을 두고 하는 말이었다.

일석의 셋째 동생은 대학 입학금만 보태주면 나머지는 다 알아서 학교에 다니겠다고 철석같이 약속했지만 약속은 그냥 약속뿐이었다. 일석은 일 년에 두 번씩 세금 내듯이 등록금을 꼬박꼬박 보냈다. 사립대학이라 등록금도 비쌌다. 일하느라 공부할 시간이 없다는 동생의 말을 듣고부터는 용돈까지 다달이 보내면서 돈 신경 쓰지 말고 공부에만 집중하라고 했다. 공부와 농사는 때가 있는 법이라고 덧붙였다. 그런데 졸업을 하자마자 결혼을 하겠다며 일석을 찾아 월천에 왔다. 그는 월천이 처음이었다. 일석이 사는 사택을 보더니 많이 놀랐는지 말을 더듬기도 했다. 처가가 부잣집이라고 했다. 학과 교수님이 소개해주었다고 했다. 일석은 기뻤다. 호박이 넝쿨째 굴러온 복이었다.

그런데 결혼식부터 이상했다. 그때는 아직 부모도 살아 있었는데 어쩐 일인지 결혼식 참석을 원하지 않았다. 처가에서 고아로 알고 있다는 말에 일석은 눈앞이 캄캄해지고 다리가 후들거렸다. 마음 같으면 동생의 빰이라도 치면서 정신차리라고 말하고 싶었지만 어느 순간부터 동생이 어려워 그리할 용기가 나지 않았다. 떨리는 목소리로 그래도 결혼식인데 너를 낳아준 부모는 불러야 한다고 말해보는 게 고작이었다. 조금 부족한 것 같아 며느리 얼굴이 얼마나 보고 싶겠냐고 말을 보태자 동생은 결혼식 끝나고 인사를 오면 된다고 도마뱀 꼬리 자르듯이 냉정하게 말을 잘랐다. 그런데 결혼식이 끝나도 인사를 오지 않았다.

일석의 말만 듣고 한동안 마을 들머리에 나가 기다리는 일이 일상이 된 그의 부모들도 어느 순간부터 포기했는지 더는 나가지 않았다. 그래도 처음에는 명절이나 부모 생일이나 형제 경조사에도 나타나지 않으면 큰 회사는 딸린 식구가 많아 그 많은 식구를 먹여 살리자면 시간이 없는 법이라고 일석은 그를 변호하기 바빴다. 그의 부모가 차례로 죽었을 때도 외국에 있다는 핑계로 오지 않자 더는 변호하지 못했다. 그의 형제들도 그에 대한 말은 폭탄인 양 피하며 지내왔었다.

산모롱이를 한 굽이 돌고 또 한 굽이 돌고 굽이굽이 자꾸 돌아가자 마침내 하얀 연기가 모락모락 올라가는 높은 굴뚝이 눈앞에 나타났다. 화장터는 깊은 산 속에 음흉한 짐승처럼 몸을 숨기고 있다가 불쑥 모습을 드러냈다. 명아주, 닭의장풀, 복주머니난과 보라색과 흰색의 도라지 꽃이 산모롱이 굽이돌 때마다 불쑥불쑥 나타나고 칡넝쿨이 길게 줄기를 둘둘 감고 올라가는 곳이었다. 연기만 없었다면 깊은 산 속으로 소풍을 가고 있다고 착각이 들 정도로 산 굽이굽이마다 눈길을 잡아끌 정도로 풍경이 수려했다. 마지막 가는 고인을 위한 성찬인가 싶다가도 다 부질없다는 생각도 들었다. 미망인은 굴뚝에서 하얀 연기가 끊임없이 올라가자 그것을 물끄러미 바라보며 눈물을 흘렸다. 먼저 도착한 누군가가 연기로 변해가는 중이었다. 건물 주차장에는 장례 버스가 들어와 있었다. 주차장 구석 화단에는 붉은 백일홍이 활짝 피어 있었다. 시퍼렇게 존재했던 것도 연기로 변해버리는 곳에 만발한 백일홍은 기괴해 보였다. 어쩌면 연기로 변하기 전에 마지막으로 붉디붉은 백일홍에 온 힘을 쏟아놓는 모양이었다. 그곳에 온 사람들은 모두 붉은 백일홍을 물끄러미 바라보았다. 늘 보아왔던 꽃보다 훨씬 커다랗고 훨씬 붉어서 눈길이 자꾸 갔다. 그런데 자꾸 보니 예사롭지 않아서 또 보고는 마침내 눈물 한 자락을 주르륵 흘리면서 기다렸다.

그곳에 모여든 사람들은 모두가 평등했다. 누구나가 기다리는 시간이 똑같았다. 건물 안에서 기다리는 사람보다 건물을 나와서 굴참나무와 박달나무가 서 있는 숲으로 들어가 시간을 기다리는 사람이 더 많았다. 거기는 원래 공원도 휴게소도 아니었지만 사람들의 발걸음으로 인해 흙바닥이 반들반들했다. 점심시간이 되면 유족들은 미리 준비해온 비빔밥이나 육개장으로 손님들을 대접하고 손님들이 음식을 비우면 그것을 커다란 구박에 담아 옆에 물이 졸졸 흘러내리는 계곡에서 설거지하면서 기다렸다.

일석네도 마찬가지였다. 병원에서도 며칠 내내 같이 있다가 또 거기서 만나자 울컥 반가운 마음이 들었다. 하긴 한날한시에 사고가 난 사람 중에서 고향으로 돌아간 사람은 아무도 없었다. 고향은 각자가 달랐지만 그들을 반겨줄 고향은 한 곳도 없었다. 죽은 자는 산 자들이 선택하는 대로 따라할 수밖에 없는데 산사람들은 무엇이든지 자기들에게 이로운 쪽으로 선택했다.

일석네도 병원 장례식장에서 아침 일찍 만들어준 음식을 차에 싣고 화장터로 왔다. 전날에 식당에서 일을 봐주는 아주머니가 무열을 찾았더랬다. 이제 아주머니들도 그가 장례식을 총괄 지휘를 한다는 것쯤은 눈치로 알았다. 내일 화장터에 가서 먹을 음식을 어떻게 할 거냐는 질문이었다. 무열은 미처 그것까지는 생각하지 못한 터라 오히려 아주머니에게 어떻게 하는 것이 좋겠냐고 물었다. 그러자 그녀는 별다른 방법이 없으면 자기들이 음식을 준비해줄 테니 음식 재료만 사달라고 했다. 다른 집들은 육개장이나 비빔밥으로 맞추었다고 했다. 무열은 날씨도 더운데 육개장은 좀 그렇고 비빔밥이 좋겠다고 하자 비빔밥에 필요한 무와 콩나물과 고사리와 달걀을 사달라고 했다. 무열은 언뜻 들어도 비빔밥 재료가 부실했지만 곧바로 내색은 하지 못한 채 나물이 그 정도면 되겠냐고 다시 물었다. 그러자 아주머니가 뭐 소풍 가냐고 했다. 그 정도면 아주 음식을 잘해간다며 목구멍이 포도청이라 산사람은 먹어야 하니 대충 한 끼 때우는 데 의미를 둔다고 했다. 그러면서도 나물을 몇 가지 더 넣어달라고 하면 해줄 수는 있는데 쓸데없이 낭비할 필요는 없다고 덧붙였다.

원래가 장례식을 치르면서 가장 바가지를 많이 쓴다고 하는데 여기 장례식장은 바가지라는 개념도 없었고 될 수 있으면 가장 적은 비용으로 장례를 치르기를 종용하는 분위기였다. 하긴 문둥이 콧구멍에서 보리쌀을 빼앗아 먹으면 먹었지 전쟁이 난 것처럼 한꺼번에 난 참상으로 여기저기에서 울부짖는데 무슨 관행 타령을 하며 돈을 빼앗을 수가 있을까. 오히려 한 가지라도 더 도와주지 못해 안달하는 쪽이었다.

상수리나무 그늘 밑에서 먼저 자리를 잡고 있던 유족들이 우우 건물 안으로 들어갔다. 유족들은 입구에 표시된 시간보다 굴뚝으로 나오는 연기로 작업을 짐작했다. 관이 들어가고 나면 처음에는 연기가 기세 좋게 나왔다. 그것을 쳐다보는 유족들은 다시 울음을 터트리게 되고 울음이 지쳐갈 즈음이 되면 연기도 차츰차츰 옅어졌다. 실오라기처럼 희미하게 나오다가 마침내 그것마저 보이지 않게 되자 누군가가 엉덩이를 털고 일어났다. 그러자 부메랑처럼 관계가 있는 사람들은 일제히 옷매무새를 가다듬으면서 건물 안으로 들어갔다.

그런데 그들이 두세두세 서두르는 품새와는 달리 건물 밖으로 다시 나오는 사람은 없었다. 이상할 정도로 정적만 감돌뿐이었다. 시간이 딱 멈추어버린 느낌이었다. 아침부터 지치지 않고 울어대는 매미 소리도 들리지 않았다. 그런데 마침내 정적을 깨는 소리가 들려왔다. 깊은 산속에 난데없는 절구질 소리에 사람들은 고개를 떨어뜨렸다. 그리고도 얼마 후에 하얀 보자기에 싸인 상자를 든 상주가 앞장서고 나머지는 그 뒤를 따라 나와 차를 타고 산모롱이를 돌아 사라져버렸다.

상수리나무 아래에 자리가 비자 이번에는 일석네 유족들이 그 아래로 몰려들어 뜨거운 햇살을 피하였다. 무열이 식당 아주머니들에게 알아서 해달라고 했던 비빔밥을 커다란 상수리나무 아래에 펼쳐놓았다. 일석이 화로에 들어간 지 한 시간이 지난 후였다. 총 세 시간이 걸리는 시간 동안 밖에서 기다리는 사람들은 할 일이 없었다. 사택 여자들은 소매를 걷어붙이고 한 명은 밥을 푸고 몇 명은 나물에 고추장에 달걀부침을 올리고 오이냉국을 퍼서 쟁반에 담아놓았다. 그러면 젊은 남자들은 쭉 둘러앉은 사람들 앞앞으로 날랐다. 매미가 요란스럽게 울어대고 상수리나무와 떡갈나무 이파리가 바람결에 살랑살랑 뒤집히고 계곡물소리가 쫄쫄 흘러내렸다. 비빔밥 앞에서 사람들은 잠시 잠깐 이곳이 화장터인 것을 잊은 듯 먹는 데 열중을 했다. 어린 상주들은 물이 졸졸 흘러내리는 계곡에서 옷을 흠뻑 적셔가며 피라미를 쫓고 있자 그들의 노는 모양을 물끄러미 바라봤다. 미망인과 무열은 이따금 긴 굴뚝으로 흘러나오는 하얀 연기를 올려다보았다. 굴뚝에서 기세 좋게 연기가 뿜어나오자 미망인은 눈물을 훔쳤고 무열도 작은 소리로 혼잣말을 자꾸 했다.

'잘하고 있구나. 잘하거래이. 조금만 참으면 된데이. 이쪽 일은 이제 그만 잊어버리고 훌훌 잘 가거래이. 이만큼 살아오느라 애썼데이.'

비빔밥을 다 먹자 사택 여자들이 빈 그릇을 걷어 큰 구박에 담아 머리에 덜렁 이고 계곡으로 내려가자 뒤에서 나머지 그릇들을 구박에 담아 두 사람이 양쪽으로 들고는 따라갔다. 여자들은 아이들이 놀고 있는 위쪽에 자리를 잡고 그릇들을 씻기 시작했다. 먼저 온 팀들도 이 자리에서 설거지했는지 물속에는 퉁퉁 불은 밥풀과 파와 당면이 가라앉아 있었다. 그릇을 씻어서 커다란 구박에 엎어놓았지만 여자들은 그것을 다시 꺼내어 마른행주로 물기를 닦아내기 시작했다. 여자들은 일하면서 가끔 굴뚝을 바라보았다. 연기는 아직도 기세 좋게 올라왔다. 무열은 그 연기를 물끄러미 바라보며 또 혼잣말했다.

'그깟 불알 두 쪽밖에 달고 나오지 않은 인생이 버릴 게 뭐가 그리 많아 아직도 태우는가. 말끔하게 태우고 가게나. 싹 태우고 가게나. 훨훨 다 태우고 가게나.'

마침내 연기가 시나브로 약해지자 무열이 벌떡 일어나 건물 쪽으로 허적허적 걸어갔다. 그러자 미망인도 그 뒤를 허깨비처럼 따라들어갔다. 상수리나무 밑에 앉아 있던 사람들도 엉덩이를 털며 일어났다. 사람들이 우우 들어오자 수골사는 아주 잘 태우셨다며 망자가 참 좋은 사람인가보다고 했다. 모두 그 말에 동의한다는 듯이 일제히 고개를 끄덕였다. 그러자 수골사는 그럴 줄 알았다는 듯이 고개를 끄덕이며 뒤로 닫혀 있는 문을 열고 들어갔다. 모여서 기다리고 있던 사람들은 그것이 익숙한 모양인지 별 반응이 없었다.

그런데 닫힌 방에서 콩콩 소리가 들려왔다. 그 소리를 듣고 있는 사람들의 표정이 심상치가 않았다. 미망인은 '훅' 울음을 터트리며 바닥에 주저앉았다. 두개골처럼 큰 뼈는 고열에서도 녹지 않아 따로 수습해서 절구에 빻는 소리였다. 절구질 소리가 들려오는 동안에는 아무도 말을 하지 않았고 숨소리도 크게 들리지 않았다. 무엇인가에 크게 질린 얼굴이었다. 이윽고 닫힌 문이 열리고 수골사가 보자기로 싼 하얀 상자를 하얀 장갑과 마스크를 쓴 채로 들고나왔다. 미망인이 그 모습을 바라보며 다시 울음을 터트렸다. 무열도 굳은 얼굴로 그 상자를 받아서 가슴에 가만히 끌어안았다.

내륙 깊숙한 곳에서 태어나 한번도 바다 구경을 해보지 못했다는 말에 무열은 작정하고 일석을 데리고 바다를 구경간 적이 있었더랬다. 월천은 석탄 운송 때문에 교통이 편리한 고장이었다. 다른 모든 것은 낙후되었어도 기찻길만큼은 잘 발달하여 옥계까지 기차로 한 시간이면 갔다가 그날로 돌아올 수가 있을 정도였다. 옥계에서 검푸른 바다를 처음 본 일석은 무엇에 홀린 듯 입을 다물지 못했다. 앞이 꽉 막혀 있는 막장은 매번 질식할 것처럼 가슴이 두근거렸는데 그 억눌려 있었던 것이 펑 터지는 기분이라고도 했다. 죽으면 바다에 가서 물고기가 되고 싶다고도 했다. 술만 먹으면 바다 타령을 했지만 자주 가볼 수 있는 형편은 아니었다.

무열은 하얀 상자를 가슴에 끌어안고 옥계로 갔다. 무열이 조심스럽게 보자기를 풀고 하얀 상자의 뚜껑을 열자마자 기다렸다는 듯이 바람과 파도가 넘실넘실 데리고 가버렸다. 한 줌 집어내어 보내드릴 작정으로 흰 장갑을 낀 채 차례를 기다리고 있던 사람들은 허무했다. 평소에는 성질도 느릿느릿하더니만 바다가 좋긴 좋은 모양이라고 사람들은 수군거리며 안도했다. 이왕이면 집채만 한 고래가 되어 이승에서 못해본 권세를 바다 속에서라도 마음껏 누리며 살라고 빌었다.

장사를 지내고 얼마 후에 미망인은 보다바에 있는 선탄장에 취직했다. 몸도 마음도 피폐해 있었지만 그걸 핑계로 누워 있을 형편은 아니었다. 다행이라면 남편이 사고로 죽으면 광업소에서 미망인에게 일자리를 주선해주었다. 광업소에서 여자들이 할 일이라고는 한정되어 있었다. 지하 막장에서 탄을 캐 지상에 내보내면 선탄장에서 탄을 선별하는 일이었다. 일석 부인은 출근을 위해 까만 작업복을 한 벌 입고 까만 장화를 신고 같은 색의 머릿수건을 쓰면서 눈물을 흘렸다. 옷차림이 기가 막혀 울었던 것은 아니었다. 아직 상 중이라고 저절로 상복으로 갖추어져 기가 막혔다.

컨베이어벨트에 석탄이 실려 슬슬 다가오면 일석의 부인과 먼저 와 있던 미숙 엄마와 여자들이 돌이나 이물질을 골라내었다. 커다란 석탄덩어리는 망치로 재빠르게 부서뜨렸다. 그런 다음에 석탄을 삽으로 질통에 퍼담아 등에 짊어지고 바닥에 서 있는 화물열차로 내려와 부어놓고 다시 올라가는 일을 온종일 했다. 보다바 길이 거의 수직으로 가팔라 짐승처럼 네 발로 기어다녔다. 방안은 날마다 파스 냄새로 진동했다.

형편을 모르는 사람들은 이곳이 지겹지도 않으냐고 했다. 자기 같으면 빌어먹는 한이 있더라도 남편을 잡아먹은 곳에선 살고 싶지가 않을 거라고 했다. 일석 부인은 달리 방법이 없다고 말했다. 배운 기술도 없는데 어디 가서 무엇을 해먹고 살면서 아이들을 키울 수가 있겠느냐고. 다른 고장으로 나갔다가는 자칫 보상금만 날릴 게 뻔하다고 했다. 벌써 돈냄새를 맡고 슬슬 다가오는 사람들이 있었다. 그렇게 갈 팔자라서 그렇게 무서워했건만 모른척하고 날마다 도시락 싸주며 굴속으로 밀어넣은 년이 무슨 자격으로 그 돈을 쓸 수가 있겠느냐고 반문을 하자 말을 꺼낸 사람이 머쓱했다.

제4장

광부 아라레이

절골에서 태어나 절골을 한번도 벗어나지 않았던 무산으로서는 일생일대의 큰 결단이었다. 철원은 땅값이 쌌다. 대신 밤이나 낮이나 총과 대포 소리가 들렸다. 땅은 넓었고 기름졌고 뒷동산에는 밤나무가 울울창창했다. 무산은 뒷동산에 하얗게 뒤덮인 밤꽃이 마음에 들었다. 찔레꽃이 한창일 때 절골을 보는 것 같았다.

넓은 땅을 사들이자 먼저 집부터 짓기 시작했다. 무산의 구미에 맞는 설계도를 선택해서 아주 덩그렇게 지었다. 방 다섯 칸에 넓은 주방과 거실 두 개를 넣었다. 장성한 아들을 장가보내면 그들의 공간을 따로 만들어주기 위해 거실을 두 개 들였다. 기와를 덩그렇게 얹은 지붕은 높았다. 넓은 거실에 앉아서 초소가 덩그렇게 앉은 앞산을 물끄러미 바라보기도 했다. 그곳으로 군인들이 들락날락했다. 그런 풍경이 마음에 들지 않을 때도 있었고 반대로 든든하기도 했다. 집 옆에는 덩그런 집보다 열 배는 큰 외양간을 지었다. 기름진 땅에서 농사도 좋지만 농사보다 몇 배나 수입을 올릴 수 있는 젖소를 키울 작정을 했다. 낙농업이 유행이었던 시절이다.

무산의 계획에서 벗어난 것은 잣골댁을 데리고 가지 못한 것뿐이었다. 이사를 해서 암송아지를 20두나 사들였다. 송아지를 어미소로 키워 젖도 짜고 새끼를 자꾸 불릴 계획이었다. 몇 년 후에 장남을 결혼시켰다. 운이 좋았는지 들어온 며느리도 어느 한 곳 모자람이 없는 참한 규수였다. 만약 절골에서 석탄이나 캐서 먹고사는 집이었다면 그렇게 모든 것을 갖춘 며느리를 들일 수는 없었을 거라며 뭐니 뭐니 해도 돈이 상전인 시대라고 영자는 말했다. 배운 만큼 배운 여자가 절대 배운 티를 내지 않는다고 했다. 또 시어른과 시동생들을 잘 공경하고 그 많은 일을 불평 없이 해나갈 수 있는 며느리를 들인 것도 그의 복이라고 했다.

어느덧 고등학생이 된 진희는 무산의 작은아들 결혼식 때문에 철원에 가볼 기회가 생겼다. 고등학교까지 진희와 함께 살았던 복희는 졸업과 동시에 분희네를 따라 서울로 갔다. 엄밀히 말하면 한약방에 취직한 셈이다. 분희 남편이 형님에게서 분가하여 따로 한약방을 차렸기 때문이다. 피 묻은 부항기나 닦고 약종이나 접고 약재나 썰어 말리는 일이겠지만 복희는 지긋지긋한 월천을 탈출하고 싶어 아버지를 조르자 두 번도 생각하지 않고 허락했다.

교육열이 유난히 높은 복희 아버지는 복희를 대학에 보내고 싶어 안달복달이었다. 복희가 공부에는 영 소질이 없다는 것을 잘 알고 있었지만 미련을 버리지 못했다. 진희가 봐도 복희는 공부와는 담을 쌓았다.

대신 연애는 잘해서 갈래머리 고등학생에 불과한데도 겁 없이 남학생을 잘도 사귀었다. 그것도 시도 때도 없이 상대가 자주 바뀌었다. 진희가 중간에서 이쪽저쪽 편지 배달부를 했다. 또 학교에서 유명한 말썽꾸러기였다. 복희보다 한 학년 위인 보다바에 사는 숙희의 권유로 불량서클에 가입했는데 거기서 싸움하는 것만 배웠다.

일곱 명의 여학생으로 구성되었다고 '칠공주'란 이름의 서클이었다. 그렇다고 온전한 싸움꾼도 아닌 일곱 명이 껄렁하게 어울려 다니면서 대장인 숙희 심부름만 했다. 교복보다는 서클 회원들끼리 체육사에서 단체로 맞춘 옷을 입고 다녔다. 이소룡의 노란 운동복과 같은 디자인인데 색깔만 하늘색으로 바꾸었지 팔과 다리에 이소룡 운동복은 검은 줄이 넓게 지나갔다면 하늘색 운동복은 하얀 줄이 지나갔다. 머리 스타일도 갈래머리를 쫑쫑 땋고 다니던 두발 교칙을 무시하고 칠공주 모두 이소룡처럼 바가지를 엎어놓은 듯한 머리를 하고 학교에 나타났다가 규율 선생께 며칠 동안 수업도 들어가지 못하고 단체 기합만 받았다. 온종일 땡볕 아래서 운동장을 도는 모습을 전교생은 창문으로 슬쩍슬쩍 훔쳐보면서 공부했다. 또 긴 복도에 오리걸음으로 기어다니면 조용한 수업시간에 신발 스치는 소리만 스삭스삭 들려왔다. 이런 복희 때문에 영자도 마음고생이 이만저만이 아니었다. 학교에도 자주 불려다녔지만 갈 때마다 복희 아버지에게 말할 수도 없었다.

대학에 대한 미련을 여전히 버리지 못한 복희 아버지는 한발 물러서서 전문대라도 가길 원했다. 사실 복희 성적으로는 전문대도 쳐다볼 수가 없었다. 무엇보다도 복희가 제일 잘 알았던지 가을 하늘 아래에 코스모스처럼 고개를 살래살래 흔들며 방바닥에 눈물을 얼룽덜룽 떨어뜨리며 울었다. 그것을 지켜보는 복희 아버지도 한숨이 방바닥을 뚫을 것만 같았다. 진희는 뜬금없이 돈이 없어서 중학교에도 진학하지 못한 미숙과 보배가 생각났다.

복희 아버지는 월천에 있다가는 광부 신랑을 만날 확률이 높아 서울로 보내야 한다고 말끝마다 노래를 부르더니 소원이 이루어졌다. 마음속으로는 여전히 대학에 못 보내 섭섭했지만 겉으로는 취직이 되어 서울로 갔다며 이제 서울에 사는 부잣집 신랑을 만나게 될 것이라고 자랑하고 다녔다. 어렸을 때부터 책읽기를 좋아했던 분희 형님 자식들이 이른 나이에 교수가 되었다는 소식을 듣고부터는 부쩍 욕심냈다.

진희 친구인 미숙과 보배는 중학교도 진학하지 못했다. 미숙 엄마가 보다바 선탄장에서 받는 월급으로는 미숙을 중학교에 진학시킬 수 없었다. 대신 국민학교를 졸업하자마자 서울에 있는 섬유공장에 보냈다. 보배는 국민학교도 졸업하지 못했다. 그녀의 엄마가 죽자 젖먹이 어린 동생 때문에 학교에 다닐 수가 없었다. 보배 엄마가 죽고 나자 웬일인지 보배 아버지의 건강이 급속히 나빠져 더는 광산 일을 할 수가 없게 되어 다시 안동으로 이사했다. 진희는 낮에 공장 일을 하면서 야간 중학교를 다닌다는 미숙의 편지를 받았다. 피곤하지만 고생하는 엄마 때문에 이를 악물고 공부하고 있다는 편지 내용이었는데 어느 순간부터 끊어졌다. 보배도 안동으로 이사를 가고 몇 번은 편지를 서로 주고받다가 미숙처럼 답장이 오지 않았다.

월천에서 기차를 타고 청량리에 도착한 후에 다시 철원 가는 버스를 타고 가는 긴 여정이었다. 해 뜨기 전에 출발했지만 철원에 도착하자 해가 저물어가고 있었다. 진희는 가는 내내 검은 플레어스커트에 커다란 삼각 칼라의 하얀 블라우스가 마음에 들지 않았다. 흰색 카바 양말과 검정구두를 신은 모습을 내려다보면 저절로 한숨이 나왔다. 아무리 교칙이라지만 보는 선생도 없는데 지켜야 한다는 사실이 억울했다.

결혼식을 위해 새초롬한 매화가 잔잔히 수놓인 연노랑 깨끼 한복을 맞추어 입은 영자가 새 옷 사주기 싫어 교복을 고집했다는 생각이 자꾸 들어 더 신경질이 났다. 이런 진희 마음을 짐작한 자야는 교복 입은 진희가 제일 예쁘다며 교복은 아무나 입지 못한다며 입을 수 있을 때 실컷 입어야 한다고 했지만 위로가 되지는 못했다. 목련꽃보다 더 하얀 원피스에 어깨까지 내려오는 긴 머리의 자야나 초록색 바지 정장으로 멋을 낸 자영은 보면 볼수록 눈이 부시도록 예뻐서 더 심술이 났다. 하다못해 국민학생인 자두도 하얀 바탕에 붉은 물방울무늬의 짧은 원피스에 무릎까지 오는 하얀 스타킹에 빨간 구두를 신고 챙 넓은 둥근 모자로 멋을 한껏 내자 지나가는 사람들이 자꾸 흘끔거렸다.

자야는 버스를 타는 것도 길을 찾는 것도 머뭇거림 없이 익숙했다. 버스 정류장에서 언덕을 내려다보자 눈안에 다 가두지 못할 정도로 넓은 들판이 해질녘 노을 속에 잠겨 있었다. 붉은 노을빛에 반사된 푸른빛은 바람결에 따라 주황빛도 되었다가 노란빛도 되었다가 하며 거대한 뱀처럼 꿈틀거렸다. 그 옆에는 역시 석양으로 지는 노을빛을 한몸에 받는 번듯번듯한 집들이 드문드문 서 있었다. 진희는 넓은 버덩을 빙 둘러싼 산 정상에 총을 든 군인들이 있는지 없는지 그것부터 찾아보았다. 무산 집에 다녀온 사람들이 하나같이 앞산에 총을 든 군인이 늘 보초를 서 있고 지척이라 그것이 잘 보인다는 말에 수꿀하기도 했다. 초소가 있는지는 버스 정류장에서는 잘 보이지 않았다. 다만 길가에 조팝나무와 명자나무가 하얗고 붉게 피어 있었다.

버스 정류장에서 가장 가까운 집이 무산 집일 거라고 진희는 생각했다. 왜냐하면 덩그렇고 반듯반듯한 집 중에서 집 옆에 외양간으로 보이는 커다란 건물을 가진 집은 그 집밖에 없었으니까. 무엇보다도 젖소를 마을 한복판에서 키울 수는 없을 테니까. 일행은 자야 뒤를 따라 가파른 언덕길을 따라 내려갔다. 군데군데 큰 돌과 작은 돌이 박혀 있는 흙길이 반들반들했다. 자야는 지름길이라서 길이 나쁘다고 설명했다. 버스로 한 정거장 더 가면 마을로 들어오는 넓은 길이 있지만 그쪽으로 들어오면 한참 멀다고 했다. 무산이 가르쳐주었냐고 영자가 치맛단을 추스르며 물어보자 그는 아마 이런 지름길이 있는지도 모를 거라고 했다. 자야도 처음에는 몰랐었는데 자꾸 다니다보니 저절로 알게 되었다고 했다.

진희의 짐작대로 무산 집은 버스 정류장에서 조팝나무가 흐드러지게 피어 있는 샛길로 내려가면 바로 첫 집이었다. 엄밀히 말하면 첫 집이라고도 할 것도 없었다. 덜렁 그 집만 한 동 자리잡고 있었다. 이웃집을 가자면 게으른 사람들은 차를 타고 갈 성싶을 정도로 멀찌감치 있었다. 앞산에 보이는 군인들의 초소보다는 가까웠지만 어찌 비슷한 느낌이었다. 진희는 앞마당에 들어서자마자 그의 집을 지그시 내려다보고 있는 앞산을 제일 먼저 힐끗 살펴보았다. 과연 들던 대로 산 정상에는 군인들이 씀 직한 둥그런 초소와 두세 명의 군인들이 초소 주위를 왔다 갔다 했다. 허리에 찬 총은 보이지 않았지만 군인들이 맨몸으로 초소를 지킬 것 같지는 않으니 총도 보이는 것 같았다. 말로만 듣던 것과 직접 눈으로 보는 것과는 기분이 아주 달랐다. 말은 실체가 없어서 그냥 아득하기만 했는데 눈으로 직접 확인을 하고 나자 더 아득했다. 이런 진희의 마음을 젖소들이 짐작했었는지 길게 울음을 토해냈다. 수십 마리의 소들이 이따금 합창하듯 울음을 토해내자 노을은 한층 더 붉어졌다. 꼭 소들의 입에서 붉은 물감이 쏟아져나오는 듯했다. 마을은 붉은 물감 속에 풍덩 잠수했는지, 붉은 물감으로 덧입혀졌는지, 덩그런 집이고, 덩그런 마당이고, 덩그런 외양간이고 모두 붉었다. 외양간 옆에서 졸고 있는 조팝나무도 붉게 물들었다.

진희는 젖소를 한번도 못 보았다고는 말을 하지 못할 것이다. 보긴 정말 보았을 텐데 이렇게 큰 젖소는 처음 보았다. 무산의 젖소는 한마디로 표현해서 집채만 했다. 오히려 월천의 가난한 집보다 더 컸다. 검은 얼룩무늬가 선명한 젖소는 덩치에 걸맞게 젖통도 양동이만큼 컸다. 만약 젖소의 덩치가 작다면 달고 있는 젖통의 무게로 고꾸라질 정도였다. 젖소 옆에 서 있는 무산은 참 작았다. 무산의 키가 보통 남자들보다 큰 편인데 젖소 뱃구레쯤에 무산의 머리가 와닿았다. 젖소가 무엇인가에 마음에 들지 않아 뒷발로 발길질한다면 공중으로 벌렁 나가떨어질 것만 같았다.

무산은 진희가 보기에도 전보다 살이 많이 빠졌다. 다리미로 눌려놓은 듯 뒷머리가 눌렸고 눌리지 않은 머리카락은 분수처럼 하늘로 뻗쳐 있었다. 원래도 살집이 없는 마른 체격이었지만 단단한 체격과는 좀 달라 보였다. 피부도 생명력이 느껴지지 않은 하얀색이었다. 다리도 전보다 더 절어 백세노인처럼 하느작하느작 걸었고 목소리 또한 가느다래서 무슨 소리인지 제대로 알아들을 수 없었다. 광산 사고로 왼다리가 오른다리보다 많이 짧았다.

영자는 무산을 보자마자 오는 내내 땀을 훔치던 분홍 손수건으로 이번에는 눈물을 닦으며 울었다. 영자의 눈물바람에 진희는 가슴 저쪽에서 정체를 알 수는 없지만 쿵쿵 다가오는 느낌을 받았다. 교복 때문에 온종일 불편했던 몸이 이제는 마음으로 옮겨간 듯 갑갑했다. 벼랑에서 발을 헛디딘 것처럼 아득한 느낌이 들었다. 무산은 이런 마음을 아는지 모르는지 잔잔한 미소를 지었다. 손을 닦고 들어갈 테니 먼저 집 안으로 들어가라고 했다. 그때야 마당 한 귀퉁이에 소담스럽게 핀 백합무리와 그 옆에 간이수도가 보였다. 무산의 며느리는 이미 수돗가에 따뜻한 물을 담은 세숫대야를 준비해두었고 하얀 수건을 들고 서 있었다.

며칠 먼저 온 잣골댁은 푹신하고 커다란 보료에 앉아 있다가 진희 일행을 반겼다. 자미는 무열의 병간호 때문에 함께 오지 못했다. 사택에 살던 그 잣골댁이지만 하얀 학이 수놓인 청색 보료에 앉아 있자 더군다나 옥색 한복에 흰 버선까지 신어 달라보였다. 인자한 미소만 사택에 있을 때의 잣골댁과 똑같았다.

무산의 큰아들 부부가 방으로 들어섰다. 무산의 큰며느리는 종아리까지 내려오는 파란 주름치마에 같은 색의 블라우스를 입고 그 위에 하얀 앞치마를 둘러 단정하면서도 정갈해 보였다. 미처 그것을 벗지 못한 것을 알아채고 조심스럽게 앞치마를 벗어 옆에 두자 옆에서 기다리고 있던 큰아들은 그녀에게 눈짓하면서 영자에게 큰절을 올렸다. 그리고 자야와 자영에게 서로 절을 하고 그 옆에 어리둥절하게 서 있는 진희와 자두에게도 절을 할 태세라 그녀들도 얼른 자매처럼 마주보고 절했다. 그러자 이번에는 내일 결혼할 당사자인 작은아들이 홀로 들어와서 아까와 똑같은 식으로 절을 했다. 시집 안 간 딸 한 명도 쪼르르 들어와서 아까와 똑같은 순서로 절을 하고는 쪼르르 나갔다. 문을 여닫을 때마다 맛있는 냄새가 들어왔다.

그녀는 영자의 칭찬에 걸맞게 밥상을 얌전히 차려서 내왔다. 잣골댁과 무산은 각각 독상으로 차리고 영자와 도자와 자야와 진희와 자두 앞으로 따로 한 상 차렸다. 나머지 식구들은 한 상으로 모두 세 개의 상을 차려 내오면서 발걸음 소리 하나 그릇 부딪히는 소리 하나 나지 않았다. 머리를 양쪽 귀 뒤로 넘긴 구불구불한 커트 머리를 한 흰 얼굴에 가느다란 몸매였지만 코가 낮아 예쁜 얼굴은 아니었다. 그렇지만 영자 말대로 어딘지 모르게 교양이 있어 보이는 여자라고 진희는 생각했다.

그런데 무산 앞에 놓인 음식은 콩죽 한 그릇에 간장 한 종지가 다였다. 온갖 진수성찬을 마다하고 죽 한 그릇만 앞에 놓여 미안한지 쾌활한 미소를 지으며 아주 맛있게 먹었다. 콩죽이 먹고 싶어 체면 불구하고 먹고 있다는 표정이었다. 무산이 그렇게 나서자 나머지 사람들은 눈앞에 만반진수로 차려진 갈비찜과 잡채와 더덕구이와 녹두전과 버섯전과 오징어튀김과 검은깨와 팥과 콩가루로 고명한 인절미와 기정떡에 젓가락이 갈 수 있었다.

그들은 자기의 속마음을 감추는 것에 다들 도사급이었다. 아무런 내색도 하지 않은 채 갈비가 맛있다는 둥 잡채의 색이 예술이라는 둥 소곤소곤 이야기를 나누기도 했다. 새파란 시금치에 새빨간 당근에 까만 목이버섯이 하얀 당면과 함께 깜초롬한 간장에 윤기가 나게 버무리고 통깨를 솔솔 뿌려 한 폭의 그림같이 예뻤다. 진희는 그림 같은 잡채에 젓가락을 대는 대신에 무산을 슬쩍 바라봤다. 무산과 눈이 마주쳤다. 그런데 무산이 진희에게 살짝 윙크했다. 진희만 볼 수 있었다. 다른 사람들은 여전히 소곤소곤 정담을 나누며 음식 먹는 데 열중했다. 진희는 무산이 윙크를 하자 못 본 척 얼른 고개를 숙였다. 하긴 찰나이긴 했다. 만약 바람이었다면 바람이 지나가면서 대청마루에 즐비하게 서 있는 홍콩야자나 벤자민이나 행운목의 이파리를 건드렸을 거니까. 만약에 향기로운 냄새였다면 진희 코뿐 아니라 다른 사람의 코에도 저절로 도달해서 누군가는 코를 실룩거리며 주위를 살피기라도 했겠지. 그런데 무산의 윙크는 온전히 진희만을 향해 진희는 부끄러웠다.

무산은 무열과 달리 잘생긴 얼굴이었다. 짙은 눈썹에 갸름한 얼굴과 여자처럼 하얀 피부에 목소리 또한 조곤조곤, 나직나직해 교양 있는 예술가 타입이었다. 그래서 평소에도 진희는 무열보다 무산이 더 좋았었는데 윙크까지 하자 그것은 곧 안심하고 밥을 먹으라는 신호였었다. 사실 진희는 무산의 윙크가 안심되긴 했었다. 진희가 밥을 맛있게 먹지 않는다면 그것이 오히려 무산을 걱정시키는 일 같아 교자상에 그득하게 차려진 음식을 먹기 시작했다. 음식을 먹으면서 다시 무산을 힐끗 쳐다보자 그는 이번에도 진희에게 윙크를 재빠르게 해주면서 가지런한 이를 드러내며 살짝 미소를 지었다. 교자상을 둘러싸고 앉은 사람들은 갈비를 뜯기도 하고 양념이 묻은 손가락을 쭉쭉 빨기도 하면서 음식을 먹는 데 집중했다. 이들은 이미 이 방에서 무산을 가장 즐겁게 해주는 방법을 알고 있었다. 진희도 갈비를 하나 들고 뜯으면서 평소에 이렇게 먹었다가는 혼날 일만 남았을 텐데 그날은 다른 사람들처럼 조금은 경박하게 조금은 상스럽게 음식을 먹었다.

사람들이 소리를 내면서 맛있게 먹을수록 무산은 기분이 좋은지 죽을 한 그릇 다 비우고 조금 더 달라고 했다. 그러자 방안에 있는 사람들은 깜짝 놀라 일제히 먹는 것을 멈추었다. 진희는 영문을 알 리가 없었다. 도자가 며느리에게 눈짓하자 부리나케 주방으로 달려나가 죽을 한 그릇 더 담아들고 들어왔다. 무산은 그것을 받아 맛있게 먹기 시작하자 방안에 앉아 있던 사람들은 또다시 아까보다 더 열심히 음식을 먹었다. 상다리가 부러질 것같이 풍성하게 차려진 음식들이 바닥을 드러낼 때까지 오랫동안 먹었다. 빈 그릇이 나가며 교자상이 치워지자 얌전히 깎은 과일과 밥알이 동동 뜬 식혜를 조그마한 상에 올려 들어왔다. 이번에는 제법 이야기도 나누었다. 그런 분위기가 계속되자 영자도 진희처럼 마음을 놓았는지 아니면 영자도 진희처럼 그런 분위기에 속아버렸는지 마침내 한마디 했다.

"오라버님, 건강이 많이 좋아졌니더."

"아기씨 보기에도 그렇지요?"

도자가 아주 반색을 하며 득달같이 영자에게 물었다.

그녀의 탁구공 같은 반사작용에 영자는 머리를 크게 주억거렸다.

"그럼요. 인편으로 전해 들었을 때만 해도 걱정이 이만저만이 아니었는데 비록 죽이지만 식사도 잘하시니 그동안 올케언니와 질부의 정성 덕이지요."

"아기씨 때문이니더, 저 양반이 저리 기분이 좋은 것도, 죽을 두 그릇이나 비운 것도 요즈막에는 좀처럼 보기 힘들었는데 오늘 저렇게 식사도 잘하시니 아무래도 아기씨를 만나 기분이 좋은 모양이니더. 욕심 같으면 저 양반 때문이라도 아기씨가 오래오래 여기 있었으면 좋겠니더."

"내일 새 질부 들일 생각에 오라버님이 저리 기분이 좋은 거겠지요. 이제 작은 질부 들어오면 큰 질부와 더불어 시아버지에게 온갖 공경을 다할 텐데 그러면 금방 건강이 좋아지겠죠."

"천지신명이 도우사 그리만 된다면 머리카락으로 신을 삼으라 해도 삼을 수 있겠구먼."

"걱정하지 말게나. 내 아무래도 우리 어무이보다는 오래 살 테니까. 그게 제 도리 아니겠닝교 어무이?"

무산도 예외는 아니었다. 운명의 신이 등뒤에 감추어두었던 떡보따리를 슬쩍 그의 발 앞에 떨어뜨려놓고는 시침뗐다. 무산은 어느 날 갑자기 발 앞에 떨어진 떡보따리를 한참 동안 망연히 내려다보고는 난감했다. 떡보따리가 떨어질 거라는 생각을 한번도 안 해보지는 않았다. 그렇다면 무산은 근거 없는 낙관주의라든가 아무 생각 없이 살아가는 철부지이다. 낙관주의자도 철부지도 아닌 무산이었지만 그래도 자기에게는 떨어질 거라 생각은 안 하고 싶었다. 그것은 소망이었다. 그렇다고 무턱대고 바라는 염치없는 사람은 아니었다. 그럴 만했기 때문이었다.

굴속에서 탄을 캐다보면 날마다 탄가루를 마실 수밖에 없었다. 그것이 목구멍을 타고 내려가 폐에 도달하면 폐에 거머리처럼 딱 들러붙어서 떨어지지 않았다. 그것이 쌓이고 쌓이면 아주 무서운 병이 생긴다. 광산생활을 오랫동안 한 사람들은 아무도 비껴갈 수 없는 무서운 질병이었다.

돼지비계가 목구멍과 폐에 달라붙어 있는 탄가루를 씻어준다고 믿었다. 의사들도 돼지고기 먹기를 장려했다. 돼지고기에서 얻어지는 양질의 단백질과 소고기보다 훨씬 저렴한 가격 때문이었다. 시장에는 정육점이 즐비하게 서서 문턱이 닳도록 오는 손님들을 위해 뻘건 고깃덩어리를 빨래처럼 주렁주렁 걸어놓았다. 선술집에도 둥그런 화덕을 가운데에 둔 식탁에서 한창 시뻘겋게 달아오른 연탄불 위에 석쇠를 올려놓고 삼겹살을 지글지글 굽는 안주가 가장 인기가 좋았다. 옆에는 한복을 입은 아가씨가 젓가락을 두들겨가며 노래를 불렀다. 잔에 찰찰 넘치도록 소주를 따라주었고 노랗게 잘 익은 삼겹살을 입에 넣어주며 아양을 떨었다. 젊고 예쁜 색시가 잠자리 날개 같은 옷을 입고 세련된 교태를 부리는 새미꼴 같은 고급 요정은 그들은 바라지도 않았다.

어쩌다 일석은 새미꼴에 한번 가보았다. 손님을 차별한다는 소문이 돌자 자존심이 상하면서도 궁금하기도 했다. 임금님도 부럽지 않을 정도로 온갖 산해진미로 가득한 술상이 욕심나서도 아니었다. 솔직히 일석은 발렌타인 40년산 고급 양주는 한번도 마셔보지 못해 입에 맞지도 않았다. 향기로운 산삼주나 익히지 않은 소고기 육회나 생선 초밥이나 캐비어보다는 날마다 먹는 삼겹살에 시큼털털한 막걸리가 제일이었다. 새미꼴 아가씨가 궁금했다. 술에 불콰한 손님이 아가씨에게 짓궂게 굴어도 팁만 많이 준다면 손님이 원하는 것은 뭐든지 다 한다는 사실을 눈으로 확인하고 싶었다. 손님이 옷을 훌라당 벗고 술상에 올라가라고 해도 주저하지 않고 알몸으로 올라가서 기꺼이 안주가 되어준다고 했다. 술에 취한 손님이 아가씨의 시커먼 거웃에 입을 대고 쪽쪽 빨아도 아가씨는 마다치 않고 다리를 더 벌린다는 소문을 눈으로 확인하고 싶었다. 문제는 광산에서 펜대 굴리는 간부들만 상대하지 막장에서 탄을 캐는 광부들은 억만금을 주어도 상대하지 않는다는 소문이었다. 무열도 딱 한번 간부들 틈에 끼여 가봤을 정도였다.

놀기 좋아하는 데다가 아가씨들을 손바닥의 공깃돌처럼 능수능란하게 데리고 놀 줄 아는 무열은 일석의 소원이라는데 새미꼴에 안 데리고 갈 수는 없었다. 말 그대로 푸짐하게 한 상 잘 차린 술상 앞에서 아가씨와 질펀하게 하룻밤 놀아볼 작정이었다. 막장의 두려움을 이런 식으로 떨쳐버릴 수 있다면 돈이 아깝지 않았다. 그런데 일석은 만반진수로 차려진 술상부터 기가 팍 죽어버렸는지 커다란 눈만 데굴데굴 굴릴 뿐 평소의 밑도 끝도 없는 수다는 어디로 가버렸는지 벙어리가 되고 말았다. 텔레비전에 나오는 배우보다 더 어여쁜 아가씨가 잠자리 날개 같은 옷을 입고 술을 권하자 몸이 떨려서 손바닥에 땀이 났다. 자기도 모르게 무릎을 착 꿇고 땀난 손을 바지에 슬쩍 닦은 다음에 두 손으로 황송하게 받아 그냥 꿀꺽 삼켜버리고 말았다. 그 모습을 보는 아가씨들이 깔깔 웃자 그는 얼굴이 숯불처럼 달아올라 안절부절못하였다. 술맛이 날리가 없었다. 도망이 상책이라는 생각이 들었다.

화장실에 다녀온다는 핑계로 새미꼴에서 도망나온 일석은 곧바로 선술집으로 달려갔다. 막걸리를 벌컥벌컥 들이켜고는 영동댁의 젖통을 주물럭거리자 그제야 마음이 편안해졌다. 영동댁도 저고리섶에 돈만 꽂아준다면 더한 것도 상관없어 보였다. 오히려 일석보다 더 달라붙었다. 색시가 달라붙으면 사나이 대장부로서 외면할 수도 없는 법이었다. 환경이 사람을 만든다고 거친 일을 하다보니 사나이다웠다. 월급을 봉투째 하룻밤 화대를 위해 쓸 줄도 알았다.

월급날이 되면 어김없이 치마저고리를 얌전하게 늘어뜨려 입고 붉게 입술을 칠한 술집마담들이 회사 사무실로 쳐들어왔다. 손을 내밀고 있으니 봉투째로 안 내밀 재간은 없었다. 빈 봉투를 집으로 들고 가는 날에는 사택 전체가 우르르 흔들릴 정도로 일석의 아내는 울었지만 사택 사람 누구 하나 그 울음소리를 상관하지 않았다. 바로 월급날이 부부싸움의 날이다. 아이들은 육두문자가 날아다니고 거울이 깨지고 그릇이 골목으로 던져지는 방을 피해 햇살 잘 들어오는 담벼락에 나란히 붙어서 해바라기를 하며 집안이 조용하길 기다렸다. 더 길어지면 담벼락에 쪼그리고 앉아서 자기들끼리 땅따먹기 놀이도 하고 깨금발뛰기 놀이도 했다.

부부는 싸움도 화끈하게 했다. 비썩 말라 보여줄 것도 없는 웃통을 훌러덩 벗어던진 알몸으로 일석은 아내의 머리채를 잡아돌렸다. 일석 아내도 제대로 된 옷차림새가 아니었다. 옷이 찢어지고 벗겨져 젖통이 덜렁덜렁 다 보였지만 가릴 생각도 하지 않고 머리채가 잡힌 채 악을 썼다. 아이러니한 것은 방귀 뀐 놈이 성낸다고 아무 잘못 없는 아내의 머리채를 잡아돌리며 성질을 냈다. 잠시 후에 드르렁드르렁 코 고는 소리가 들려오면 부부싸움이 끝났다는 신호였다. 사방치기를 하던 아이들은 다시는 돌을 안 만질 것처럼 멀리 던져버렸다. 가장의 잠이 깰까 봐 깨금발로 살금살금 집으로 들어가서 밥을 찾아먹고 텔레비전 연속극을 봤다. 소리를 최소한으로 줄여놓아 화면에 나오는 배우들은 어항 속에 금붕어처럼 입만 뻐끔뻐끔했다.

대부분은 일석네처럼 싸우다 말지만 들불처럼 일어나는 집도 있었다. 귀를 세우고 있던 사택의 사람들은 일제히 그 집으로 몰려들었다. 일단은 월급을 홀라당 날린 주제에 제 잘났다고 아내를 두들겨 패는 사내를 떨어뜨려놓고는 자네도 잘한 것이 없다고 했다. 그리고 누가 말리면 더 서러워 부끄러운 줄도 모르고 두 다리를 방바닥에 뻗어놓은 채 방바닥을 두들기며 황소 울음소리를 내는 아낙을 보쌈 싸듯이 뭉쳐서 집 밖으로 데리고 나오는 것이 순서였다. 사내는 사택 사람들이 여자를 보쌈해가듯이 데리고 나가는 것을 물끄러미 보고만 있지 않았다. 마치 마지막 일갈을 하는 것처럼 아니면 화룡점정처럼 기세 좋은 수탉같이 달려들어 아낙 머리채를 잡아챘다. 얼떨결에 아낙을 빼앗겨 멍하니 있을 동안 사내는 아내의 몸을 발로 밟으면서 소리소리 질렀다. 돈밖에 모르는 화냥년이라고 했다. 남편이 날마다 목숨 내놓고 일을 하면서 그깟 간조 한번 날린 일을 가지고 이렇게 난리를 부리는 이유도 밤에 사내구실을 제대로 못해줘서라고 뒤집어씌웠다. 졸지에 사내나 밝히는 여자가 되어버린 아낙은 억울해 눈에 불이 촐촐 흘렀다.

아낙은 성에 대한 도덕관이 투철했다. 보배 엄마의 행실을 자기 남편에게 꼬여바친 것도 바로 그런 성격 때문이었다. 못이기는 척 피할 생각이었던 마음이 확 사라지고 말았다. 소매를 둥둥 걷어올리며 오늘 너 죽고 내 죽자 하는 마음으로 일전을 불살랐다. 아낙이 팔을 흔들며 덤벼들자 사내는 잠시 주춤했다. 그 사이에 아낙은 사내의 사타구니를 꽉 움켜쥐었다. 사내가 펄펄 뛰었다. 그때까지 잡고 있던 아낙의 머리채를 탁 놓아버리고는 불화살 맞은 사자처럼 겅중겅중 뛰었다. 암내 맡은 수캐처럼 낑낑거리며 절절매자 싸움을 말리던 사람들이 하나둘 그들 부부의 집을 나섰다. 싸움은 한 방에 아낙의 승리로 돌아갔다. 아낙들은 오늘 싸움의 한 방법을 배웠다. 사내들도 마찬가지였다.

술집에서 월급을 홀라당 써버린 집들은 다음 날부터 쌀집도 외상이고 반찬가게도 외상이고 그들이 즐겨먹는 돼지고기를 파는 정육점도 외상을 달아놓고 살아야 했다. 아낙들도 처음에만 외상이 신경쓰였다. 피부에 와닿지 않는 씀씀이는 제동이 잘 걸리지 않았다. 그리고 사택 속성상 옆집에서 무엇을 하나 들여놓으면 경쟁적으로 다 들여놓고 봐야 직성이 풀렸다. 옆집 여자가 새 블라우스를 한 장 사 입으면 그 옆집 여자도 한 장 사 입어야 밤에 잠이 잘 왔다. 또 옆집에서 고기냄새가 솔솔 새어나오면 코를 벌름거리는 아이들 때문에라도 된장찌개를 끓이다 말고 정육점으로 달려가 고기를 한칼 끊어와야 했다. 옆집이 금계에 들면 사택 여자들 모두가 금계에 들었다. 몇 년 잘 부어서 한 냥이나 두 냥 정도 금을 타게 되면 목이며 팔이며 손가락에 누렇게 둘둘 끼고 감고 다녀야 속이 시원했다.

날마다 그렇게 살아가는 삶은 돈을 모을 수도 없었다. 논도 밭도 장만할 꿈도 날아가버렸다. 애당초 그런 허무맹랑한 꿈을 꾼 자체가 우습기도 했다. 어느 순간 정신이 퍼뜩 들어 주위를 돌아보면 아이들이 우뚝 커버렸다. 그들의 장래를 걱정해야 했다. 자식만큼은 아비의 일을 대물림할 수가 없었다. 신은 짓궂었다. 아이들이 가장 예민하고 가장 꿈 많고 가장 공부를 많이 해야 할 때 병은 뱀대가리처럼 머리를 쏙 내밀고 혀를 날름거렸다.

집은 하루아침에 쑥대밭이 되고 말았다. 날마다 돈을 벌어다주는 아버지가 그것도 가장 돈이 많이 필요할 때에 돈을 벌어주는 기능을 상실했을 때의 공허감. 그리고 곧 죽을 때까지 길고 긴 투병시간이 앞으로 전개되리라는 것을 그들은 옆집을 통해 친구 아버지를 통해 이미 학습이 되었기에 좌절했다.

무산도 좌절했다. 광산 사고가 나서 죽었다가 살아났었기에 그때 액땜을 다 했다고 생각했기 때문이다. 무산만 그렇게 생각한 것은 아니었다. 입을 가진 사람들은 모두 그런 말을 했다.

"액땜했다고 생각하게."

"살 운명은 어찌하든지 간에 사는 모양이네 그려. 자네는 한번 죽었다가 살아났으니 벽에 똥칠할 때까지 오래 살 것이네."

회사에서 나온 사고 보상금과 퇴직금을 받아 철원 땅에 가서 집과 함께 커다란 외양간을 지을 때만 해도 가끔 숨이 차고 기침하는 것을 예사로 여겼다. 아직 사고후유증이라며 도자는 몸을 보하기 위해 보약을 사들였다. 마치 철원으로 이사온 목적이 약을 달이기 위한 것은 아닌지 그녀는 가끔 스스로 묻고 싶었다. 대궐같이 덩그런 집은 한약방처럼 한약 냄새로 진동했다. 그런데 무산은 보약 효과를 보지 못했다. 그 정도 정성이면 돌부처도 감읍할 만하건만 그의 기침과 숨쉬기는 차도는커녕 점점 더 나빠지기만 했다. 그러는 동안 20두로 시작한 젖소가 세 배로 늘어났다. 젖소가 늘어나자 일도 자연적으로 많아졌다. 하루에 두 번씩 꼬박꼬박 젖을 짜는 것은 기본 중의 기본이었다. 어쩌다 시간이 조금 늦으면 퉁퉁 불은 커다란 젖통을 어쩌지 못해 젖소들은 길게 울음을 울었다. 한 마리가 울면 다른 소들도 동시다발로 울어 조용한 동네가 젖소의 울음소리로 뒤덮였다.

양질의 우유를 생산하기 위해서는 뜨거운 스팀 수건으로 젖통을 수시로 마사지를 해주어야 했다. 마사지할 때나 착유를 할 때 젖을 아프게 하면 뜨거운 콧김을 식식 뿜어대며 뒷발질을 해 늘 긴장했다. 젖소들이 잘 먹는 먹이를 대령해야 했고 축사도 날마다 깨끗이 청소를 해야 하는 등 새벽부터 일은 산더미처럼 많았다. 또 송아지가 크면 인공수정을 시켜 새끼도 받아야 하는데 어느 날부터 무산은 그것을 뻔히 바라볼 뿐이었다. 다행이라면 철원에 터를 잡자마자 큰아들을 결혼시킨 일이다. 무산은 그가 일하는 옆에서 이런저런 감독하는 자체조차도 갈수록 힘이 들었다. 그쯤 되면 병원에 가봐야 했지만 그 누구도 병원을 입에 담기를 꺼렸다. 도자도 동네방네 한약 냄새가 진동하도록 약탕기에 부채질만 했다. 모두 입을 꾹 다물었다. 그들은 최소한의 필요한 말 외에는 말을 하지 않았다. 갓 시집온 며느리도 덩달아 입을 굳게 다물었다. 그렇게 꽤 긴 시간을 침묵 속에서 생활했다. 마침내 도자가 침묵을 깨뜨렸다. 병원에 가보자고. 혹 우리가 미리 겁을 집어먹고 있는 줄도 모를 일이라고 했다. 그러자 무산은 도자를 지긋이 바라보더니 조용히 한마디 했다.

"싱겁기는……."

"……."

"자네도 싱거운 소리를 할 줄 아는가? 내 몸은 내가 잘 아는구먼. 정 힘들면 내 발로 병원으로 걸어들어갈 것이야. 그렇지만 나는 병원에 입원하는 것이 죽기보다 싫네. 아주 질려버렸어. 그때 정말 지독했다네."

"와, 세 살 먹은 언나처럼 엄살을 떨고 그러니껴. 병원이 싫으면 병은 어떻게 고치려고 그러니껴?"

"고칠 수 없다는 것도 자네가 더 잘 알면서 너무 그러지 말게나. 내 조금이라도 숨 쉴 수 있을 때 기술을 다 가르쳐주고 가야 하지 않겠나?"

"성한 사람 걱정하는 당신의 오지랖도 참 대단하니더. 몸 성한 사람이 무슨 걱정이 있겠능교? 젖소 키우는 기술 그깟 거 젊은 애들이 더 잘 배우니더."

"그럴지도 모르지. 암만 그래야 하고말고. 그래도 나는 병원에는 안 갈라네. 경치 좋은 이곳에서 편안히 있고 싶네. 그러니 더는 병원 얘기는 하지 말게나. 애들에게도 이제 그만 내 눈치보라고 하게나. 그들이 알콩달콩 재미나게 살아야 나도 그것 쳐다보느라 기분이 좋을 것이야. 그럼 아는가? 의사들도 어쩌지 못하는 내 병이 고쳐질는지……."

"경치가 좋기는, 소똥냄새가 진동이구먼. 아직도 군인들의 총부리가 내 가슴을 겨누는 것만 같아 온몸이 다 오소소해 앞산도 제대로 바라보지 못하고 사는구먼."

"그럼 자네는 이곳이 싫다는 말인가? 절골에서 그냥저냥 살 걸 그랬는가?"

"누가 싫다고 했소. 절골은 생각만 해도 징글징글하니더. 왜 그렇게 먹고살 게 없었던지. 입에 풀칠만 했더라도 당신을 탄광에 보내지 않았을 텐데. 아니 큰놈이 공부 욕심만 부리지 않았더라도 당신을 그 굴속에 들여보내지 않았을 텐데. 기껏 높은 학교에 보내놓았더니 그것을 풀어먹지도 못하고 소 궁둥이나 따라다니면서 소똥이나 치우는 팔자가 되고 말았구먼. 왜 그리 욕심을 냈는지 참 알다가도 모를 일이니더."

"또, 그 소리. 큰애가 들으면 어쩌려고."

"내가 언제 그 소리를 했다고 나를 잡소? 이제 처음 해보는 소리구먼. 하도 답답하니 안 해도 될 말을 하고 그러니더. 그러니 그만 고집을 피우고 나랑 병원에 가봅시다. 내 소원이니더. 밝은 세상에 그동안 좋은 약이 개발되었는지 누가 알겠니껴? 죽은 사람 소원도 들어준다는데 그깟 산사람 소원 한번 들어주는 게 뭐 어렵다고 이래 태를 빼니껴?"

"……."

"설마 내가 당신을 굴속에 집어넣었다고 이러니껴?"

"……."

"그때는 그 방법밖에 없었다는 것 당신이 더 잘 알지 않소? 다리 밑에 거적을 깔고 살지언정 그렇게 하지 않았다면 참 좋았을 일이었는데……. 내가 잘못했소. 내가 백 번 잘못했으니 그만 화 풀고 병원에 가 보시더."

"임자, 내가 언제 자네한테 한번이라도 원망했던 적이 있었던가? 자네가 가라고 해도 내가 가기 싫다면 안 갔을 것이네. 다 내 팔자소관인 게야. 내 병은 내가 안다고 몸에 이상이 있고부터 이리저리 백방으로 수소문하면서 다 알아봤지만 별 뾰족한 방법이 없다고 하더구먼. 괜히 병원에 들어가서 미리 감옥 생활할 필요는 없어서 이러는 게야. 그러니 임자도 괜히 안달복달하지 말고. 임자마저 마음을 잡지 못하면 아이들이 누굴 의지하고 살겠는가? 둘째도 더 나이 먹기 전에 얼른 제 짝 찾아서 맺어주었으면 좋겠네. 눈치를 보니 누가 있는 것 같은데 아비가 이리되고 보니 말을 꺼내지 못하고 나이만 먹어가고 있을 것이야. 내가 살아 있을 때 그놈이라도 치우고 나면 임자 짐이 좀 가벼워지겠지. 임자가 자꾸 안달복달하면 내가 집을 나가고 말 것이야."

"아이고 점점 하는 소리라고는 그런 숭악한 소리만 하고 그러니껴? 당신은 참 말본새 하나는 누가 따라가지 못할 정도로 매정스럽니더. 그것도 재주라고 그러니껴?"

무산은 한번도 허투루 말을 내뱉는 성격이 아니었다. 그것을 누구보다 도자가 더 잘 알았다. 그래서 무산을 위해 도자가 할 수 있는 일은 민간요법이란 민간요법은 다 동원하는 일밖에 없었다. 그것도 하지 못하게 하면 그녀가 제풀에 먼저 말라버릴 거라는 것을 알고도 남는 그는 그녀가 구해오는 온갖 약을 한번의 거절도 없이 넙죽넙죽 받아먹었다.

요사스러운 뱀의 혀같이 현란한 민간요법은 분주하고 복잡했지만 허무했다. 도자는 말할 것도 없었겠지만 무산도 기대 아닌 기대를 했던 모양인지 몇 달 동안 수백 마리의 뱀을 고아 먹어도 차도가 없자 말수가 급격히 적어졌다. 솥뚜껑만 한 자라를 몇 달 고아 먹어도 효과가 없자 그때도 며칠 동안 말이 없어 식구들 모두 바늘방석에 앉아 있었다. 굼벵이나 오소리 간이나 붕어 또한 장복해도 소용이 없었다. 도라지, 더덕, 연근, 우엉, 배, 복숭아를 장복할 때만 해도 이렇게 입을 닫을 정도로 심하게 낙심하지는 않았었다. 곡괭이 대신에 붓을 들고 그림을 그리고 살아야 할 성정이 복숭아도 아닌 자라나 뱀을 장복하는 이유는 혹시나 하는 마음에서였다. 그런데 숨은 더 찼고 기침은 더 심해지며 보이지 않았던 명자꽃 같은 붉은 피가 섞여 나오자 식은땀이 나면서 아득해졌다.

백약이 무효라는 말은 이럴 때 쓰는 말일 것이다. 아니 무효라면 그것은 이미 시작하기 전에 각오한 일이니까 견딜 수가 있었다. 그런데 백 개의 약 중에 어느 것은 무산에게 독이 될 수도 있기에 견딜 수가 없었다. 아흔아홉 개가 몸에 좋은 약이었지만 한 개가 몸에 나쁜 약이어서 아흔아홉 개까지 무효로 만들어버리고 독으로 반응하는 것을 지켜봐야 하는 도자의 심정을 짐작할 수 있는 사람은 없었다. 그럴 때마다 도자는 외로웠다.

"임자, 이제 그만하게."

"?……."

"자네 그동안 애 많이 썼네. 내 저쪽 세상에 가서도 임자 정성을 잊을 수가 없을 것이야. 자네는 할 만큼 했고말고. 암만, 할 만큼 했고말고."

"와 그런 매가리 없는 말만 하니껴? 사람 힘 빠지게. 약이란 것이 똑같은 약이라고 할지라도 사람에 따라 어떤 약은 맞고 어떤 약은 안 맞는다고 하니더."

"또, 그 소리. 내가 그동안 임자를 잘못 생각한 것은 아닌지 요즈음 자꾸 의심이 드네. 내가 알고 있던 임자는 아주 현명한 사람이었지. 분별력 있고 근검절약이 몸에 밴 아내였다네. 그런데 요즈음은 동네의 생각 없이 사는 아낙들과 다를 바가 없는 사람이 되어버린 것 같네. 물론 다 내 탓일 것이야. 암만, 내 탓이고말고."

"아이고, 와 이러니껴? 내가 못마땅하면 못마땅하다고 말하면 되지와 자신을 탓하고 그러니껴? 제대로 자시지도 못한 양반이 자꾸 말하면 기력이 빠지니더."

"임자 자꾸 두루뭉실 넘어가지 마시게. 내 말 잘 들어요. 이제 오늘부터 임자가 주는 그 어떤 약도 먹지 않을 생각이네. 그러니 임자도 괜히 헛고생하지 마시게."

"무슨 그런 날벼락 같은 말만 하시니껴. 당신이 돈이 없나, 자식이 없나, 당신 말대로 미련 곰탱이 마누라도 있는 양반이 어찌 그런 무서운 생각을……. 나는 안 들었니더. 나는 귀가 먹어서 당신이 무슨 말을 한다고 해도 듣지 못하는 사람이니더."

"임자, 억지도 어느 정도껏 해야 하네. 그동안 자네에게 분에 넘치도록 호강을 받았네. 내가 무슨 나라를 구하다가 병을 얻은 것도 아니건만 임자는 나라를 구하다가 이리된 사람보다 더 나를 대접했네. 그동안 임자의 그런 정성이 고마워 헛짓인 줄 뻔히 알면서도 잘 먹었지 않았는가? 아니 솔직히 말한다면 어떤 일말의 기대감도 있긴 했지. 그렇지만 다 헛짓이잖는가?"

"당신은 나라를 구한 사람과 똑같은 사람이니더. 말이 있잖소. 가정이 곧 나라라고. 하나의 가정이 모이고 모여서 나라가 된다고 들었니더. 당신이 책임져야 할 식솔을 먹여 살리기 위해 병을 얻었다면 나라를 구한 것과 무엇이 다르겠소. 꼭 총칼을 들고 싸움터에 나가야만 나라를 구하는 것이겠소? 우리에게는 당신이 나라의 대통령보다 더 높은 사람이고 독립군보다도 더 귀한 사람이니더. 당신은 아무 소리도 하지 마시소. 괜히 쓰던 약 끊었다가 큰일이라도 나면 나는 어찌 살겠능교? 아이들은 또 나를 얼마나 원망하겠능교?"

도자는 사내처럼 걱실걱실하게 생겼다. 키도 크고 덩치도 큰 데다 코도 높았고, 눈도 컸고 손발도 커다랬다. 멀리서 어찌 보면 도자를 남자로 보고 무산을 여자로 볼 정도였다. 그에 못지않게 마음 씀씀이도 커다래서 그 옛날 없는 살림일 때도 손이 잔다랗지 않았다. 그런 도자의 커다란 눈에서 눈물이 그렁그렁 흘러넘쳤다. 우물이 크면 우물물도 많이 담길까? 아직은 한창 멋을 내도 낼 나이건만 화장기 하나 없는 주름진 얼굴 위로 맑은 눈물방울이 미끄럼 타듯 주르륵 방바닥에 얼룽덜룽 떨어졌지만 그것을 닦을 생각도 하지 않았다. 그러다가 마지막 화룡점정처럼 한마디 남기고는 휙 방을 나가버리고 말았다.

"나는 귀가 없니더."

무산은 이런 도자의 모습을 물끄러미 바라보다가 들릴락말락 한숨을 한번 쉬었다.

다음날부터 무산은 도자가 여느 날처럼 밤새도록 약탕기 옆에 쪼그리고 앉아서 달여온 약사발을 받지 않았다. 도자가 울고불고 간청해도 소용이 없었다. 아들 며느리가 들어와서 무릎을 꿇고 앉아 간청해도 마찬가지였다. 젖소들이 없었다면 집은 적막강산일 것이다. 마당가에 황구 두어 마리가 때가 되면 낑낑거렸다. 젖소들이 밥을 달라고 길게 울었고 젖이 탱탱 불어 아프다며 젖을 짜라고 울부짖으며 뒷발질을 했다. 미물은 말이 통하지 않았다. 아니 어쩌면 알고 있는지도 몰랐다. 소들의 둥그런 눈은 더 둥그렇고 까만 눈동자는 더 촉촉했다. 울음소리도 더 처연하게 들렸고 평소대로 못마땅한 일이 있거나 마음에 안 들 때 콧김을 푸푸 내뱉으며 뒷발질을 할 때도 진정성이 없어 보였다. 당연히 먹이를 달게 먹지도 않았다. 먹이를 잘 먹지 않으니 젖도 잘 나오지 않았다. 나온 젖도 불량이라 전량 폐기처분을 당하기도 했고 질이 낮아 최하위 등급을 받기도 했다. 젖소들 궁둥이만 쳐다보고 살아야 할 아들 며느리가 대청마루에 무릎을 꿇고 앉아 있는 날이 더 많아서였다. 어슬렁거리며 충견의 역할을 잘 감당하고 있던 황구들도 낑낑거리며 사료 알갱이를 헤아리듯 한 알씩 주둥이로 몇 번 집어먹고는 말았다. 그리고는 종일 주인이 누워 있는 집안만 바라보았다. 소낙비라도 후둑 지나가면 피할 만도 하건만 그것을 물끄러미 바라볼 뿐이었다. 황구 한 마리는 어미고 한 마리는 그 어미가 낳은 새끼인데 어미보다 덩치가 더 큰 새끼 황구는 이런 어미를 따라했다. 그러다가 슬쩍슬쩍 마실을 한 바퀴 다녀오기도 하고 슬쩍 뒤란에 있는 축사도 한번 다녀오기도 했지만 전처럼 홍이 나지 않는 듯했다. 풀숲으로 풀쩍풀쩍 뛰어다니는 메뚜기를 희롱할 마음도 없어져 어미가 바라보는 곳만 하염없이 바라보고 서 있었다. 그러다가 대청마루에 사람의 그림자가 보이면 어미처럼 한번 낑낑거렸다.

일이 이렇게 돌아가자 무산이 항복할 수밖에 없었다. 주인을 잘못 만난 죄밖에 없는 미물에게까지 불행을 전파하고 싶지 않았다. 불행은 민들레 홀씨처럼 전파되고 세균처럼 감염되었다. 무산은 약을 다시 들이라고 했다. 그리고 다음날부터 작은아들의 결혼식 준비에 들어갔다. 그 무렵 도자가 한 일 중에 가장 생산적인 일이었다. 그러는 동안 무산의 건강은 눈에 띄게 나빠져갔다. 몸에 좋다는 온갖 약을 거부하지는 않았지만 효과는 없었다. 이제는 누워서 잠을 잘 수가 없어 커다란 등받이를 등 뒤에 받치고 앉아서 밤을 새우는 날이 허다했다. 숨이 가빠서였다. 호흡이 쉽지 않으니 말소리도 잘 들리지 않아 그가 무슨 말인가를 할 때는 식구들 모두 귀를 모으고 집중해야 했다. 목에서 가래 끓는 소리가 났다. 철없는 손자는 왜 할아버지 목에 고양이가 들어가서 울고 있느냐고 물었다가 제 엄마에게 혼이 나기도 했다. 약발이 받지 않는다고 약을 쓰지 않을 수는 없었다. 더 나빠질까 불안해서였다. 호스가 주렁주렁 달린 산소통도 옆에 두었다. 그것이 옆에 있자 손자 녀석은 할아버지 방에 들어가지 않으려고 했다. 병원 냄새가 나서 무섭다고 했다. 무산은 산소통을 치우라고 호통을 쳤다.

결혼식 전날이 되자 무산은 거짓말처럼 몸이 좋아졌다. 늘 앉아서 자는 둥 마는 둥 밤을 지새웠는데 그날은 누워서 잠을 자고 일어나더니만 오랜만에 외양간으로 발걸음을 했다. 걸음이 약간 휘청거렸다. 도자가 달려가서 부축하려고 하자 무산은 손을 저으며 만류했다. 약간 부끄러워하는 것 같기도 하고 난감해하는 것 같기도 했다. 꽃들이 다투어 피어나는 계절이었지만 도자는 무산이 감기가 들까 걱정이 되어 도톰한 자주색 니트 카디건을 그의 어깨 위에 조심스럽게 둘러주었다. 이것 또한 뿌리칠까봐 마음을 졸였는데 다행히 무산은 그것을 힐끗 한번 바라보더니 팔을 끼어 천천히 제대로 입었다. 그의 하얀 얼굴이 자주색 니트와 잘 어울렸다.

금방까지 배를 깔고 봄 햇살을 즐기며 졸던 소들이 갑자기 우당퉁탕거리기 시작했다. 콧김을 휙휙 불기도 하고 낮게 울기도 했다. 한쪽에서 음매 하고 울자 이쪽저쪽에서 덩달아 울기 시작했다. 어미가 울자 새끼들은 영문도 모른 채 기회잡은 선거꾼처럼 덩달아 우당탕거리며 날뛰었다. 큰아들은 소들이 술렁대자 소똥을 치우다가 두리번거렸다. 외양간에 무산이 느리게 허적허적 나타나자 그의 큰아들은 살짝 긴장했다. 무산은 이런 마음을 읽었는지 어쨌는지 찬찬히 소들을 살펴봤다. 무산은 고개를 가만히 끄덕였다. 그리고 얼마 후에 영자를 비롯한 손님들이 결혼식에 참석하기 위해 도착했다.

이때가 무산이 마지막 안간힘을 쓰던 시기였다. 무산은 작은아들의 결혼식을 마치고 그네들이 신혼여행을 떠난 후부터 부쩍 몸이 더 나빠지기 시작했다. 산소통을 연결하지 않으면 숨도 쉬지 못할 지경이었다. 신혼여행을 떠난 작은아들 내외를 불러들이려고 하자 무산은 결사적으로 반대했다. 그런 내용을 목구멍을 통해 소리로도, 손을 통해 문자로도 표현할 수도 없을 정도로 기력이 쇠진했지만 도자는 다 알아들었다. 오히려 신혼여행 떠난 아이들이 조금 더 늦게 돌아왔으면 했다.

작은 아들도 신혼여행 떠나길 거부했다. 그렇지만 무산은 그것을 절대 허락하지 않았다. 다가오지 않은 일까지 걱정하면서 인생에서 가장 좋은 날을 허비하는 일은 미련한 곰 따위나 저지르는 일이라고 야단을 쳤다. 인생을 소비할 수가 없는 작은아들은 신혼여행을 떠났고 무산은 안방으로 들어가서 다시 걸어나오질 못했다. 정신력 때문인지 약속 때문인지 작은아들이 신혼여행에서 돌아오고 며칠 지나 끝내 다시 돌아오지 못할 곳을 가버리고 말았다. 무산의 나이 아직 예순도 되지 않았다.

어른이 그것도 남자가 슬픔을 속으로 가두지 않고 겉으로 표현을 해버리자 식구들뿐 아니라 조문을 온 사람들은 처음에는 같이 따라 울었다. 그런데 무열이 울음을 그치지 않자 급기야는 당황했다.

우는 것도 체력이 있어야 울 수 있다. 이건 세상에 존재하는 온갖 병은 백화점처럼 모두 가진 무열이 온종일 꺼이꺼이 울면 건강을 작정하고 해치겠다는 것과 똑같았다. 장례식장에 모인 동기간들은 무열의 이런 모습을 지켜보며 안달할지언정 선뜩 달려들어 말릴 사람은 없었다. 자기 설움에 겨워 저리 애달아하는 것을 누구나 다 짐작을 하고 있기 때문이었다. 살이라고는 약에 쓰려고 해도 찾을 수가 없을 정도로 비쩍 마른 사람이 아이러니하게도 달이 찬 임산부처럼 배만 불룩하니 나와 그 부피 때문에 제대로 앉지도 못해 비스듬히 앉아서 서럽게 울었다. 동물의 눈동자처럼 샛노란 눈은 마주 쳐다볼 수가 없었다.

영자가 나서야 했다. 영자의 모습도 무열과 별반 다를 것 없어 보였다. 며칠 동안 그녀 또한 곡기를 전혀 입에 대지 못하고 있었다. 무열이 슬픔을 밖으로 떠들썩하게 표현했다면 영자는 누가 볼세라 주로 화장실이나 집 뒤란이나 그림자가 수꿀하게 드리운 커다란 밤나무 밑에서 한바탕 울고는 어느 순간 울음을 뚝 그쳤다. 말끔한 얼굴로 다시 손님을 접대하고 일손 부족한 곳을 찾아다니며 손을 보태주었다. 그렇지만 멀쩡한 척 시치미떼도 붉은 눈동자 때문에 표가 났다. 하긴 그녀의 슬픔도 자로 잰다면 무열보다 모자라지 않았다.

영자의 큰조카가 무산을 보고 아버지, 아버지하고 부르자 영자도 같이 아버지, 아버지 부르며 자라서 철들기 전까지는 아버지인 줄 알았었다. 큰조카와는 동갑이었다. 그러니까 잣골댁은 며느리를 들이고 며느리와 같은 해에 임신을 했다. 잣골댁이 만삭일 때 남편이 불의의 사고로 죽어 영자는 아버지 얼굴을 본 적이 없었다. 이름도 무산이 지어주었는데 아내 이름인 도자가 좋았던지 한 자만 달랐다. 나중에 아버지가 아니라는 사실을 알았을 때 그녀는 엄청나게 혼란스러워 아버지를 찾아오라고 울며불며 밥도 먹지 않은 채 고집을 부렸더랬다. 식구들은 그깟 아이가 밥 한 끼 굶는다고 어찌될 것도 아닐 텐데도 혼비백산했다. 무산이 돌아가신 아버지를 다시 모셔올 방법은 없다며 앞으로도 계속 아버지라고 불러도 된다고 하자 숟가락을 들었을 정도로 그녀에게 무산은 아버지와 같은 존재였었다.

이제 아버지로 삼고 싶을 정도로 좋은 사람을 잃은 영자가 슬픔을 감추고 무열의 슬픔을 달래기 위해 그 앞에 쪼그리고 앉았다.

"오빠여. 이제 그만 슬퍼하소. 오빠가 이래 먹지도 자지도 않고 있으면 큰오빠가 어찌 발걸음이 떨어지겠니껴. 가는 사람 마음 편하게 보내주어야 하지 않겠느껴."

"우리 막둥이가 어째 이렇게 말을 모지락스럽게 하는가? 보내긴 누굴 보내. 나는 절대로 형님을 보내드릴 수가 없다네."

"오빠여. 지도 안 보내고 싶니더. 하지만 그것이 우리 인력으로 되는 일이니껴. 기왕지사 이렇게 된 거 편하게 보내드려야지요. 오빠가 이러고 있으니 어머니도 조카들도 밥 한 숟가락 입에 넣지 못하고 있니더. 산사람은 살아야지 어찌 하겠능교?"

무산이든지 무열이든지 영자에게는 늘 약했다. 영자도 그것을 십분 아는 눈치였지만 잘 써먹지는 않았다. 그렇지만 진짜 써먹어야 할 때는 이때껏 써먹지 않고 아껴두었던 카드까지 꺼내서 아낌없이 써먹었다. 사람들의 짐작대로 무열은 그녀의 말을 들었다. 그제야 무산의 영정 앞을 떠나 육개장 그릇에 숟가락을 담갔지만 넘어가지 않는지 이번에는 술만 들이켰다. 술이 무열의 지금 몸 상태에서 얼마나 나쁜지 모두 다 알고 있었지만 아무도 술병을 빼앗지는 못했다.

무열이 딸과의 인연을 끊겠다고 선언하며 그만두었던 장가들기는 그의 선언과 관계없이 더 이상은 말이 나오지 않게 되었다. 무열도 무산처럼 올 것이 온 것뿐이었지만 너무 빨리 와 네 자매와 영자는 미처 울지도 못했다.

무열도 무산처럼 당황했다. 동료들이 사고로 죽어나가도 무열은 죽음의 늪에서 항상 제외되어 스스로 얼마쯤은 행운이 따른다고 생각을 했던 모양이다. 그래서 호흡이 짧아지고 마른기침이 나와도 감기로 취급하고는 약국에서 약을 지어먹곤 했다. 규폐증이란 통보를 받았을 때는 이미 합병증이 온몸을 덮어버려 손을 쓸 수 없는 상황까지 왔다. 곧 간암으로 진행되는 것은 시간문제다. 작은아들마저 이렇게 되자 잣골댁은 오랫동안 울었다. 울음소리를 내지 않고도 맑은 눈물이 하염없이 흘러나왔다.

무열도 숨이 차 누울 수가 없어서 밤에도 커다란 등받이 쿠션에 기대어 앉아 잤다. 거기다 간경화 합병증으로 복수가 차올라서 산달 임신부처럼 배가 불렀고 황달이 와 눈동자가 노랗게 변했다. 영자는 무열이 병석에 있자 더 자주 친정에 들락거릴 수밖에 없었다. 친정은 그를 문병하기 위해 늘 손님으로 북적거렸다. 아버지 병시중도 힘든데 손님까지 하루라도 빤할 날이 없어 자야가 고생한다고 걱정하면 "고모 그런 소리 하지 마. 고모나 동기간이 오면 아버지가 얼마나 좋아하는데 그래. 화도 내지 않고 국물이라도 조금 들잖아"라고 말했다.

안 그래도 까다롭고 성마른 무열이 아프기까지 하자 자야를 더 들들 볶아댔다. 자야는 그런 그의 비유를 다 맞추어가면서 묵묵히 병시중을 들었다. 아버지 병시중도 힘든데 직장을 그만두는 게 어떻겠냐고 영자가 조심스럽게 제의하자 자야는 아픈 사람도 있는데 성한 사람이 뭐 힘든 게 있느냐고 했다. 그리고 고모한테만 얘기하는데 사실 직장에 나가는 그 시간이 있어서 좋다고 했다. 조금 숨통이 트인다고 했다. 자야가 직장에 나가는 시간에는 자미가 꼼짝없이 무열의 수발을 들어야만 했다.

자야는 잔치국수를 특히 잘했다. 무열이 멸치국물로 만 잔치국수를 좋아했기 때문이었다. 무열을 붙들고 한숨을 짓던 손님들이 자리를 털고 일어날 작정이면 자야는 금방 잔치국수를 말아올 테니 드시고 가라고 붙잡았다. 멸치국물냄새가 무겁게 내려앉은 방안을 휘저었다. 손님들은 거의 매일 와서 미안하기도 해 잡은 손을 뿌리치기라도 할 작정이면 병이 옮아갈까봐 먹지 않느냐며 무열이 성마른 소리를 했다. 손님들은 방안을 짓누르고 있는 무거운 공기와 숨쉬기 힘들어 색색 제트기 지나가는 소리를 내는 무열 앞에서도 잔치국수를 맛있게 먹었다. 호박을 가늘게 채 썰어 파랗게 볶고, 달걀을 노른자와 흰자로 분리해 얇게 지단을 붙여 가늘게 채 썰고, 익은 배추김치를 송송 썰어 참기름과 깨소금에 조물조물 무쳐 고명을 얹어서 내오면 무겁던 방안의 공기가 순식간에 화기애애하게 바뀌었다. 무열은 국수는 한쪽에 밀어놓고 멸치국물만 몇 모금 마셨다.

원추리꽃이 한창인 시절에 무열이 죽었다. 지금에서야 사람들은 무열이 무산의 장례식장에서 식음을 전폐하고 서럽게 운 이유를 알 것 같다고 했다. 참 희한하다고 했다. 오랫동안 병상 생활을 한 사람들은 어쩌면 삶과 죽음은 한통속이라 느낌으로 아는 모양이라고 했다. 사람이 이 세상에 태어나는 것도 운명이고 돌아가는 것도 운명이라며 운명은 태어날 때 두 손에 꼭 쥐고 나온다고 했다. 그런 이유가 아니라면 다른 이유를 대보라고도 했다. 산재병원에 가보라고 했다. 규폐병동에 가보면 사람이라고 할 것도 없이 장작처럼 비쩍 마른 사람들이 제트기 지나가는 소리를 내면서도 살아 있지 않으냐고 했다.

문병 온 사람 중에 그 소리에 익숙하지 않은 사람들은 얼떨결에 창밖을 내다봤다. 하늘에는 비행기 한 대 날아가지 않고 가을 하늘처럼 흰 구름만 두둥실 떠 있을 뿐이면 황당했다. 사람의 목에서 제트기 날아가는 소리가 나와 무섭기도 하고 아득하기도 해서 얼른 병동을 도망치듯이 나오고 말았다. 그것도 제때 나온다면 상관이 없을 텐데 결국에는 마음대로 나오지 않았다. 누워 잘 수도 없어 앉아서 날밤을 지새우는 사람들이 부지기수였다. 침대가 필요 없는 병실이라고 말하는 사람은 낙천적인 사람이었다. 그런 사람들은 자기가 한 말에 만족스러운지 낄낄 웃기도 했다. 옆에 사람이 부모 잘 만나 공부만 많이 했다면 철학자가 되었을 거라고 부추기면 진짜 철학자처럼 턱을 괴고 생각에 빠졌다. 무열은 그들에 비해서는 완전 선생이었다. 그들로 기준을 삼는다면 아마 오십 년은 더 살 사람이 무산이 죽고 한 달 만에 죽자 말들이 분분할 수밖에 없었다.

사람들은 무열을 통해 한 가지 교훈을 얻었다. 상갓집 가서 너무 서럽게 울지 말라는 얘기였다. 너무 서럽게 울면 죽은 사람이 발걸음이 떨어지지 않아 그만 같이 데리고 가게 된다고 했다. 저쪽 세계나 이쪽 세계나 질서가 있게 마련이라 가야 하는데 가지 못하게 하는 세력이 있다면 가기 위해 같이 데리고 가는 방법밖에 없다고 했다. 만약 그렇다면 곧바로도 아닌 한 달이란 시간 차이는 무엇으로 해석할 작정이냐고 따지는 사람도 있었다.

그의 답변도 명쾌했다. 저쪽 세상 시간과 이쪽 세상과의 시간은 같은 시간으로 계산하면 안 된다고 했다. 아마 이쪽 세상 한 달이 저쪽 세상에서는 하루밖에 안 될 것이라고 했다. 한 사람만 저쪽 세상에 데리고 갈 계획이었는데 한 사람을 더 데리고 갈 수밖에 없는 상황이 펼쳐졌다고 해도 무턱대고 그냥 데리고 갈 수는 없는 법이라고 침을 튀겨가며 설명했다. 자기가 말을 해놓고도 기가 막히게 딱딱 들어맞으니 신기하기도 했다. 무협지를 좋아했지만 이럴 때 써먹을지는 본인도 몰랐다. 이쪽 세계에서도 높은 사람이 도장을 찍어주는 것처럼 저쪽 세계의 높은 사람인 옥황상제에게 결재를 받느라 하루 정도 늦었을 거라는 얘기였다. 듣는 사람들은 무조건 고개를 주억거렸다. 사실 그 말이 맞고 안 맞고는 별로 관심이 없었다. 앞으로 상갓집 갈 일이 있다면 아무리 슬퍼도 너무 슬퍼하지 말자는 다짐이었다. 망자에게 잡혀갈 수 있으니까.

병원이라면 무조건 질색을 했던 무산과 달리 무열은 스스로 병원에 들어가자고 자야를 재촉했다. 난데없는 병원 타령에 자야가 허둥지둥하자 불같이 화를 냈다. 그렇게 무엇에 쫓기듯이 부랴사랴 들어간 지 사흘 만에 무열이 이생을 하직하자 주위 사람들은 딸들 고생시키기 싫어 병원에 들어간 모양이라고 했다. 창졸간에 당한 일이라 네 자매는 우왕좌왕이었지만 병원이라 다행이었다.

하얀 상복을 입은 네 자매가 똘똘 뭉쳐다니며 어른들의 지휘 아래 격식에 맞게 잘 치르고 있었지만 어딘지 모르게 이가 하나 빠진 것처럼 쓸쓸해 보였다. 네 자매는 자동인형처럼 울었다. 멀쩡히 앉아서 손님을 접대하고 생전의 무열에 대한 이야기를 하다가도 손님이 오면 울음을 터트렸다. 자야가 울음을 터트리면 그것이 신호인 양 세 동생이 일제히 울음을 터트리며 자야와 같이 조문을 받았다. 눈물을 철철 흘리며 아주 슬프게 울어서 보는 사람의 마음이 짠하게 만들었다. 그런데 조문을 끝내고 손님이 영정 앞을 떠나면 자야는 울음을 뚝 그쳤다. 두부모를 자른 것처럼 아주 깔끔하게 울음을 뚝 그치면 그녀 동생들도 거의 동시에 울음을 뚝 그쳤다. 얼굴에는 눈물 자국 한 줄기 나 있지 않았다. 울음소리로 미루어 눈이 빨갛게 충혈이 되었거나 목소리라도 조금 잠겨 먹먹할 만할 텐데 너무 멀쩡하고 낭랑하게 옆사람들과 도란도란 얘기를 주고받았다. 오히려 금방까지의 일들이 꿈인 듯싶을 정도였다.

발인날 아침에도 네 자매가 얼마나 슬프게 우는지 보는 사람이 차마 눈을 뜨고 볼 수 없을 정도로 가슴이 아렸다. 그런데 관을 버스 밑에 모시고 트렁크 문을 닫자마자 언제 울었느냐는 듯이 말끔한 얼굴로 버스에 올라탔다. 마침내 영자가 한마디 했다. 그곳에서 네 딸을 제일 잘 아는 사람도 그녀였고 그녀들 편에서 보호해주고 변론을 해야 할 사람도 그녀였다.

'아이고, 얼마나 괴롭혔으면…….'

영자 옆에는 도자가 앉아 있었다. 도자는 고개를 가만히 끄덕였다. 무엇보다도 영자의 혼잣말을 이해하고 남았다. 긴 병에 효자 없다는 말은 누가 만들었는지 상을 주고 싶을 정도로 딱 맞는 말이었다. 그런데 영자는 도자가 고개를 끄덕이자 순간적으로 반감이 일었다. 도자도 속으로 벌써 후회하기 시작했다. 시누이 말에 동감의 표현이었지만 시누이로서는 오해할 수도 있을 테니까. 아니 정확히 말하면 오해도 아니었다. 정말 하늘이 무너진 것처럼 참담하고 슬펐지만 한편으로는 이제 끝났다는 시원함도 있었음을 부인할 수 없었으니까. 그것은 이제 망자가 지긋지긋한 아픔의 고통에서 벗어났다는 안도감일 수도 있었고 그것을 바라보며 함께 겪어야 하는 고통에서 벗어났다는 안도감일 수도 있었으니까. 그래도 시누이에게 좋게 보일 리는 없었다. 더군다나 딸 같은 시누이에게 채신머리없게 들켜버렸으니 난감했다. 그래서 도자도 혼잣말처럼 중얼거릴 수밖에 없었다.

'정 떼려고 그러겠지요.'

혼잣말은 대답하지 않아도 큰 결례가 아니라서 영자에게도 도자에게도 다행이었다. 들었는지 못 들었는지 창가에 앉은 영자는 차창 밖으로 슬금슬금 지나가는 풍경을 무람없이 내다보았고 도자는 눈을 감은 채 계속 자책했다.

무열은 절골로 다시 돌아가고 싶다는 말을 입버릇처럼 했다, 특히 몸이 점점 아파지자 부쩍 절골타령을 했지만 절골로 돌아갈 형편은 되지 않았다. 멀어서가 아니었다. 월천에서 걸어가도 반나절이면 되어 도시락도 싸갈 필요도 없는 거리였지만 갈 수 있는 곳은 아니었다. 가장 큰 문제는 살 집이 없었다. 빈집으로 오랫동안 방치되어 손질한다고 해도 새로 짓는 것과 맞먹는 비용의 견적이 나왔다. 땅이라도 그럼 본인의 소유라면 빚을 내서라도 전원주택 비슷하게 지을 수도 있었겠지만 나라 땅이었다. 어두운 시절에는 나라 땅에서 오두막일지언정 집도 짓고

땅도 개간해서 먹고 살았지만 밝은 세상에서는 그것도 불가능했다. 그것이 불가능하면 나라에서 임대 형식으로 어찌어찌 사용해볼 수도 있었겠지만 그런 것을 알아볼 힘이 무열에게 남아 있지 않았다. 하루하루 그를 갉아먹고 있는 병과 싸우기도 지쳐 있었다.

그런데 무산은 무열과는 달랐다. 병을 고칠 생각은 처음부터 없었던 아주 냉정한 사람이라고 도자는 일축했다. 절골로 찾아가 나라 땅을 조금 분할받아서 일찌감치 자리를 만들어두었고 그곳에 영원한 집 한 채 만들어 들어가 살고 있었다. 그리고 지금 그 옆에 무열이 꼽사리 끼어 살아갈 작정이었다. 온갖 풍상에 마모되어버린 삼층석탑이 한눈에 내려다보이는 곳이었다. 그런데 예상하지 않은 문제가 생기고 말았다. 광중을 파기 전에 지관에게 보이자 그는 묏자리를 잡아줄 생각은 하지 않고 고개를 갸웃갸웃하기만 했다. 그러더니 터가 안 좋다고 했다. 무열을 여기에 모시게 되면 후손들이 잘되지 않는다고 했다. 무산 자리는 꽃잎이 겹겹이 포개진 형상에서 바로 꽃술 자리라 자손이 대대로 발복하는 명당인데 바로 옆인데도 극과 극인 것이 참 희한하다며 지관 생활 오십 년에 이런 경우는 처음이라고 연신 고개를 갸웃거리기만 했다. 더군다나 무열을 그곳에 모시면 무산의 명당자리까지도 흉지로 변한다고 했다. 사람이 듣지 않아 모르고 있을 때는 아무 문제가 없는데 들어 알게 되었는데도 그것을 고집할 수는 없었다. 가장 민감한 사람은 도자였고 그 아들들은 말없이 그녀의 말을 지지했다.

비상이었다. 당장 내일이면 발인인데 무열을 모실 자리가 없어지고 말았다. 지관이 새로운 자리를 천거했다. 온통 나라 땅인 절골에 개인

소유 땅이 한 자락 존재한 곳이었다. 첩첩한 산속에 밭인지 산인지 분간이 되지 않는 묵밭을 지관은 자손이 대대로 발복할 명당이라고 양손을 흔들어가며 설명했다. 친척들은 무열이 광산생활을 오랫동안 해왔었기에 돈이 있을 거라는 생각했다. 그렇게 묻는 친척들은 광산생활을 하지 않은 사람들이었다. 무열의 허랑방탕한 생활을 다 알면서도 돈은 남아 있다는 생각은 딸들이 돈을 잘 벌어들인다는 소문 때문인지도 몰랐다.

"돈이 없어요."

"물론 돈이 없겠지. 그 고약한 양반이 병치레하느라 많이 썼겠지. 그렇지만 이 땅은 꼭 자네 선친을 위해 남겨놓은 땅인 것 같네. 더군다나 값도 아주 싸게 내놓았고. 어디 가서 이 값으로 절대로 살 수가 없을 거구먼. 내가 이런 말을 하는 이유도 자네 선친 성격을 잘 알기 때문이라네. 남에게 폐 끼치는 것을 아주 비상으로 아는 양반인데 아무리 형님이라고 해도 자기 땅 아닌 곳에 들어가 편안히 눈을 감을 성격이 아니란 말이지. 더군다나 지관조차도 거기에 쓰면 안 된다고 하는데 어찌하겠는가. 그리고 그 성질에 남의 땅에 도둑처럼 슬쩍 자리잡을 양반도 아니고. 막내가 아직 공부를 마치지 않아 돈도 물론 있어야 하겠지만 그래도 일의 순서가 있는 법이야. 순서대로 일을 풀다보면 좋은 일도 생기겠지 안 그렇겠는가? 어렵겠지만 좋은 쪽으로 생각해보게나. 내 생각에는 그게 제일 좋은 방법일 것 같구먼."

동네 사람이 길게 말을 늘어놓았다. 그의 말은 구구절절 맞는 말이었지만 자꾸 듣다보니 꼭 땅을 팔기 위한 술책 같았다. 자야는 동네 사람이 길게 말을 할 동안 고개를 끄덕이며 그 사람의 말에 동의하는 듯해 보였다. 그런데 그 사람의 말이 끝나고 한참을 골똘히 생각하는 듯하더니 다시 한마디 했다.

"모두 지당한 말씀이지만 땅을 살 여유가 없습니다."

"돈이 그렇게도 없나?"

"네."

"하이고 참, 그렇게 많은 돈도 아니구먼. 아들이 없어서 이런 일이 생기는구먼. 아들이 하나라도 있다면 이런 일은 없을 텐데. 불쌍해서 어쩌나. 이제 들어갈 집도 없게 생겼구먼."

동네 사람은 자야가 어떤 변명도 한마디 늘어놓지도 않은 채 거절만 연달아하자 기분이 나쁜 모양이었다. 울음 섞인 목소리로 타령조로 한마디 내뱉고는 벌떡 일어나서 자리를 뜨고 말았다. 이제나저제나 결론이 나기를 기다리던 친척들도 자야의 매몰찬 표정이 마음에 들 리는 없었다. 친척들은 모두 그 땅을 사서 무열을 모셨으면 하는 얼굴이었다. 자야는 그런 얼굴들을 차례차례 둘러보다가 갑자기 방바닥을 두들겨가며 울기 시작했다. 자기의 박복함을 사설을 섞어가면서였다. 엄마를 너무 일찍 여의어서 중학교도 졸업을 못했다는 것부터 시작해 나이가 얼마인데 아직 시집갈 생각도 못하고 있다는 얘기로 끝을 맺을 동안 울었다. 그러자 그녀의 세 동생도 그녀를 따라 울기 시작했다. 넷이서 동시에 울자 울음이 울음을 불러들여 울음이 멈추지 않았다. 친척들도 부메랑처럼 울기 시작했다. 아무런 도움도 되지 못한 사실이 창피해서 울음을 대신하는 사람들도 있었지만 백 번 천 번 이해는 되지만 여전히 자야에게 서운한 사람들로 나누어졌다.

친척들의 얼굴에 체념이 어리면서 순해지자 자야는 울음을 멈추었다. 동생들도 울음을 뚝 그쳤다. 그제야 조용한 장례식장으로 돌아왔다. 또다시 이야기는 원점으로 돌아왔다. 무열을 모실 자리 이야기였다. 모시기 딱 좋은 땅이 있지만 그것은 돈이 들어가야만 모실 수가 있는 땅이니 없는 것과 마찬가지였다. 돈이 들어가지 않으면서 무열을 모실 방법을 모색해야만 했다. 이번에도 그곳 땅의 형편을 제일 잘 아는 다른 사람이 나섰다.

화전을 해먹었던 땅인데 국유림이라 몰래 써야 한다는 단서가 붙었다. 몰래 모셨다가 발각이 되면 어떻게 되느냐고 자야는 물으나마나 한 내용을 물었다. 그 사람은 그런 걱정은 나중에 발각되면 해도 늦지 않다고 했다. 당장 시간이 없지 않으냐고도 했다. 이쯤 되자 영자가 마침내 한마디 했다. 꼭 남 말하듯이 했지만 옆에 있는 사람이 다 들릴 정도였다.

'팔자가 기구한 사람은 죽어서도 편하지 못하는구나.'

그 사람은 영자를 힐끗 쳐다보며 발각될 일도 없다고 했다. 그리고 발각된다면 그때 다른 곳으로 이장하면 되니 크게 걱정할 일도 아니라고 했다. 그때쯤 되면 형편도 나아질 게 아니겠느냐고도 했다. 그러자 자야는 고개를 끄덕이며 일단은 그곳으로 모시자고 했다.

산모롱이를 돌아 저쪽 산비탈 밑에 우묵한 자리였다. 거기서 조금만 언덕으로 올라가면 그가 태어나서 오랫동안 살았던 집이 나왔다. 지관은 썩 좋지도 썩 나쁘지도 않은 땅이라 써도 좋고 안 써도 좋고 마음대로 하라고 했다.

자야는 반색하면서 지관이 좋은 땅이라며 잘된 일이라고 했다. 아버지가 복이 있는 모양이라고 했다. 생전에 고생고생하시다가 좋은 땅으로 들어가게 되었으니 얼마나 복이 좋으냐며 자기의 말에 부연설명까지 곁들였다. 나머지 동생들은 생각할 것도 없이 동시에 고개를 크게 끄덕였다. 다른 해석을 한 사람들은 또 다른 해석에 마음을 내려놓으며 그곳으로 결정하는 데 동의를 해야 했다.

이 모든 것이 해가 지기 전에 결정해야 했다. 장소가 결정되고 나면 굴착기 기사를 섭외해 구덩이를 파놓아야 다음날 장사를 지낼 수가 있을 테니까. 바깥에서 하는 일은 하늘에 해가 있고 없고가 큰 기준이 되었다. 물론 야간에 불을 켜놓고 일을 할 수도 있겠지만 그건 도시에서나 가능하지 땅보다 하늘이 더 가까울 듯싶은 첩첩산골에서는 불가능한 일이었다. 무엇보다 그런 조건을 잘 아는 사람들이 마침내 자야의 결정에 동의를 표했다. 최악으로 치닫게 된다면 입 밖으로 꺼내고도 싶지 않은 불구덩이에 집어넣어 한 줌 재로 만들어 산에 훌훌 뿌릴 수도 있으니까. 모여 있는 사람들의 공통된 마음은 그것만은 피하고 싶었다.

찻길이 끊겨 장례 버스는 한 바퀴도 더 움직일 수가 없었다. 대신 각시원추리가 마중 나온 듯 노란 꽃잎을 한들한들 흔들고 있었다. 버스에서 내리자 사람들은 저절로 노란빛 물결 속으로 들어갔다. 그런데 모두 깜짝 놀랄 일이 눈앞에 펼쳐졌다. 자기 눈이 의심스러워 옆에 서 있는 사람을 쳐다봤다. 영자는 급기야 울음을 터뜨렸다. 과연 자야다웠다. 자칫 그동안 쌓아왔던 것이 물거품으로 변할 수도 있었던 찰나였기 때문이다.

각시원추리가 흐드러지게 피어 있는 바로 옆에 그것보다 더 어여쁜 상여가 덩그렇게 놓여 있었다. 상여는 꽃으로 치장했다. 그것도 일반적으로 우리가 보아온 종이꽃이 아닌 달덩이처럼 커다란 작약꽃으로 화사하게 장식했다. 꽃 색깔은 다양했다. 연보라색에, 연분홍에, 붉은색에, 노란색에, 자주색에, 하얀색의 작약꽃은 금방 꽃대에서 자른 것마냥 싱싱했다. 상여를 맬 상두꾼도 미리 맞추어놓았다. 모두 감색 트레이닝복을 한 벌씩 입고 목에 흰 수건을 두르고 하얀 장갑을 끼고 흰 운동화를 신고는 무열이 도착하기를 기다렸다. 자야가 밤 사이에 요술을 부렸다.

무열은 괴팍한 성격과는 어울리지 않게 꽃을 좋아했다. 그 중에서 특히 작약꽃을 좋아해서 사택의 좁은 뜰이 넘치도록 가득 심었다. 여름이 되어 꽃이 활짝 피면 손님을 초대해 꽃 자랑을 했다. 손님들이 탐스러운 작약은 본체만체하고 들마루에 차려놓은 술상만 쳐다보면 하도 딱해 꽃을 좀 보라고 일부러 청하기도 했다. 그때야 마당 한가득 피어 있는 작약을 힐끗 보며 꽃이 좋다고 하는 사람은 그래도 양반 축에 들어갔다. 먹지도 못할 꽃은 왜 심어놓았느냐며 상추나 고추를 심어놓으면 반찬 걱정은 덜 텐데 참 할 일 없는 사람이라고 지청구를 주는 축이 더 많았다. 무열은 기분이 나빴다. 자식처럼 애지중지하는 것을 뽑아버리고 상추나 심으라는 사람을 상대하고 싶지 않았다. 그래서 그 이후부터는 작약꽃이 피는 계절이 돌아오면 홀로 들마루에 앉아서 술잔을 기울이곤 했다. 저녁 어스름이 깔려 더는 꽃이 보이지 않으면 보이지 않으니 향이 더 진하다고 했다. 눈이 많은 것을 가린다며 눈은 욕심 많은 요물단지임이 틀림없다고 독백처럼 중얼거리며 밤늦도록 앉아 있곤 했었다. 물론 이런 호사도 몸에 병이 들지 않을 때 일이었다. 병이 들고부터는 들마루에 나와 앉아 있을 기력이 없어 방에서 방문을 열어놓고 처연하게 핀 작약 무리를 바라보았다.

자야는 이런 무열을 보면 늘 아슬아슬 마음을 졸였다. 무열의 병에는 감기가 독약이라 그가 한눈이라도 팔게 되면 문을 닫을 수밖에. 그렇게 되면 무열은 이 세상에서 존재하는 욕 중에서 가장 고약한 욕을 자야에게 퍼부어댔다. 작약꽃이 질 때까지 그런 싸움은 계속되었는데 그렇게라도 싸울 때는 무열에게는 기력이 있었다. 그런 기력마저 없게 되자 이제 작약꽃이 보기 싫다며 방문을 닫으라고 변덕을 부렸다. 꽃이 자기의 피를 쪽쪽 다 빨아먹어 저리 붉게 물들었다며 뽑아버리라고 소리쳤다. 그 말을 곧이듣고 작약을 뽑아버리면 또 그런 낭패가 없었다. 자기가 죽기를 바란다고 했다. 꽃에 화풀이했다고도 했다. 달덩이 같은 생명을 모가지를 달랑 부러뜨리니 기분이 고소했겠다고 비아냥거렸다. 피가 철철 솟구쳐올랐을 텐데 불쌍하지도 않으냐고도 했다. 속마음을 감추고 겉으로 착한 척 걱정하는 척 행동하는 꼴이 가증스럽다고 했다.

뽑아버리면 뽑아버려서 그 난리를 부렸고 또 뽑아버리지 않으면 자기 말을 귓등으로 알고 깔아뭉갠다며 자야의 머리채를 꺼들고 빙글빙글 돌렸다. 죽을병에 들었다고 아버지를 개무시한다고 어깃장을 놓았다. 아버지 송장 치를 날만 손꼽아 기다리는 개잡년이라고 욕을 해댔다. 그런다고 내가 죽을 줄 아느냐고도 했다. 벽에 똥칠할 때까지 살아남아 개잡년들을 밸밸 말려죽일 것이라고 했다. 그럴 때 무열의 눈은 사람의 눈이 아니었다. 광채가 번득이는 동물 눈이었다. 방바닥에 자야의 머리카락이 까맣게 뽑혀나와 어지럽게 널려 있어도 무열의 광기는 멈추지 않았다. 눈썰미도 좋아 그것과 똑같지 않으면 허깨비처럼 맨발로 허정허정, 비틀비틀, 엎어질 듯 자빠질 듯 마당으로 뛰어나가 작약을 뽑아버렸다. 같은 보라색이라도 연보랏빛과 그것보다 조금 진한 보랏빛의 차이를 눈치챘다. 달덩이처럼 커다란 작약을 뽑아버렸는데 그것보다 조금 작은 국사발로 대체했다면 당장 뽑아버리고는 송장이 다 되어간다고 아버지 알기를 뒷집 똥개보다도 못 알아준다고 소리를 질렀다. 이런 식으로 무열이 발작을 일으키면 그 해결사는 일차적으로 자미였다.

자야는 무열에게 머리끄덩이를 잡혀 잡도리를 당하면서도 틈을 내어 자미에게 전화했다. 손님에게 한참 설레발을 떨던 자미는 허둥지둥 한걸음에 달려왔다. 자미가 나타나면 무열은 오랫동안 잡고 있던 자야의 머리끄덩이를 슬그머니 내려놓았다. 방바닥에는 뭉텅이로 쑥쑥 빠져 있는 자야의 검은 머리카락이 미장원 바닥처럼 깔렸다. 무열의 손아귀에서 놓여난 자야는 방구석에서 훌쩍거렸고 자미는 빗자루를 들고 검은 머리카락 뭉치를 쓸었다. 가게나 집이나 이놈의 머리카락 징글징글하다고 종알거려도 무열은 못들은 척했다. 오히려 무열은 자미의 눈치를 흘금흘금 보면서 담배를 피워 물었다. 몸에 침투한 병은 자꾸 깊어가서 숨도 제대로 쉬지 못해 누워 자본 적이 언제인지 기억도 나지 않는데도 담배를 끊지 못했다. 이런 무열을 보고 자미는 담배 끊기 싫어 병원에 못 들어간다고 대들었다. 자야가 그런 말을 했다면 옆에 있는 재떨이가 날아갈 텐데 못 들은 척하던가 아니면 아버지한테 못하는 소리도 없는 딸년이라고 작게 욕을 한마디하고 말았다.

자미가 나타나도 그의 화가 풀리지 않을 때도 있었다. 그럴 때 자미는 영자에게 전화했다. 전화를 받은 그녀도 하던 일을 팽개치고 한달음에 택시를 타고 달려와야 했다. 아무리 총총히 서두른다고 해도 한 시간은 넘게 걸리지만 무열을 진정시킬 수 있는 사람은 영자밖에 없었다.

평소에도 잊을 만하면 자야를 잡도리해 자미와 영자가 혼비백산해서 달려갔지만 작약이 필 때면 하루 걸러 이런 일이 벌어졌다. 그러니 맨정신에 그것을 지켜보아야 하는 영자는 이런 일이 일어날 때마다 자야 대하기가 민망했다.

"아무래도 니 아버지는 작약 귀신이 씌었나보다. 제정신이라면 이리 할 수가 없지. 그깟 꽃이 뭐라고 뽑으라 했다가 심으라 했다가 그리 변덕을 부리나. 나도 여름만 되면 저놈의 작약 꿈속에 나타날까봐 징글징글하다. 생김새도 요사스러워 꼭 사람의 정신을 빼먹게 생겨버렸잖아. 저 색깔 좀 보래이. 붉을라면 백일홍처럼 아예 붉던가. 저게 뭐래 그냥 붉은 기만 있는 불그스름하고 저쪽에 있는 노랑도 그래 아예 노랑도 아닌 노란 기만 슬쩍 들어가 있는 꼴도 꼭 간살맞은 여자처럼 마음을 줄 듯 말 듯하잖는가. 안 그래도 아파서 정신이 들어갔다나갔다 하는 사람을 그냥 홀리게 생겨버렸어."

영자는 무열을 욕을 하는지 작약을 욕하는지 알쏭달쏭한 말로 자야를 위로했다. 영자는 그 시대의 다른 아주머니들보다는 경우 바르고 현명한 축에 속하는 사람이었다. 그렇지만 눈을 씻고 봐도 편들 게 아무것도 없는 무열을 꼭 구렁이 담 넘어가듯 스리슬쩍 칭찬하는 것을 빼먹지 않았다. 그것이 자야에게는 야속한 일이었던지 무열이 죽고 몇 해를 보낸 후에 영자에게 슬쩍 물어봤다.

"고모, 고모는 우리 아버지 뭐가 그리 좋았는가?"

"그게 뭔 소린가? 그 양반 돌아가신 지가 언젠데?"

"세월이 흘렀다고 잊힐 사람이 따로 있지. 아버지를 어찌 잊을 수가 있겠는가?"

자야의 그 말에는 영자도 동의하겠는지 고개를 끄덕였다. 그러면서 자야를 쳐다보았다.

"자네들이 고생 많았지. 그 별난 양반 병시중하느라. 그렇게 까다로운 양반은 조선 천지에 아마 다시 없을 것이야."

영자는 일단 스리슬쩍 한 발을 빼보았다. 그러면서 자야의 묻는 의도를 파악하기 위해 속으로는 빠르게 이런저런 생각을 했다.

"자식이라면 당연한 일이지 그게 무슨 칭찬받을 일인가? 그리고 그때는 아버지 성격이 남들과 다르게 별나다고 생각해 원망스럽기도 했었는데 돌아가시고 나서 곰곰이 생각해보니 꼭 그런 것만 아니라는 생각이 드네."

"그 양반 성격이 별난 것은 동네 사람들도 다 아는 사실인데 무슨 다른 생각이 들었다고 그러는가?"

"고모, 내가 괜한 말을 하는 것은 아닐 거야. 고모도 꼭 그랬잖는가. 내가 아버지에게 맞아서 울고 있으면 나를 위로하기 위해 아버지 욕을 나에게 막 하면서도 꼭 끝에는 아버지를 감쌌잖는가."

"아이고, 내가 언제 그 양반을 감쌌다고 그러는가. 지금도 그 생각만 하면 징글징글하구먼. 세상에 마누라가 곁에 있어도 그렇게 지극정성으로 수발을 못했을 텐데 툭하면 머리채 잡아돌리고 재떨이 던지고 밥상 내던지고 시집을 가도 몇 번을 갈 나이인 딸을 종 부리듯 부리면 물려줄 재산이라도 있던가. 그것도 아니면서 어떻게 그렇게 그악스럽게 행악을 부렸는지."

"고모, 고모를 원망하기 위해서가 아니라 그때는 그런 고모가 야속했었는데 시간이 지나고 보니 아버지를 감싸던 고모가 이해되니 이런 말도 하게 되는 것이네. 일종의 내가 고모에게 고백한다고 보면 되겠지."

"도통 무슨 소린지 알 수가 없구먼. 알기 쉽게 말해보게나. 늙은 사람 놀리지 말고."

"고모가 아버지를 감쌀 때마다 고모가 미웠네. 다시는 고모를 부르지 않겠다고 맹세를 할 때도 바로 그때였었네. 그런데 그런 맹세도 소용이 없었지. 아버지 발작이, 고모, 우리는 그때 아버지가 내 머리끄덩이를 잡고 돌릴 때마다 발작이라고 생각했다네. 제정신이면 딸 머리채를 그렇게 잡아돌릴 수는 없다고 생각했거든. 아버지 발작이 도지면 고모가 오지 않고는 해결이 되지 않아 내가 살기 위해서는 고모를 부를 수밖에 더 있겠는가. 그러면 영락없이 죽기보다 듣기 싫은 고모 입에서 아버지를 두둔하는 소리를 들을 수밖에 없었네. 그때는 왜 그렇게 아버지를 두둔하는 소리가 듣기 싫었는지, 그만큼 내가 철이 안 들었다고 봐야지. 남들이 아버지에게 잘한다고, 잘한다고 칭찬하는 소리를 곧이곧대로 듣고는 내가 정말 아버지에게 잘한다고 생각했기에 그랬던 것 같아."

"자네는 정말 잘했네. 심청이가 살아돌아왔대도 자네보다는 못했을 것이야. 그런데 철이 없다니. 나는 자네가 너무 철이 일찍 들어서 그게 얼마나 안타깝고 안쓰러웠는데."

"글쎄 그게 바로 함정이었다니까. 고모도 그렇고 다른 동기간들도 모두 우리를 칭찬하니 정말 잘하고 있다고 생각을 했다니까. 그래서 고모가 아버지를 두둔하는 소리가 더 듣기 싫었던 모양이네. 우리가 아버지에게 잘한 것은 우리 마음에서 우러나왔기보다는 남들 그것도 동기간들에게 잘 보이기 위해서 그랬던 것 같아. 왜냐하면 우리는 이미 효녀로 인정을 받았으니까 거기에 부응하는 행동을 해야 한다고 생각을 했던 것 같아. 고모는 이런 내 마음을 알았던 것 같아. 나도 이런 앙큼한 마음을 고모에게 들켜버린 것 같아 고모가 아버지를 두둔하는 소리가 죽기보다 싫었던 것 같네. 아버지도 이런 내 마음을 잘 알았겠지. 결국은 모든 사람에게 다 들켜버렸는데도 정작 당사자인 나만 모르고 있었어. 들판의 꿩 신세가 따로 없었다니까."

"꿩이라니?"

"고모, 생각 안 나는가? 절골에 눈이 내리면 하늘도 나지막이 가라앉아 땅인지 하늘인지 분간이 안 되는 눈 세상이 펼쳐졌잖은가. 며칠 동안 한순간도 쉬지 않고 내리기 일쑤여서 사람도 짐승도 꼼짝없이 눈 감옥에 갇혔어. 그런데 이상하게도 온몸이 근질근질하도록 답답해 폭발할 정도가 되면 큰 선심이라도 쓰는 것처럼 눈이 그쳤지. 그러면 우리는 몸도 풀 겸, 만두소 재료도 구해올 겸, 꿩사냥을 갔었잖는가. 눈이 내려 들판에 먹을 게 없으면 우리가 진작 뿌려놓은 옥수수나 콩을 주워 먹기 위해 꿩이 살금살금 다가오거든. 그럴 때 우리는 새총으로 빵 쏘면 꿩들이 놀라 줄행랑을 치지. 꿩들이 도망가는 모습이 가관이었잖은가. 그것들이 얼마만큼 푸드덕 날아가다가 찔레덤불을 발견하고는 땅에 살짝 내려앉아서 숨는다는 게 머리통만 숨기고 실팍한 몸뚱이와 긴 꼬리는 다 드러내놓고 가만히 있는 모습이라니. 우리가 발소리를 죽여가며 가만가만 다가가도 머리통만 숨기면 다 숨겼다고 생각하는지 숨도 안 쉬고 있는 꼴을 보면 웃음을 참을 수가 없었잖은가. 자미는 그때도 참 잘 웃었어. 자미 웃음보가 터지는 바람에 십 년 감수한 꿩은 푸드덕 날아 도망을 가버리고 말았고."

"그때가 좋았지."

"그때가 좋았고말고. 그런데 고모, 나는 다시 그 시절로 돌아가라고 하면 안 돌아가고 싶네. 들판에 머리통만 숨긴 꿩을 한번 잡아보겠다고 그 모든 일을 다시 겪을 수는 없지 않겠는가."

"뭐 똑같은 게 펼쳐지겠는가? 한번이면 되었지. 그 지긋지긋한 것을 두 번씩이나 겪게 한다면 하나님은 없다고 봐야지. 안 그렇겠는가?"

"팔자 도둑은 못한다는 말도 있는데. 타고난 팔자가 그 모양인데 어떻게 비껴가겠는가. 하여간에 꿩처럼 대가리만 숨기면 다 숨은 줄 알고 태연자약하게 행동하는 것을 아버지가 알아차렸나봐. 고모도 알아차렸는데 눈 밝은 아버지가 모를 리가 있었겠는가. 그래서 나를 그렇게 미워했었던 거야."

"내가 뭘 알아차렸다고 그러는가?"

"고모는 몰랐을 줄 모르지만 고모 본능은 알고 있었네. 아버지도 그래서 나를 그렇게 싫어했어. 아버지는 겉 다르고 속 다른 인간을 가장 경멸했었잖아. 평생 상종을 안 하고 살았는데 병이 들고부터는 어찌할 수가 없어 그런 사람에게서 수발을 받아야 하니 얼마나 역겹고 싫었겠는가?"

"자네가 하는 말은 도통 무슨 말인지 알 수가 없네. 도대체 뭐가 겉이 다르고 속이 다르다고 그러는가. 심청이가 와도 자네처럼은 못했을 텐데."

"고모, 세상에서 제일 무서운 게 무엇인지 아는가? 바로 형체는 없는데 느낌은 있는 것이야. 형체가 있다면 잡아와서 실컷 두들겨 패기라도 하겠지만 느낌은 잡아올 수도 없으니 환장할 노릇이거든."

"내가 두둔했다면 바로 물보다 진한 피 때문이네. 원수처럼 밉다가도 불쌍한 생각이 들었네."

"그럼 고모, 아버지가 왜 나를 그렇게 미워했는가? 자두는 어려서 그렇다 치고 자미와 자영과는 나이 차이가 얼마 나지 않았는데도 자미 말이라면 팥으로 메주를 쑨다고 해도 믿는 사람이 나에게만은 어떻게 그렇게 모지락스럽게 굴었는지 이해를 하려고 해도 도통 알 수가 없었네. 자미를 쳐다보는 눈초리부터 달랐으니까. 나를 쳐다볼 때는 꼭 뱀대가리를 쳐다보는 것처럼 눈빛이 혐오스러워서 그 눈길을 받는 순간 가슴이 철렁했다네."

"글쎄, 그 양반의 속을 짐작할 수 있는 사람이 몇이나 되려고. 나도 도통 그 속을 알 수가 없네."

"고모는 참, 금방 피가 물보다 진하다고 그래놓고는 또 오리발을 내미네. 사실 피를 따진다면 형제 피보다 자식 피가 더 진한 법이 아닌가? 아무래도 나는 친자식이 아닐 거라는 생각을 많이 했다네. 그런데 할매에게 물어봐도 아니라고 펄쩍 뛰고 큰엄마한테 물어봐도 아니라고 펄쩍 뛰어 나는 아버지 눈에 들기 위해 얼마나 애를 썼는지 아는가? 그런데 아버지는 내 마음을 몰라주데. 돌아가실 때까지 나를 대하는 눈길이 풀리지 않았다네. 참 지독한 양반이었어."

"자네는 그런 얘기를 왜 이제야 하는가?"

"말한다고 해결될 일도 아닐 텐데 맥없이 고모에게 걱정이나 한 가지 더 얹혀줬겠지. 고모는 아버지가 왜 나를 그렇게 미워했는지 알고 있었을 것 같았네. 아버지는 고모에게만은 속마음을 털어놓고 사셨으니 고모가 모를 리 없다고 생각했다네. 그래서 고모에게 내 고민을 털어놓을 수가 없었다네. 내가 감당할 수 없는 말을 들을까봐 겁났었지."

"그 양반이 언제 딱 한번 나에게 그러더라고. 자네만 보면 죽은 사람이 생각난다고……. 그래서 그랬을 것이야. 암만. 그렇고말고, 그 양반이 자네 어머니를 얼마나 좋아했는지 아는가? 그 집안 딸들이 다 인물이 좋았는데 특히 셋째 딸인 자네 어머니가 참 미색이 출중했어. 아직도 가마 타고 시집오던 날이 눈에 선하네. 녹색 저고리에 빨강 치마를 입고 가마에서 턱 나서자 절골이 통째로 숨을 멈추었다네. 그때만 해도 절골에는 사람들이 꽤 살던 시절이었는데 새색시가 온다고 하자 마을 사람들 모두가 자네 큰집 마당으로 모여들었잖은가. 사람들이 모여들자 동네 개들도 덩달아 주인을 따라와서 마당을 겅중겅중 뛰어다니며 시끌벅적 한 보탬하고 있었는데 자네 어머니가 가마 문을 열고 마당으로 나오자 일제히 물을 끼얹은 듯 조용했다네. 지나가던 바람까지 멈추었는지 살랑살랑 이파리를 뒤집던 풀들도 가만히 있더라고. 지금껏 그렇게 고운 사람은 본 적이 없었기 때문에 모두 마취가 되었어. 우리가 그랬으니 자네 아버지는 얼마나 어여뻤을까? 그런 사람을 뭐가 안 좋아서 술만 먹었다 하면 그리 못살게 굴었는지 알다가도 모를 일이었어. 부부는 부부끼리만 알고 있는 법이라지만 참 알 수가 없다고 뒤에서 얼마나 흉을 봤는지 아는가. 사실 이제야 하는 말이지만 그때 자네 어머니와 선만 보지 않았다면 광산에 다시 들어갔을까 싶네. 군대에서 만난 사장 아들의 섬유회사에 취직했다고 좋아했거든. 왜 있잖는가. 잘되면 내 탓이고 안 되면 남 탓이란 말처럼. 그 양반이 자네를 제대로 안 쳐다봤다면 아무래도 자네 얼굴에서 자네 어머니 얼굴을 보았을 것이야. 그렇게 들들 볶아댈 때는 천년만년 살 거로 생각했겠지. 자기 자식을 낳다가 죽어버릴 것이라고 꿈에서조차 생각 했겠는가. 그때부터 술을 먹으면 인사불성이 되도록 먹기 시작하더라고. 성격도 괴팍하게 변해가고, 허깨비가 허정허정 걸어다니는 것 같고. 더군다나 오랜 광산생활 동안 그 손으로 수습한 사체만 해도 얼마나 많았겠는가? 믿어야 할지 어째야 할지 모르겠지만 그 많은 불쌍한 영혼들이 자네 아버지에게 들러붙어 있다고 말하지 않던가? 자네가 이해해주어야 할 것이야. 하긴 인제 와서 이해를 안 해주면 어찌하겠는가? 그래도 아버진데."

영자는 두꺼운 책을 홀로 읽는 사람처럼 길게 말을 하고 있었다. 자야는 가끔 눈물을 훔치면서 영자 말을 듣기만 했다.

무열이 군대를 갓 제대하자마자 제대 선물처럼 얼떨결에 선을 보게 됐다. 영자 형님의 동생이었다. 무열은 그냥 무산이 선을 보라 해서 아무 생각 없이 보게 되었는데 보고 나자 머리가 벼락을 맞았는지 멍청해졌다. 도저히 떨칠 수가 없을 정도로 여자가 어여뻐서 머릿속에는 선본 여자의 얼굴 말고는 차지할 자리가 없었다. 바람결에 한들거리는 들꽃은 모두 여자 얼굴로 보였고 공중에 지저귀는 온갖 새들은 모두 여자 목소리로 들려 깜짝깜짝 놀랐다. 여자 말고 다른 것은 다 의미가 없어졌다. 여자로 인해 하루는 세상의 주인이 된 것처럼 행복했다가 하루는 세상에서 가장 한심한 인간으로 전락해서 죽을 것만 같았다. 한마디로 첫눈에 반해버렸다. 절골에서 여자가 있는 동네로 가자면 샛별이 빛을 잃기 전에 출발해도 도착하면 부지런한 집은 쇠죽을 끓이는 연기가 굴뚝을 타고 올라왔다. 산으로 첩첩이 둘러싸인 골짜기 사이사이로 길게 자리잡은 마을 들머리는 높다란 재 위에 있었다.

무열은 재 위에 서서 집집이 굴뚝으로 하얀 연기가 뭉게뭉게 올라가는 것을 물끄러미 내려다보고 있으면 마음이 편안해지면서 뱃속에서 그제야 기별이 왔다. 오직 여자 얼굴 한번 볼 생각에 제때 밥 먹을 생각도 못했다. 먼빛으로 여자 얼굴 한번 보고 나면 지금껏 힘든 여정은 눈 녹듯이 사라졌다. 다시 집으로 되돌아와 잠깐 눈을 붙이고 다시 샛별을 동무 삼아 길을 나섰다. 하루라도 그렇게 하지 않으면 병이 날 것 같아 쉬지도 못했다. 무열이 여자 집을 찾아와도 여자 집에서는 무열에게 여자 얼굴도 잘 보여주지 않았다. 혼인이 정해지지도 않았는데 외간 남자가 들락거리면 동네 사람들이 흉을 본다는 이유였다. 일이 이쯤 되자 무산이 여자 집에 정식으로 청혼을 넣었다. 그런데 선을 볼 때는 언제고 여자 집에서 반대했다. 처자식을 먹여 살릴 방도를 준비해서 오라는 거였다. 너무나 당연한 요구라 무산도 무열도 할 말이 없었다.

사실 무열에게는 박사 때문에 앞날에 달달한 계획이 잡혀 있었다. 무열이 상병을 달자마자 이병으로 갓 들어온 병사였다. 키가 멀대처럼 컸고 비쩍 마른데다가 계집아이처럼 하얀 얼굴에 검은 뿔테안경을 써 한마디로 멀건 보리죽도 못 먹은 것처럼 비실비실해 보였다. 곧바로 병사들의 먹잇감으로 난자당하기 시작했다. 일류 대학 출신이라는 소문 때문에 더 그랬다. 그들에게 일류 대학 출신은 범접할 수 없는 먼 나라 이야기인데 자기들보다 모든 면에서 모자라 보이니 통쾌했다. 무열이 보기에 그는 공부만 한 모범생이라 사회 물정을 전혀 몰라 약아빠진 다른 병사들보다 떨어질 뿐이었다. 그런데 내무반원들은 자기들끼리 모범생을 '어벙이'라는 별명을 붙여가면서 노골적으로 골탕을 먹이며 괴롭혔다.

이병으로 막 들어온 병사도 일병으로 올라간 그의 명령을 따르지 않자 무열은 더 두고 볼 수가 없었다. 그를 괴롭히는 병사는 삽자루든 개머리판이든 가리지 않고 보이는 대로 반은 죽을 만큼 구타를 하자 그를 더는 괴롭히지 않았다. 그는 무열을 형처럼 따랐다. 무열이 제대하는 날에 그가 쪽지 한 장을 무열에게 건넸다. 아버지에게 편지를 보내놓았으니 이 주소로 찾아가라고 했다. 할아버지 섬유회사를 아버지가 물려받아 꾸려가고 있는데 자기도 제대하면 회사에 들어갈 예정이라며 그때까지 기술도 배우고 돈도 벌라고 했다. 조만간에 외아들인 자기가 회사를 물려받으면 그때는 자기 옆에서 많이 도와달라고 했다. 자기는 아시다시피 심약해서 무열 같은 사람이 필요하다며 무열이 자기를 도와주기만 한다면 유비가 조조를 만나는 격이라고 했다.

언제 둘이 보초를 설 때였다. 밤하늘에서 쏟아지는 별을 쳐다보며 그로부터 별자리 이름과 별자리 얽힌 신화와 전설을 듣고 있었다. 무열은 그를 겪으면 겪을수록 신기했다. 언제 그 많은 이야기를 알고 있는지 그 많은 것을 기억하고도 머리가 터지지 않는 게 신기할 정도였다. 그는 절대 거드럭스럽지도 않아 더 마음에 들었다. 제대하고 나서 계획을 묻자 무열은 아무래도 광산에 다시 들어가는 것 말고는 방법이 없겠다고 했었는데 그걸 기억하고 있었던 모양이다. 아무려면 광부보다는 백배는 나은 일이라 무열은 다시 한번 고개를 끄덕였다. 어느새 병사들 사이에서는 '어벙이' 대신에 '박사'라는 별명이 붙었다. 그가 사용하는 말과 무열이 사용하는 단어가 달랐다. 의사소통은 되는데 그의 말은 품격이 있었고 무슨 말을 할 때 그가 백 개의 단어로 말을 한다면 무열은 서른 개도 안 되는 단어로 말을 한다는 것을 알아차렸다.

이런 계획을 여자에게 세세하게 말하자 여자는 고개를 살래살래 흔들었다. 자기는 산골에 태어나서 산이 없는 동네는 불안해서 살 수가 없다고 했다. 무열은 대부분의 처녀는 도시에 못 가서 안달이 났는데

도시에 가는 게 싫다는 여자가 도무지 이해되지 않았다. 그렇게 되면 자기와 결혼을 못할 수도 있다고 살짝 겁을 주는 작전을 펼쳤다. 그러자 여자는 대뜸 자기는 결혼 생각이 정말 없는데 선을 보라는 부모 말을 거역할 수가 없어 선을 본 것뿐이라고 대답했다.

무열은 기가 막혔다. 여자가 자기 앞에서 금방 새벽안개처럼 사라질 것만 같아서 불안해 안절부절못했다. 곧바로 한발 뒤로 물러나서 절골은 괜찮냐고 물어보자 여자는 산이 깊은 절골은 마음에 든다고 했다. 산은 어머니 품처럼 모든 것을 베풀어주고 덮어주어서 좋다고 했다. 그럼 다시 광산에 들어가야 한다고 무열이 말하자 여자는 농사를 지으면 된다고 했다. 땅이 없어 농사를 지을 수가 없다고 하자 여자는 말끔한 얼굴로 무열을 쳐다보다가 광부도 괜찮다고 했다. 탄은 산이 준 보석이라고 덧붙이기도 했다. 위험할 수도 있다는 말을 무열은 차마 여자에게 못했다. 다시 결혼에 별 뜻이 없다고 할까봐 겁이 났기 때문이었다.

어여쁜 아내와 꿈같은 신혼 재미에 이른 아이 소식까지 있자 무열은 광산 일이 전혀 힘이 들지 않았다. 그런데 참말로 난감하게도 아이는 달도 채우지 않고 태어났다. 문제는 달을 채우지 못했다면 아이가 부실해야 했는데 오동통하게 살이 찐 아주 건강한 딸을 낳자 사람들은 결혼도 하기 전에 처녀에게 손을 댔다며 숭악한 놈이라고 욕을 하면서 빙긋이 웃었다. 그렇게 처가 동네를 들락거린 이유가 있었다고 덧붙였다. 무열도 덩달아 껄껄 웃었지만 속으로는 천 길 낭떠러지로 떨어진 것처럼 아득했다. 어여쁜 아내가 자기보다 다른 사내를 먼저 봤다는 사실이 용납되지 않았다. 그렇다고 드러내놓고 이혼할 수도 없었다. 아내를 사랑하기에 한시도 떨어지고 싶지 않았기 때문이다. 그렇지만 생각할수록 보이지 않는 사내에게 질투가 나 견딜 수가 없었다. 술을 먹으면 그 병이 더 심했다. 자기 잘못을 잘 알고 있는 아내는 무열이 보란 듯이 바깥 잠을 자면서 다른 여자를 봐도 말없이 기다려줄 뿐이었다. 술을 먹고 아내를 벌거벗겨놓고 때려도 그냥 묵묵히 다 견뎠다. 그런 부처 같은 아내가 또 미워 더 괴롭히면서 자식을 두 명이나 더 두었지만 아들 볼 욕심에 그만 사고가 나고 말았다. 아들이 생기면 무열은 마음을 잡을 것만 같았다.

영자 형님 때문에 무덤까지 갈 이야기가 드러났다. 동생이 아이를 낳다가 죽자 영자 형님은 억울해서 살 수가 없었다. 그래서 어느 날 작정하고 절골로 무열을 찾아왔다. 동네에서 인물 단지로 소문이 자자해 지나가는 바람마저 동생 앞에서는 상처낼까봐 살살 부는데 뭐가 그리 못마땅해서 그리 괴롭혔냐고 따졌다. 뭐가 그리 싫어 꽃 같은 내 동생을 괴롭히고 괴롭히다가 원수 같은 놈의 씨를 낳다가 죽게 했냐고 포악을 부렸다. 무열은 자기 잘못이 커 묵묵히 견뎠는데 '원수 같은 놈의 씨'라는 소리에 인내는 바닥이 났다. 꽃 같은 처녀인 줄 알고 맞이했건만 이미 헌 것이었더라고 딱 한마디만 했다. 그런데 영자의 형님은 짐작 가는 일이 있었던지 아무 말 없이 가버리고는 지금껏 안면몰수하고 지냈다. 그 자리에 같이 있었던 영자가 가장 난감했다. 지금까지는 영자 형님에게 미안했는데 그 사실을 알게 되자 이제는 도리어 무열의 행동이 이해가 되어 누구 편도 들 수가 없었다. 다만 죽을 때까지 입을 닫아야 하겠기에 자야에게도 자기 출생의 비밀을 말하지 못했다.

작약은 무열의 긴 투병 기간에 그를 위로해주기도 하고 때로는 화풀이 대상이 되기도 하면서 함께 했었다. 긴 겨우내 아무리 혹독한 추위가 몰아쳤어도 작약은 얼어죽지 않고 다음해 여름이면 어김없이 달덩이 같은 꽃을 피워냈다. 만약에 무열 곁에 작약꽃이 없었다면 긴 투병 생활에 얼마나 쓸쓸했을까?

꽃상여를 메고 갈 상두꾼은 열두 명이었다. 문제는 두 사람도 나란히 어깨동무하고 다닐 수가 없는 그 길을 꽃상여를 매고 절골로 어떻게 올라가느냐였다. 치밀한 자야답게 그것도 미리 준비해두었다. 달맞이꽃이 한창인 시절에 산골은 녹음도 한창이었다. 칡넝쿨에 다래넝쿨에 찔레나무에 산딸기에 산뽕나무에 달린 검은 오디가 오솔길 가로 지천이었다. 그곳을 한편이 작약꽃으로 상여를 치장할 동안 다른 한편은 오솔길로 가지를 뻗은 칡넝쿨과 다래 넝쿨의 가지를 쳤다. 쇠돌피와 산딸기와 양지꽃과 솜방망이가 우거진 비탈을 올라가며 상두꾼이 겨우 지나갈 수 있게 길을 만들어두었다. 상두꾼이 있으면 당연히 요령잡이도 있어야 할 터였다. 선소리꾼은 상여를 타고 소리를 해야 정상이었지만 올라가는 길이 짜들박이라 상여 앞에서 요령을 잡고 소리를 하며 길을 인도했다. 요령잡이가 요령 소리에 맞추어 선소리하면 상두꾼은 후렴을 불렀다.

아리랑 아리랑 아라리가 났네
아리랑 고개고개로 날 넹겨주게
황지연못 깊은 물은 낙동강의 근원이요
깊은 막장 검은 탄은 먹고사는 근본일세

아리랑 아리랑 아라리가 났네
아리랑 고개고개로 날 넹겨주게

용연동굴 꼬마열차야 날 좀 데리고 가거라
석 달 있다 간다고 온 것이 한평생이 되었다
아리랑 아리랑 아라리가 났네
아리랑 고개고개로 날 넹겨주게

깊은 갱도 발파 소리는 변치도 않구나
수십 년 전 같은 소리로 내 귀고막을 울리네
아리랑 아리랑 아라리가 났네
아리랑 고개고개로 날 넹겨주게

아침밥을 먹고 나간 님 저녁나절 기별 왔네
그날에 나간 님은 몇 십 년이 지나도 못 오시나
아리랑 아리랑 아라리가 났네
아리랑 고개고개로 날 넹겨주게

아들놈은 광부 마라 딸년도 광부 마라
사택방은 닭장이나 꿈만큼은 대궐
아리랑 아리랑 아라리가 났네
아리랑 고개고개로 날 넹겨주게

검은 탄광 낯선 곳에 날 데려다놓고
이밥 먹고 잘 살자더니 어디로 갔소
아리랑 아리랑 아라리가 났네
아리랑 고개고개로 날 넘겨주게

남양군도 검둥이는 얼굴이나 검다지
철암 장성 사는 사람 얼굴 옷이 다 검네
아리랑 아리랑 아라리가 났네
아리랑 고개고개로 날 넘겨주게

작년 간다 올해 간다 석삼 년이 지나고
내년 간다 후년 간다 열두 해가 지났네
아리랑 아리랑 아라리가 났네
아리랑 고개고개로 날 넘겨주게

꼴두바우야 중석 허가는 다달이 날마다 오건만
우리 둘이 잠자리 허가는 왜 아니 오시나
아리랑 아리랑 아라리가 났네
아리랑 고개고개로 날 넘겨주게

이내 몸 죽어서 찬중명당 다 싫어
탄광 막장 아니라면 어느 데나 묻어주

아리랑 아리랑 아라리가 났네
아리랑 고개고개로 날 넹겨주게
………

선술집이든 어디든 두세 명만 모이면 유행가보다 더 자주 불렀던 광부 아라레이였다. 지금은 태백 아라레이로 더 잘 알려진 민요이다. 무열을 포함한 광부들 모두는 작사가들이었다. 사연도 많고 한도 많았기 때문이었다. 광부 아라레이를 부르면서 자기들의 한을 녹여냈다. 그들은 모두 누군가의 아버지였기에 피하지 않고 정면승부로 돌진했더랬다. 요령잡이 선소리는 구슬펐고 후렴을 매기는 상두꾼 소리는 느렸다. 펄럭이는 만장 하나 없었고 딸 넷이 그 뒤를 슬프게 울면서 따라올라갔고 영자를 비롯한 도자와 그의 친척들과 사택 사람들이 따라갔다. 작약꽃으로 치장한 상여가 아니었다면 무열은 저세상으로 가는 길도 참 쓸쓸할 뻔했다. 이윽고 산모롱이를 돌아 그가 살아갈 곳에 도착하자 요령잡이 선소리도 끝났다. 산모롱이 끝에는 그가 태어나서 오래도록 살았던 집이 폐가가 된 채로 가만히 내려봤다.

딱 한 달 전 무산이 돌아왔을 때도 집은 잔뜩 굳어서 커다란 짐승이 웅크리고 앉아 있는 것 같았더랬다. 그런데 이번에는 아주 골을 내려고 작정한 것처럼 더 커다랗게 뭉쳐서 손톱 하나 들어가지 않을 정도로 딱딱하게 굳었고 시커멓게 그늘이 졌다. 무산이 돌아왔을 때는 커다란 산짐승이 삐져서 앵돌아져 있었더라면 이번 무열이 돌아왔을 때는 커다란 산짐승이 언제 폭발할지 모를 지경으로 잔뜩 성을 냈다. 사람들은 그런 집이 낯설었다. 겉모양새 때문은 아니었다. 오히려 겉모양은 집다웠다. 그것도 빈집으로 방치되어온 꼭 그 세월만큼 서까래는 썩어 부러졌고 문창호지는 그동안 바람 놀이터가 되어 구멍이 숭숭 뚫렸다. 사람이든 자연이든 그 무엇이든 간에 그들 세계에서 눈치 없는 부류는 있다. 눈치 없는 바람은 그날도 홀로 이 방 저 방을 펄럭거리며 놀았다. 마당에 방만하게 핀 개망초와 엉겅퀴가 곧 다 쓰러져가는 지붕보다 더 웃자란 것도 여느 집과 다를 바 없었다. 하지만 화가 나서 화를 스스로 시커멓게 녹아내리는 모양새는 여느 집과 달랐다. 그러면서도 무열에게서 한순간도 눈을 떼지 않고 처연하게 바라봤다.

사람들은 그 처연한 시선을 온몸으로 받으면서 가끔은 힐끔힐끔 눈치를 보면서 산모롱이에 무열을 모시는 작업을 끝냈다. 보내는 작업이 옹색해 시간이 많이 들지 않았다.

바람 한 자락이 상여를 흔들자 꼭 폐가의 정령이 그를 마중나온 것만 같았다. 폐가를 호위하듯 둥그렇게 둘러싼 돌배나무와 대추나무와 아가위나무도 하르르 하르르 흔들렸다. 그래서인지 무열을 모시는 마지막 제사를 지낸 후에 모두 멀찍이 떨어져서 지켜보는 폐가를 한번씩 바라본 후에 자리를 떴다. 꼭 폐가에 무열을 맡기고 오는 느낌이었다. 믿을 곳은 오직 폐가밖에 없어 쓸쓸하기도 했고 마음이 놓이기도 했다.

에필로그

청첩장

물도 한 모금 삼키지 못하고 앓기만 하다가 급기야 헛것이 보이는지 허공으로 손을 저으면서 헛소리를 하게 이르렀다. 소리는 얼마나 큰지 뱃속 깊은 곳에서 짐승 한 마리 키우는 듯했다. 목소리도 남자처럼 굵어서 무엇인가에 씌인 것만 같아 옆에 사람이 괜히 두려웠다. 아니 대놓고 말을 하는 사람도 있었다.

자야의 병을 고칠 방법은 굿밖에 없다고 했다. 무당이 긴 칼을 휘두르며 푸닥거리를 해야만 자야의 몸에 찰거머리처럼 달라붙은 무열 귀신을 떼어놓을 수가 있다고. 그 말에 자미가 울며불며 난리를 부렸다. 언제 밥을 달라고 했느냐고, 언제 돈을 꿔달라고 했느냐며 우리가 무엇을 그리 잘못했다고 하다하다 이제는 무당을 불러서 굿을 해야 하냐며 덤벼들었다. 만약에 굿을 하는 날에는 자기들의 결혼은 애당초 포기를 해야 한다고 했다. 누가 미신에 폭 빠진 사람을 아니 병 고친다고 굿이나 하는 사람과 결혼하고 싶겠냐고 했다. 본인들이 만약 그런 경우라면 며느리로 들이겠느냐고 했다. 그러자 굿을 처음으로 입에 올린 사람은 고개를 돌리고 못들은 척했다. 그 옆에 앉아서 같이 굿밖에 방법이 없다고 말을 보탠 자들도 산만한 어린아이처럼 딴짓하며 못들은 척했다.

영자는 누구의 편도 들 수가 없었다. 병원에서도 원인을 알 수가 없다고 고개를 흔들었다. 그런 참에 그런 말이 나왔더랬다. 그 말을 한 친척은 선지자처럼 용감했지만 용감한 선지자가 낭패를 보는 것은 옛날이나 지금이나 마찬가지인 모양이었다. 세 자매가 울며불며 달려들자 슬그머니 자리를 뜨며 위기를 모면하려고 했다. 그런데 친척이 외닫이 방문을 열고 밖으로 나가려고 하자 자미가 한마디 했다. 언제나 실실 웃고 다녀서 무열도 포기할 정도로 느긋한 사람이 그런 말을 하자 그 방에 있던 사람들은 자기 귀를 의심하면서 주위를 둘러보았다. 모두들 어리벙벙해 있는 얼굴을 보자 잘못 들은 것 같지가 않아서 문제였다. 당사자도 외닫이문을 열고 반쯤 나가다 말고 다시 멈칫했다.

"야가 무슨 그런 말을 하나? 아무래도 언니가 저래 세상 모르게 누워 있으니 정신이 어찌되었나보네."

영자가 먼저 나섰다. 멀쩡한 자미를 정신이 나간 사람으로 취급하면서 설레발을 떨자 문을 반쯤 나선 친척은 나가지도 그렇다고 방으로 도로 들어오지도 못한 엉거주춤한 자세로 가만히 서 있었다.

"고모도 그렇게 말하면 안 되네. 내가 나갈 정신이라도 있으면 다행이게. 지금 나는 나갈 정신도 없는 사람인데 거기다가 대고 귀신이 씌었다고나 하고 굿이나 하라고 하는데 돌아버리지 않을 사람이 누가 있다고. 이런 말을 듣는 것도 다 우리를 얕잡아보기 때문이네."

"아이고, 무신 그런 얼토당토않은 말을 하고 그러는가? 내가 언제 자네들을 얕잡아보았다고."

문을 소리나게 탁 닫고 친척은 다시 방안에 앉았다. 무열이 마지막 여자와 선볼 때 함께 있었던 당숙모였다. 목소리는 나지막했지만 애써 참고 있는 듯 가늘게 떨렸고 눈꺼풀도 나비가 날개짓하는 것처럼 파들파들 떨었다. 그런데 자미도 쉽게 납작 엎드리지는 않았다. 이참에 속에 있었던 말을 하고 싶었는지도 몰랐다. 멍석 깔아놓았을 때 콩을 털겠다는 심보였다.

"아버지까지 저래 돌아가셨으니 이제 우리는 천애고아가 된 셈이 아닌가? 고아는 사람들이 업신여기기가 딱 좋지. 안 그런가?"

"내가 하늘에 대고 맹세를 하라면 할 것이고 손가락에 불을 켜라고 해도 켤 것이구먼. 자네들을 언감생심으로 업신여겼겠는가? 오히려 입만 열면 칭찬하기 바빴지. 그런데 이런 말을 듣고 보니 내가 정신이 하나도 없네. 내 딴에는 너무 안타까워 그런 말을 했었는데 자네는 그걸 이런 식으로 고깝게 들을 거라고는 조금도 생각못한 내 불찰이네. 요즈음 젊은 사람들 생각은 하지 못하고 이제 저세상으로 갈 날이 더 가까운 내가 내 방식으로만 얘기했으니 자네가 섭섭했던 모양이네. 그래도 인제 그만 오라는 소리는 뭔 소린가?"

"형님요. 그만 노여움을 푸소. 야가 나이는 다락같이 먹어도 아는 안가보니더. 할 말 안 할 말 구분도 못하는 것을 보면요. 그러니 나이가 곤백 살을 먹어도 결혼을 하지 않으면 어른이 되지 않는다는 말이 있지 않능교. 어른인 형님이 너그럽게 이해를 해주어야지 어찌하겠능교? 야도 저리 시퍼렇게 앉아 있어도 속은 보다바 탄더미처럼 시커멀 것이구먼요. 우리 속이 이렇게 타들어가는데 자는 어떻겠능교? 이제 자들이야말로 저리 세상 모르게 누워 있는 지 언니가 애비이면서 어미일 텐데 저리 있으니 자가 제 정신이겠능교? 형님이 이해하소."

"……."

"에고, 왜 오빠는 올케언니가 기다리는 그쪽으로 안 가고 자야에게 들러붙어 이런 사달을 만드는지 모르겠네. 살아서도 야를 그리 못살게 굴더니 아직도 남은 게 있어 그러는가. 죽어서도 저리 고약하게 들러붙었으니 이 일을 어쩌면 좋은가."

영자는 경상도와 강원도 사투리를 섞어가면서 자미를 대변했다. 참 희한하게도 영자는 위급한 상황이나 골치 아픈 일이 있으면 평소에는 잘 쓰지 않던 경상도 말이 저절로 튀어나왔다. 그렇다고 온전한 경상도 말도 아닌 경상도와 강원도를 합한 것 같은 말이었다. 하긴 무산도 무열도 꼭 이런 식인 집안 내력이었다. 마치 독백 같은 그녀의 주절거림으로 얼음장 같은 냉기류는 금방 부드러워졌다. 마치 황희 정승처럼 판결을 내렸으니 얼음보다 더한 것도 녹일 수밖에 없었다.

자미가 훌쩍훌쩍 울기 시작했다. 그녀가 울자 옆에서 눈을 동그랗게 뜨고 어찌할 바를 모르고 있는 자영과 자두도 따라 울기 시작했다. 셋이 훌쩍훌쩍 울자 파르르 떨던 친척은 떨림이 멎었다. 떨림이 멎자 미안하기도 하고 무색하기도 해서 슬그머니 일어서서 외닫이문을 열고 나왔다. 세 자매의 울음소리가 조금 더 커졌지만 말릴 사람은 없었다. 영자도 문을 열고 밖으로 나오자 옆에서 그림자처럼 앉아 있었던 잣골댁도 따라나왔다. 잣골댁 눈에는 물이 마를 날이 없었다. 그날도 그녀의 눈에는 눈물이 가득 찼다. 맑은 눈물이었다.

영자는 자야의 머리맡을 떠나지 못하고 지키고 있었다. 그 밤을 분명코 넘기지 못할 거라는 짐작을 모두 했지만 입 밖으로 내기는 무서웠던 밤이었다. 자정을 넘기자 그 방에 모여 앉아 있던 사람들이 하나둘 자리를 떴다. 옆방에서 잠시 잠깐 눈을 붙이는 축도 있었고 집이 가까운 사람들은 집으로 돌아가기도 했다. 초저녁잠이 많은 잣골댁도 구석에서 꼬박꼬박 졸다가 마침내 모로 누웠다. 낮에 굿 때문에 많이 운 세 자매도 그 옆에서 잣골댁처럼 모로 누워 자고 있었다. 굿이 사람을 울렸으니 굿은 어떤 식으로든지 영향력을 행사했다. 깊은 밤중에 영자만 홀로 깨어 있었다.

그러다가 영자도 깜박 잠이 들었다. 무슨 소리가 나서 눈을 떴다. 외닫이문 창호지가 번했다. 그 옆에는 잣골댁과 세 자매가 자세도 한번 흩트리지 않은 채 잠에 폭 빠졌다. 영자는 얼른 손가락을 자야 코 밑에 대보았다. 옅은 숨기가 느껴졌다. 무슨 소리로 인해서 잠을 깬 것 같은데 그 소리가 무엇인지 알 수가 없었다. 귀를 기울여보았지만 세상 모르게 자는 사람들의 고른 숨소리와 마당을 가로질러 걸어놓은 빨랫줄에 몰려 앉아 짹짹거리고 있는 부지런한 직박구리 울음소리뿐이었다. 꿈속 일인 모양이라며 생각하고 있는데 그때 또다시 들려왔다. 이번에는 처음보다 조금 더 큰소리였고 조금 더 분명한 소리였다. 잠이 깨서인지 어쩐지는 모르지만 확실하게 들려왔다. 아니 잠이 아직 다 깨진 않은 모양이었다. 그 소리에 잠이 완전히 달아났다. 자야의 목소리였다.

"고모, 배고프다니까."

목소리에 짜증기가 팍 들어갔다. 평소에 이런 투의 목소리를 한번도 들어본 적이 없었기에 영자는 그 경황에도 생뚱스러웠다. 그렇지만 곧 빠르게 상황 파악되었다.

"아이고, 그래, 배가 고프고말고. 자네가 밥을 먹어본 지가 얼마만인데 배가 고프고말고. 이제 되었네, 이제 살아났구먼. 자네 아버지가 이제 완전히 떠나가버렸구먼, 암만 그래야 하고말고. 이 세상에 무슨 미련이 있다고 가지도 못하고 딸래미를 괴롭히고 그랬소. 이 세상에 남은 인연은 훌훌 다 떨쳐버리고 제발 이 불쌍한 딸 신랑감이나 잘 얻게 도와주소. 살아 있을 때 그렇게 괴롭히고도 모자라 들러붙었으면 그거라도 해주어야 애비 노릇을 하는 게 아니겠소."

영자의 말소리에 자고 있던 잣골댁이 벌떡 일어나 맑은 눈물을 떨어뜨렸다. 그 뒤를 세 자매도 영자처럼 처음에는 뭔 일인가 싶어 두리번거리다가 일제히 자야에게 달려들어 또다시 대성통곡했다. 세 자매의 울음소리에 윗방에서 잠들었던 친척들이 잠을 깨고 나와 같이 울음을 터트리는 동안 잣골댁만 살그머니 일어나서 부엌으로 들어갔다. 쌀독에서 쌀을 꺼내 씻으면서 또 맑은 눈물을 소리 없이 떨어뜨렸다. 어느새 다가온 영자가 잣골댁 손에 들려 있는 쌀바가지를 빼앗으려고 하자 그녀는 바가지를 빼앗기지 않았다.

"죽이라면 아직까지는 내가 니보다 더 잘 쑨데이. 배고프다는데 맛나게 얼른 쑤어야 할낀데."

잣골댁이 쑤어온 묽은 죽 한 그릇을 게눈 감추듯이 비우고는 다시 자리에 누운 자야는 점심때까지 정신없이 잠에 떨어졌다. 영자는 자야가 다시 자리에 눕자 가슴이 철렁 내려앉았다. 더군다나 자리에 눕더니만 일어날 생각은 하지 않고 죽은 듯이 잠이 들자 더 안절부절못했다. 사람들이 죽기 전에 마지막으로 정신이 또렷하게 돌아오고 그동안 목에 넘기지도 못한 음식을 청해 먹기도 하고 말도 잘하더라는 소리 때문이었다. 저세상으로 데리고 가기 전에 마지막으로 남길 말을 하라는 저승사자의 선심이라고 했다.

영자는 옆에서 그림자처럼 있는 잣골댁을 슬쩍 바라보았다. 그녀의 눈에도 두려움이 한가득 고여 있었다. 그런데 점심때가 되자 자야는 또 다시 눈을 번쩍 뜨고는 영자에게 다시 배가 고프다고 했다. 그러자 잣골댁이 미리 쑤어놓은 콩죽으로 상을 봐 들고 들어왔다.

자야는 잣골댁이 들고온 콩죽을 보더니 반색하고는 콧등에 땀이 송골송골 맺히도록 정신없이 먹었다. 대접에 붙은 것까지 숟가락으로 싹싹 긁어먹고는 다시 자리에 누워 잠이 들었다. 그렇게 하루를 콩죽을 먹고는 잠이 들고 잠이 깨면 다시 콩죽을 먹고 하던 그녀가 이틀이 되자 이제는 열무 물김치에 노랗게 구운 새치가 먹고 싶다고 하자 자미는 시장으로 달려가서 열무와 새치를 사왔다. 그녀가 김치를 담그면서 집엘 다녀와도 되겠다고 잣골댁에게 말했다. 잣골댁은 영자 옆에서 마늘을 까면서 가만히 고개를 끄덕였다.

"세상에 그런 부처는 약에 쓰려고 해도 없으니 에미가 잘해라."

"……?"

잣골댁의 갑작스러운 부처 타령에 영자는 그녀를 쳐다보았다. 잣골댁은 이런 그녀를 보며 혀를 가만히 차며 아무 말도 하지 않았다.

"아. 난 또 뭐라고, 진희 애비를 두고 한 말이었네. 그 사람이 부처가 아니라도 어찌하겠는가? 자야 저 불쌍한 것을 살려놓고 봐야지."

"그래도 그런 사람 없다. 부처같이 속 넓은 사람이니 그렇지. 사내들이 지집들보다 속 좁은 사람이 얼마나 많은데."

새치구이와 열무 물김치를 한 그릇 뚝딱 해치운 자야는 더는 자리에 눕지 않고 안마당을 살금살금 걸어다니기 시작했다. 그런데 죽음의 골짜기에서 겨우 돌아온 사람 앞에 또 다른 일거리가 보따리처럼 발 앞에 뚝 떨어졌다.

무열이 죽자 자야는 언덕 아래에 있는 아파트를 신청했다. 한참 직원들의 복지 차원에서 아파트를 신축하던 시절이었다. 아파트라지만 최소형이었다. 여덟 자 장롱을 들여앉히면 이부자리 한 채 겨우 펼 정도로 좁은 방이 안방이었다. 또 다른 방은 책상 하나 들여앉히면 이부자리도 펼 수가 없어서 의자를 책상 위에 덜렁 올려놓고야 한 명 겨우 잘 수 있었다. 거실도 없었고 좁은 복도와 신발 벗어놓은 현관이 다였다. 아파트라면서 높은 부뚜막에 깊은 봉당과 연탄아궁이가 함께하는 재래식 부엌이었다. 그런 열악한 주거시설이었지만 입주할 수 있는 자격을 갖춘 직원들이라면 아파트에 들어가고 싶어서 줄을 섰다. 기존의 아주 열악했던 사택보다 선생이었으니까. 그래도 명색이 아파트라 이름값을 할 작정인지 수도가 집안에 있었다. 수돗물이 철철 나오니 집에 세탁기를 들일 수도 있었다.

자야는 아파트를 분양받자 부엌을 리모델링했다. 먼저 움푹 파인 부엌 봉당을 돌로 채워 편편하게 만들었다. 봉당을 편편하게 만들면 거기서 밥을 먹을 수 있으니 훨씬 넓게 공간을 쓸 수가 있을 거라는 이유였다. 자야 혼자만의 독창적인 아이디어는 아니었다. 유행이었다. 또 좁은 복도 한쪽 벽을 허물고 거기에 커다란 유리를 넣고 망사 커튼도 달았다. 그러자 복도는 앙증맞은 거실이 되어 아침 일찍부터 온종일 해가 머물렀다. 자야는 이 모든 것이 흡족한지 아파트가 많이 밝고 넓어졌다며 영자에게 자랑하자 그녀는 고개를 연신 주억거리며 돈이 들어서 그렇지 잘했다고 칭찬했다. 영자는 자야가 무엇을 하든지 간에 무조건 칭찬하는 사람이라 객관성이 없었다. 아니 오히려 쩔쩔맨다고 표현하면 더 정확했다. 잣골댁 때문이었다.

그해 자두가 항구가 있는 대학에 입학하자마자 이날을 기다렸다는 듯이 자야에게도 선이 들어왔다. 마흔이 가까운 나이에 처음으로 이루어진 일이었다.

자야는 자기가 못한 공부에 한이 맺힌 사람처럼 자두 공부에 열을 올렸다. 진희도 자야 등쌀에 얼마간 동참했다. 대학을 졸업했지만 백수 상태라 과외선생 요청을 거절할 수도 없었다. 영자도 그리 해주길 은근히 바랐다. 진희가 보기에 자두는 자야의 기대치를 만족할 수 있는 실력이 없었다. 대신 의욕만큼은 자야 못지않아 신기할 지경이었다. 그 의욕 때문에 자야가 자두의 실력을 과대평가하는 듯했다. 진희도 처음에는 속을 정도였으니까.

자야는 자두를 서울에 있는 명문 대학을 보내 친척들에게 보란 듯이 내세우고 싶었지만 뜻대로 안 되자 처음에는 실망하는 눈치였다. 그렇지만 이내 눈물을 펑펑 흘리며 이제 죽으면 아버지와 어머니 뵐 낯이 생겼다고 울었다. 이제야 말할 수 있지만 아버지 장지를 사드릴 수가 없었던 이유도 자두 학비 때문이었다고 했다. 영자도 이제야 수긍이 되는지 고개를 끄덕이며 참 잘한 일이라고 했다. 자기 자리에 누웠다고 죽은 사람이 살아올 것도 아닌데 괜한 낭비라고 했다. 그리고 아직도 나라에서 비우라고 하지 않는 것을 보면 아마 오랫동안 써도 될 것 같다고 덧붙였다.

영자는 자야가 그 나이에도 선을 볼 기회가 생겨 천만다행이라며 곰보나 째보만 아니라면 승낙하라고 입이 닳도록 당부했다. 자야는 내가 마음에 들어도 상대방에서 거절하면 어떻게 하느냐고 물었다. 자야는 빈말이 아닌 모양이었다. 새까만 눈을 깜박이면서 심각한 표정으로 영자에게 물어봤다. 살림도 잘하고 회사 일도 잘하는 사람이 이쪽 방면에서는 완전히 맹탕이었다. 영자는 그럴 가능성에 대해서는 단 한번도 생각해보지 않은 터라 순간적으로 말문이 막혔다. 그녀가 생각하는 자야는 어느 한 곳도 모자라지 않기 때문이었다. 단지 딱 한 군데 신경이 쓰이는 부분은 얼굴이 밝지 않아 문제인데 그것은 시집가서 신랑에게 사랑을 받으면 저절로 고쳐질 것으로 생각했다.

"선보러 나가서는 그저 방글방글 웃기만 하게나. 그러면 상대방이 자네를 싫어할 이유가 뭐가 있겠는가?"

"고모는 참, 내가 새미끌 아가씬가? 웃을 일도 없는데 실실 웃기만 했다가는 그쪽에서 오히려 이상한 여자라고 생각하기 쉽지. 안 그런가?"

"고모, 나도 언니 말이 맞는 것 같네. 실실 웃으면 언니가 그쪽이 엄청 마음에 들어서 추파를 던지는 거로 생각할 수도 있을 텐데. 그렇게 되면 오히려 여자가 헤프다고 오해할 수도 있겠네."

자미가 옆에서 이렇게 말을 거들자 자야는 고개를 끄덕이며 자미의 말에 동의했다.

"고모, 자미 말이 맞는 것 같네. 그 사람이 내가 먼저 꼬리를 친다고 생각하면 어떻게 하는가?"

"사람만 괜찮으면 먼저 꼬리를 치면 좀 어떻겠는가? 자네 나이를 생각해야지. 안 그런가? 하여간에 내일 선보는 자리에 나가서 좀 방글방글 웃으면 무조건 떼놓은 당상일 것이네. 누가 우리 질녀를 싫다고 하겠는가? 그런 사람이 있다면 분명히 눈이 잘못된 사람이니 걱정하지 말고 표정 관리나 잘하게나."

"모든 사람이 고모만 같으면 언니 시집가는 것은 문제가 없겠네."

자미는 자기가 한 말이지만 우스운지 깔깔 웃었다. 이렇게 온 식구들의 바람 때문인지 자야는 선을 보러나가서는 성공했다. 영자는 당연한 결과가 아니냐며 일축하며 은근히 뻐기기도 했다. 직장도 좋은 은행원과 선을 보고 그것도 동갑내기 총각에게 퇴짜를 맞지 않자 곧 결혼 말이 오가겠다고 덧붙였다. 자야는 그런 영자에게 김칫국부터 마시지 말라고 하면서도 얼굴은 발그스레하게 물이 들었다. 그런 자야의 얼굴을 못 본 척하면서도 영자의 얼굴도 오랜만에 흡족했다.

흔히 사랑하면 예뻐진다는 말은 사실이었다. 또 사랑에 빠지면 수다쟁이가 된다는 말도 틀린 말은 아닌 모양이었다. 그즈음 자야 얼굴이 피어나기 시작했다. 피부는 반질반질 윤이 났고 머리칼은 탐스러웠고 눈빛은 반짝반짝 생기가 돌았다. 무엇보다도 말이 많았고 잘 웃었다. 자야는 자미와 달리 잘 웃지도 않았고 말도 잘하지 않아 영자는 늘 마음 한구석이 짠했다. 무열이 그렇게 만든 장본인이라 생각했기 때문이었다. 자야는 동생들과 진희에게 조언을 구하기도 했다. 선을 본 남자와 데이트를 하면서 그 남자가 이런 말을 하던데 어떻게 생각하느냐고 물었고 그 남자와 언제 만날 예정인데 무슨 옷을 입고 가면 좋겠냐고 묻기도 했다. 그 남자가 예쁘다는 말도 했다며 얼굴을 붉혔다. 그 말이 진심이겠냐며 물었다. 그러면 자매와 진희는 이구동성으로 진심이라고 했다. 그러면 자야는 얼굴이 빨개지며 좋아했다.

상담은 상담을 받는 사람이 듣고 싶은 말을 해주면 가장 상담을 잘하는 일이다. 상담을 받고자 하는 사람은 결국은 마음의 치유와 위안을 받고 싶기 때문이니까. 특히 진희가 자야의 마음에 흡족하게 상담을 해주었다.

사랑도 전염이 되었는지 자미에게도 사랑이 찾아왔다. 자미는 자야와 달리 여자답게 얌전한 것과는 담을 쌓고 사는 사람이었는데 어느 날부터 목소리가 나지막하고 작아서 귀를 한껏 기울여야 했다. 안 들린다고 재우쳐 물으면 그때야 평소처럼 왜가리 소리를 내고는 자기도 그 소리에 놀랐는지 다시 조근조근 나지막한 소리로 돌아왔다. 그것이 첫 번째 증상이었다. 자야가 말이 많아졌다면 자미는 평소보다 말이 적어진게 두 번째 증상이었다. 그런데 눈빛은 자야와 마찬가지로 반짝반짝 빛났고 귤껍질 같은 피부는 모공이 닫혔고 거기다가 반질반질 윤이 흘렀다. 가장 큰 증상은 서울나들이를 갔다오더니만 시커먼 선글라스를 쓰고 나타났다. 진희는 서울에서 무슨 큰 봉변을 당했나 싶어 깜짝 놀랐었는데 자야는 빙글빙글 웃기만 했다. 그 당시만 해도 성형은 연예인들만 했지 일반인은 지금처럼 일반적이지 않을 때 자미의 쌍꺼풀 수술은 모두를 깜짝 놀랄 만큼 충격적인 사건이었다. 그 소리를 들은 영자는 왜 멀쩡한 얼굴에 칼을 대는지 모르겠다고 한소리했지만 영자 말은 일관성이 없었다. 자미는 눈만 조금 커도 훨씬 인물이 좋을 텐데 눈이 작아서 안타깝다며 그것도 집안 내력이라고 했었다.

자미는 간이 작은 게 분명했다. 수술했다고 하니 수술한 것처럼 보일 정도였다. 그것이 영자는 안심이 되었지만 진희는 마음에 들지 않았다. 이왕 할 거면 조금 더 진하게 쌍꺼풀을 만들었으면 좋겠다는 생각이 들 정도로 건들다가 만 눈이 되고 말았다. 자주 외박을 했다. 밤에 서울 남대문 도매시장으로 물건을 하러 가서 아침에 곧바로 물건을 진열해놓느라 집에 올 사이가 없었다고 엉너리를 치면 잣골댁은 고개를 끄덕였다.

"할매. 웨딩드레스는 직접 보고 물건을 골라야 하네."

"왜 안 그렇겠노. 힘들어서 탈이지."

잣골댁이 이렇게 장단을 맞추는 이유는 아마 어떤 기류 때문이었다. 눈에 보이지 않아 확실하지는 않지만 눈치가 구단인 잣골댁이 모를 리가 없었다. 자야와 달리 자미는 잣골댁과 말도 잘해서 무열이나 진희처럼 잣골댁도 자미를 좋아했다.

"할매. 그깟 일이 힘들긴 뭐가 힘드나. 하나도 힘이 안 든다. 내가 돈을 많이 벌어와야 우리 할매 맛있는 것도 많이 사주지 안 그런가?"

"아이고. 나는 니들 덕분에 호강하고 사는데 여기서 더 무엇을 바라겠나. 그런 생각일랑 집어치우고 언니도 이제 만나는 사람이 있는 눈치니 니도 얼른 좋은 사람을 찾아보래이. 니들이 좋은 신랑 만나 시집가는 것을 봐야 이 할미가 눈을 감아도 감을 텐데. 안 그러면 저승에 가서 니 애비 에미 얼굴을 무슨 낯으로 보겠노?"

"할매, 자영이도 자두도 시집가는 것을 보고 돌아가셔야지. 내가 맛있는 것 많이 사드리면서 할매를 포동포동 살을 찌워야 하겠네. 안 그런가 할매."

이렇게 엉너리를 치면서 살짝살짝 외박하자 처음에는 모른 척 눈을 감고 있던 자야가 자미를 불러 앉혔다. 집에 데리고 와 할머니와 식구들에게 인사를 시킨 다음에 사귀든지 하라고 했다. 자미는 자야의 말에 처음에는 펄쩍 뛰었다. 진짜 일이 바빠서 가게서 쪽잠을 자느라 집에 들어오지 못했다고 둘러댔다. 자영을 얼마나 구워삶았는지 자영에게 물어보라고 했다. 그런데 자미는 거짓말을 할 수 있는 사람이 못되었다. 자미의 어설픈 거짓말에 자야가 무열처럼 아무런 말도 없이 자미를 물끄러미 바라보기만 하자 자미는 잠깐은 자야의 눈길을 아무렇지도 않은 듯 묵묵히 견뎠다. 그런데 길게 가지는 못했다.

"언니가 마음에 안 들면 어쩌나?"

"내가 중요한 것이 아니데이. 네 마음이 제일 중요하지."

"나는 마음에 드니까 만나지. 마음에 안 들면 만나겠나? 내 처지에 사람을 고르고 자시고 할 처지도 아니잖아."

"네 처지가 어때서?"

"하이고, 언니야. 입은 삐뚤어졌어도 말은 똑바로 해야 하지 않겠나? 누가 나 보고 좋다고 할까? 처지가 빠지면 나이라도 젊던가. 그것도 아니면 얼굴이라도 괜찮던가."

"생활력이 있잖아. 얼굴만 예쁘고 젊기만 하면 뭐 좋나? 약은 남자들은 그런 것보다는 생활력을 따진다고 하더라. 앞으로는 혼자 벌어서는 힘든 세상이 될 거라며 생활력이 좋은 여자가 최고라는 남자들이 많다고 하더라."

"그거야 자기가 생활력이 없어 여자 등이나 처먹을 작정으로 덤비는 작자들이겠지. 돈 잘 버는 남자들은 여자 생활력 안 본다고 하데. 생활력이 높아봤자 잘난 척만 한다고 말이야. 크크. 언니야. 나는 잘난 척할 위인도 못되는데 그자?"

"그러게 말이다. 우리는 아버지가 워낙 무서워서 잘난 척이 뭔지도 모르고 살았지. 아버지가 우리 교육은 참 잘 시켰어. 지금 생각해보면 아버지가 그렇게 엄했던 것도 다 우리 잘되라고 그랬던 것 같아."

"언니. 나는 그렇게 생각 안 한다. 내가 생각하는 아버지는 참 이기적인 사람이었어. 난 결혼하면 돈 벌 생각이 없다. 아침마다 돈 벌러나가는 생활이 지긋지긋해서 남편이 벌어주는 돈으로만 살 생각이야. 조금 벌어주면 조금 먹고 많이 벌어주면 많이 먹고 그럴 작정이야. 그렇게 말을 했더니 그 사람도 그러라네."

"그래? 네 말만 들으면 좋은 사람인 것 같네. 그래도 궁금하니 한번 데리고 와라. 할매에게 인사도 시키고.

자미는 어쩌면 자야에게서 그 말만 떨어지길 기다렸던 사람 같았다. 그 말이 떨어지고 이틀 후에 그 사람을 집에 데리고 왔다.

자야는 혼자서 손님을 치를 자신이 없었던지 영자를 불렀다. 손님은 점심시간에 도착할 예정이었다. 자야는 손님이 오면 잔치국수를 삶아 줄 작정으로 육수를 만들어놓았는데 너무 졸아들자 가스 불을 꺼놓기도 했다.

약속시간이 되자 자미와 그 남자는 아파트 현관으로 들어섰다. 자미의 옷차림은 그날도 뱅뱅 청바지에 노란색 피케 셔츠 차림이었는데 날이 날인만큼 흰색 마 조끼를 걸쳐 입고 연분홍색 립스틱을 살짝 바른 차림이었다. 소풍 가는 아이처럼 살짝 상기되어 있었고 싱글싱글 웃으며 들어섰다. 그 남자는 배구 선수처럼 지나치게 키가 컸고 얼굴이 말처럼 길었다. 사택 천장이 낮아 머리가 방 천장에 닿을락말락해 어깨를 구부정하게 구부려야 했다.

그 사람을 맞이하기 위해 잣골댁은 아침 댓바람부터 부산했다. 자야의 잠을 방해할까봐 소리내지 않고 가만가만 움직이느라 행동은 느렸지만 정확했다. 머리를 감은 후에 아침 햇살이 들어오는 좁은 마루에 앉아서 참빗으로 오랫동안 머리카락을 빗어 내린 후에 곱게 쪽을 지어 은비녀로 마무리했다. 바닥에 몇 가닥 흩어진 머리카락이 햇살에 반짝반짝 빛나자 가만히 주워 돌돌 감아 휴지통에 버렸다. 그런 다음에 며칠 전부터 풀을 먹여 다려놓은 모시 한복을 가만가만 갈아입고 마루에 그린 듯이 앉아 있었다. 열린 창문으로 바람이 들어오자 하얀 망사 커튼이 바람에 하느작하느작 날렸다. 영자가 아파트에 도착할 때까지도 잣골댁은 마루에 오도카니 앉아서 자야가 코까지 가늘게 골면서 자는 모습을 바라보고 있었다. 영자가 들어서자 자야는 길게 하품하며 일어나 앉았다.

"고모 일찍 왔네."

"일찍은 벌써 몇 신데, 병반이었나 보네. 피곤해서 어쩌나? 다음날로 정하던가 하지."

"실컷 잤네. 다음날로 미루면 자미 고것이 마음이 바뀌면 어쩌겠는가. 말 나왔을 때 소개를 받아야지. 좋은 사람이었으면 좋겠는데. 하는 꼬락서니를 보니 불안해 죽겠네. 이럴 때 엄마까지는 바라지도 않고 아버지라도 살아계셨으면 좀 좋겠는가?"

"자네는 아버지에게 그렇게 닦달을 당했어도 아버지가 그리운가?"

"닦달은 무슨, 다 내가 부족해서 나를 가르치기 위해서인데. 아버지도 참 억울하겠네. 아무도 몰라주고 오해만 하고 있으니."

"야이야. 시간이 자꾸 가는구먼. 언제 준비하려고 이러구 있나?"

마침내 더는 참을 수가 없겠는지 잣골댁이 두런두런 주고받는 틈바구니에 뛰어들자 자야는 시계를 흘끔 보고는 다시 한번 기지개를 켜고 부엌으로 들어가자 별로 할 일도 없는 영자도 따라들어갔다. 그리고도 몇 시간 후에 마침내 자미와 함께 그 남자가 아파트 현관으로 들어섰다.

그 남자는 방에 들어서자마자 잣골댁에게 덥석 큰절했다. 자미 옆에는 영자가 있었고 그 옆에는 자야가 서 있었는데 자미가 차례로 그 남자에게 식구를 소개해주자 그 남자는 영자와 자야에게 큰절을 드리겠다며 앉으라고 했다. 그러자 영자와 자야가 질색하면서 그냥 앉으라고 하자 그 남자는 꼭 인사를 드리겠다며 고집을 피웠다. 그 남자가 고집을 피우자 자미까지 절을 받으라고 성화를 부렸다. 자야는 더 만류는 안 되겠던지 육수가 넘친다며 서둘러 자리를 피해버리자 미처 빠져나가지 못한 영자는 할 수 없이 그 남자의 절을 받을 수밖에 없었다.

그 남자는 잣골댁에게 청심환을 한 통 선물하고는 영자에게는 다음에 꼭 청심환을 선물하겠다며 약속했다. 외국여행을 자주 다녀 집에 그득하다고 덧붙이기도 했다. 그 남자는 선심을 쓰는 김에 막 쓸 작정인지 잣골댁에게 자기가 모시겠다며 아무쪼록 오래오래 사시라고 당부까지 했다.

사실 잣골댁은 남 모르게 고민이 있었다. 가장 가깝다고 생각되는 영자에게도 털어놓지 못하고 속으로만 끙끙거렸다. 자야도 눈치로 봐서 남자가 있는 것 같고 자미도 남자를 데리고 오네 마네하자 그것이 썩 반갑지만은 않았다. 그 나이에도 배필이 생기자 절골에 있는 삼층석탑을 찾아가 절을 하고 또 하고 싶은 심정이었다. 그러면서도 마음 저쪽 한구석에서는 걱정이 생겼다. 지금껏 손녀들에게 짐이 되어 살았었는데 그네들이 시집가는 데까지 따라갈 수는 없었다. 수중에 돈이라도 있다면 됫박만한 방이라도 하나 구해 홀로 살아갈 방도라도 생각해보겠지만 평생을 돈 한번 벌어본 적이 없는 잣골댁이라 그런 뭉칫돈이 있을 리가 만무해서 더 그랬다. 대놓고 말을 할 처지도 아니었다. 그 중차대한 일을 앞둔 시점에서 본인 문제를 꺼내는 자체가 노욕이지 싶어서였다.

그런데 들다보니 도무지 그의 말에는 믿음이 가지 않았다. 하긴 처음 인사를 와서 허락할지 말지 모르는 상태에서 대뜸 잣골댁을 모시겠다는 말부터가 건방진 말이긴 했지만 거기다가 허풍까지 심했다. 제대로 하는 돈벌이도 없어 보이는데 앞으로 하고 싶은 일은 많았다. 슈퍼마켓을 차릴 계획이라고 했다. 봐둔 자리도 있다고 덧붙였다. 그럼 곧 개업할 예정이냐고 자야가 참지 못하고 물어보자 그 남자는 자야를 힐끗 쳐다보면서 자금을 마련하는 중이라고 했다. 자금이 일 억원 정도는 있어야 개업을 할 수가 있겠다고 덧붙였다. 산에서 내려오는 다람쥐도 놀랄 정도로 멋들어지게 개업을 해야 장사가 잘되는 법이라고 큰소리를 땅땅 쳤다.

자야는 내친김에 지금 얼마 정도 마련했냐고 그 남자에게 물어봤다. 그러자 자미가 화들짝 놀라며 자야 옆구리를 꼬집었다. 그 모습을 바라보고 있던 그 남자는 오히려 자미를 나무랐다. 그 꼴은 꼭 남편이 아내에게 하는 투였다. 언니에게 그 무슨 버릇이냐고 질책하자 자미는 마치 남편에게 야단을 맞는 아내 같은 표정을 지으며 고개를 푹 숙이고는 아무 말이 없었다. 그 남자는 이런 자미의 태도가 극히 만족스러운지 미소까지 지으면서 지금 자금을 마련하는 중이고 아마 곧 준비될 것이라고 두루뭉술하게 대답했다. 자금을 어떤 식으로 마련하는 중이냐고 자야는 한마디 더 물어봤다. 그러자 고개를 푹 숙이고 있던 자미가 처음 온 사람에게 너무 꼬치꼬치 물어보면 실례인 줄 모르냐고 대들듯이 쏘아붙였다. 그 남자는 이번에는 자미의 이런 태도에 대해서 마치 못 들은 사람처럼 눈을 두리두리 굴리면서 딴청을 피웠다.

"고모는 어떻던가?"

자미가 그 남자를 배웅할 것이라며 따라나서자마자 자야가 영자에게 대뜸 물었다.

"자네는 어떻던가?"

"자미 고것이 남자 보는 눈이 그렇게 없어서 어쩌는가. 첫눈에 봐도 허우대만 멀쩡한 허풍쟁이구먼. 아버지가 살아계셨더라면 언감생심 저런 남자를 집에 끌어들이지도 못했을 텐데."

"……."

"눈치로 봐서는 이미 정이 들 대로 든 것 같은데 어쩌면 좋은가? 범처럼 무서웠던 아버지에게도 바락바락 대들던 애가 그놈이 뭐라고 납작 엎드리는 꼬락서니를 보게. 내 참 기가 막혀서……. 고모 이 일을 어쩌면 좋은가?"

자야가 영자에게 자꾸만 물었지만 영자는 할 말이 없었다. 잣골댁도 아무 말도 하지 않았다. 모시겠다는 소리에 자기도 모르게 벙싯 웃었던 사실이 손녀딸에게 부끄러워 자기 입을 찢고 싶은 기분이었으니까.

자미는 이런 분위기를 익히 짐작했겠지만 오히려 눈치를 살금살금 보면서 외박을 하는 횟수가 더 많아질 뿐이었다. 영자는 자야에게 따끔하게 야단을 쳐 말리라고 했고, 자야는 영자에게 따끔하게 혼내주라고 서로 미루기만 할 뿐 영자나 자야나 직접 자미에게 말하지는 않았다. 아니 못했다고 보는 편이 정확했다.

"고모 내가 만일 말렸다가 그놈보다 못한 놈을 만난다거나 아예 남자 구경도 못하고 늙어버리면 어쩌겠는가?"

"짚신도 짝이 있다는데 짝이야 얼마든지 있겠지. 세상의 반은 남자라는데 설마 그 똑 부러지는 아에게 제 짝이 없겠는가?"

"그렇게 된다면 천만다행이겠지만 만약에 그놈이 마지막이라면 자미 고것이 내 원망을 얼마나 하겠는가?"

자미 듣기 싫은 말을 조금 비추었더니 눈에 불을 켜고 덤벼들었다. 언니는 남자를 만나면서 자기는 왜 남자를 만나면 안 되느냐고 따지니 할 말이 없더란다. 남자를 만나려면 제대로 만나라고 했더니만 팔자가 이 모양인데 제대로 된 남자가 자기 팔자에게 가당하냐고 덤벼들었다고 했다. 자미는 굴속에 들어가서 석탄을 캐는 광부만 아니면 된다고 했다. 광부라면 이가 갈릴 정도로 지긋지긋하다는 말에는 자야도 동감이라 고개를 끄덕였다. 자미는 그 남자 경제력 없는 것 처음 만날 때부터 다 알고 있었기에 문제가 안 된다고 했다. 말 그대로 가진 장점은 오직 경제력이니 자기가 벌어서 먹여 살리면 된다고 했다. 다른 문제도 있느냐는 자야의 물음에 자미는 자기도 모르게 한숨을 푹 쉬었다. 그 남자는 조카 두 명을 앞이 보이지 않는 홀어머니와 함께 키우고 있다고 덧붙였다.

자미의 말을 이해할 길이 없는 자야는 자미를 물끄러미 쳐다볼 뿐이었다. 그 남자의 형님 자식인데 형님이 탄광에서 병을 얻어 산재병원에 오랫동안 누워 있자 형수가 어느 날 간다온다는 말도 없이 도망가버리고 말아서 조카를 거두게 되었다고 했다. 요새처럼 밝은 세상에 도망을 갔으면 수소문해서 찾으면 되지 왜 장가도 가지 않은 삼촌이 떠맡아야 하느냐고 자야가 물었다. 그 남자처럼 똑똑한 사람이 안 찾아보았겠냐고 자미가 그 와중에도 그 남자를 칭찬하기까지 했다. 이미 다른 남자와 아이까지 한 명 낳고 사는데 얼마나 열악한 환경에서 살고 있던지

주머니에 들어 있던 돈을 보태주고 왔다고 했다. 연탄이나 사서 때라고. 참 괜찮은 남자 아니냐고 또다시 칭찬하면서 자야에게 동의까지 구하는 마당이 되자 기가 막혀 말이 나오지 않았다.

허풍쟁이를 자미에게서 떼어놓기 위해서는 특별조치가 필요했다. 자야가 선본 남자와 더는 만나는 눈치가 없자 자미도 이상하게 허풍쟁이와 소원해지는 눈치가 보이더니만 왜가리 같은 원래의 목소리로 돌아왔다.

그즈음에 진희는 날마다 트윈헤어숍에 들락거렸다. 얼떨결에 소설로 등단해 글을 쓰겠다며 아예 취직은 접은 상태였다. 어쩌다 친구를 만나게 된다면 그래도 번화가인 트윈헤어숍 근처쯤에서 친구들을 만났다. 그리고는 꼭 참새가 방앗간을 그냥 못 지나가는 것처럼 거기에 들렀다가 집으로 가야 속이 시원할 정도로 일상의 코스가 되어버린 곳이다. 그런데 트윈헤어숍은 진희처럼 하루라도 들르지 않으면 입안에 가시가 돋을 사람들로 언제나 북적거렸다. 가게에 있는 소파는 머리를 손질하러온 손님보다 놀러온 여자들이 더 많이 차지했다. 그러면 소파를 차지 못한 여자들은 서 있거나 자영이가 둥근 플라스틱 보조의자를 내어주면 거기에 앉거나 했지 자리가 없다고 해서 자리를 뜨는 사람은 없었다.

여자들은 마을에 돌아다니는 소문들을 죄다 듣고 와서 이러쿵저러쿵 수다를 떨면서 즐거워하고 위로받았다. 그러다가 진짜 손님이 들어오면 일제히 입을 꾹 닫고는 머리를 자르거나 드라이하는 것을 지켜보다가 한마디씩 던지기도 했다. 대부분 손님이 듣기 좋은 소리였다. 월천에서 가장 바람직하면서도 건전하게 살아가는 무리가 바로 트윈헤어숍에 죽치는 여자들이었다. 남편들도 어쩌다 수다가 길어져서 제때 밥을 해놓지 못해도 트윈헤어숍에서 놀았다고 하면 말없이 밥을 기다려주었다. 대낮에 카바레나 노름판이나 그것보다 더 칙칙한 곳으로 몰려드는 아낙들의 소문이 빈번한 곳에서 기껏 미장원에서 수다떠는 것은 아주 건전한 놀이였다. 그러다가 더 수다떨 레퍼토리가 없는지 한 아주머니가 저녁밥을 핑계로 일어서면 도미노처럼 같이 우우 일어나서 문을 밀고 나가버렸다. 바람이 쓸고 간 것처럼 한순간 가게는 정적이 감돌았다.

"언니야. 너무 조용하니 이상하다 그지?"

"조용하니 좋기만 한데 니는 싫나?"

"아니 그게 아니고 꼭 남 가게에 들어온 것 같아서 그렇지."

이렇게 모처럼 찾아온 고요에 대해 자미와 자영과 주거니받거니 하고 있을 때 자야가 가게 문을 밀고 들어섰다. 자야 모습이 유난히 피로해보였다. 자미도 곧바로 집에 들어가서 쉬지 여기는 왜 들렀냐고 한마디 했다.

"약속이 있어."

"선보기로 했나?"

"응"

"어떤 사람인데?"

"자세한 것은 만나봐야 알지."

"언니야, 이번에는 제발 좀 잘해봐라."

그런데 아무리 자야를 뜯어보아도 선을 보러 나갈 차림은 아니었다. 자야는 무슨 옷을 입어도 옷맵시가 있어 도회지의 세련된 커리우먼 같은 스타일이었는데 그날은 옷도 대충 입었고 얼굴도 너무 지쳐보였다.

"선을 본다는 사람이 옷을 왜 그렇게 입었나? 꼭 옷이 없는 사람 같잖아."

"왜? 옷이 안 어울리나?"

"내가 언니에게 누누이 말했잖아. 언니는 칙칙한 색이 안 어울린다고. 오늘은 어째 화장도 잘 안 받았네. 화장이 다 떴구먼."

"회사에 일이 생겨 종일 정신이 하나도 없었어. 진희 네가 봐도 내 얼굴이 엉망이나?"

진희는 웬만하면 자야가 듣기 좋은 말을 하고 싶었지만 그럴 수가 없을 정도였다. 나이가 얼굴에 그대로 다 묻어나왔다. 선을 보는 날만 아니라면 상관이 없었겠지만 하필이면 선을 보는 날이라 낭패가 났다. 진희가 고개를 가만히 끄덕이자 자야는 핸드백에서 콤팩트를 꺼내서 콧등을 다시 한번 두드리고 립스틱도 꺼내어 다시 발랐다. 그렇다고 좋아질 리가 없었다. 자미 말처럼 아예 세수하고 화장을 다시 하는 편이 나을 것 같았다. 그렇지만 자야는 귀찮은지 아니면 선을 보는 자체가 별 신명이 나지 않는지 가만히 앉아 있었다. 자미는 다시 채근했다.

"내사 그래 시간이 있을 때 얼른 목욕탕 가서 목욕하고 화장도 산뜻하게 다시 하겠구먼."

"뭐 언니가 어디 시집이라도 가나 목욕을 하게. 이 나이에 가꾸어봤자지."

"언니는 그게 문제야. 언니가 어디가 어때서? 내가 언니만큼만 된다면 미스코리아 대회도 나가볼 텐데."

"에공. 말이라도 고맙다. 내 동생밖에 없네. 언니 후딱 다녀올 테니 진희야 집에 가지 말고 언니랑 밥 먹고 가라. 진희 돈가스 좋아하재?"

"내 참 기가 막혀서, 선보러 나가는 사람이 선보는 남자와 저녁 먹을 생각은 하지 않고 빨리 끝낼 생각부터 하면 어떡하나? 잘 보여서 저녁도 얻어먹고 애프터 신청도 받고 와야지."

"진희야. 시집이라는 것이 왜 생겼을까? 시집을 꼭 가야 할까? 안 가면 안 되는 걸까?"

"점점, 어린 아 앞에서 못하는 소리가 없네. 나는 무슨 일이 있어도 시집은 꼭 가고 싶은데. 아니 나는 꼭 시집을 가고 말 거야. 그 전에 언니를 꼭 시집보내 놓을 것이니 언니는 딴생각 마라. 얼른 가봐라. 늦겠다."

자야는 자미의 채근에 더 앉아 있지도 못하고 가게를 나섰다. 그 마음 상태에서 그 꼴이라면 선보는 상대 남자와 커피 한 잔 마시고 곧 일어설 것은 불을 보듯이 뻔한 일이었다. 자미는 한숨을 폭폭 쉬면서 청소할 때도 아니건만 진열장에 진열된 화장품과 샴푸를 모두 내려 닦기 시작했다. 지금 자미의 속이 시끄럽다는 표시였다. 그런데 한 시간이 넘어도 자야는 돌아오지 않고 있었다. 밖은 어느 순간 깜깜해져서 자동차들이 불을 밝히고 다녔다. 그때야 자미의 손길이 부드러워졌다.

그날 자야는 선본 남자와 돈가스를 먹었다. 자미는 싱글벙글하였다.

그리고 그다음 날부터 곧바로 그 남자의 뒷조사까지 다 해본 모양이었다. 그리고는 그만하면 자야에게는 넘치는 사람이니 잘하라고 누누이 강조했다. 우체국에 다니는 남자인데 집안도 좋은 모양이었다. 아버지가 저승에 가서 도와주는 모양이라고 했다. 자야의 얼굴도 다시 봄날처럼 피어났다.

그날도 저녁쯤에 진희는 트윈헤어숍으로 불쑥 들어갔다. 자야도 이미 가게에 앉아서 수다를 떠는 아주머니들 얘기를 듣고 있었다. 자미와 자영은 파마하면서 아주머니들이 수다를 떨면 추임새를 넣어가면서 장단을 잘 맞추었다. 그러면 말을 하는 아주머니는 더 신이 나서 침을 탁탁 튀기면서 열을 올렸다. 진희가 불쑥 문을 밀고 들어서자 일제히 그녀를 쳐다봤다. 쏠린 시선이 진희에게 조금은 부담스럽기는 하지만 친척집이라서 오히려 당당했다. 수다를 떨던 아주머니들도 이런 점이 인지되었던지 주섬주섬 일어섰다. 자야가 왜 벌써 가시느냐고 더 놀다가 가라고 붙잡자 가족끼리 할 이야기가 있는 모양인데 눈치 없이 죽치고 있으면 안 되는 법이라며 문을 밀고 나갔다. 파마 손님도 시장을 다녀오겠다며 나가자 말 그대로 친척들만 남게 되었다.

진짜 자야는 할 얘기가 있다고 했다. 아줌마들이 입만 센 게 아니라며 혀를 내두르기도 했다. 자미가 어서 얘기하라고 다그치자 자야는 한참을 고민하면서도 입을 쉽게 떼지는 못하고 있었다. 마침내 입을 열었는데 자미보다 작가 선생인 진희에게 물어보고 싶다고 했다. 진희는 살짝 긴장되었다. 자미 저것은 날마다 자기를 윽박지르기만 하지 제대로 된 충고는 하지 못하기 때문이라며 거창하게 서두를 꺼내자 자미는 자야에게 눈을 하얗게 흘기면서 가만히 있었다.

선을 본 남자가 지금 서울로 출장을 갔다고 했다. 그런데 출장 가서 편지를 보냈다고 했다. 자미가 그새 참지 못하고 편지 내용이 뭐냐고 물었다. 한번 읽어 보자고도 했다. 자야는 그 남자가 서울로 위문을 와 달라는데 어떡해야 할지 모르겠다고 했다. 자야의 말끝에 모두는 아무 말도 하지 않고 가만히 있었다. 웬만하면 한마디 하고도 남을 자미도 가만히 있기만 했다.

그때 시장에 갔던 손님이 문을 밀고 들어오자 그녀들은 손님이 참 반가웠다. 그들은 손님에게 달라붙었다. 손님이 쓰고 있던 비닐 모자를 벗기고 롯드로 감은 머리에 중화제를 발랐다. 10분이 지나자 롯드를 풀고 머리를 감기고 머리를 말리고 머리를 조금 다듬기도 했다. 그리고 드라이를 하고 난 후에 파마가 잘 나왔다니 손님의 얼굴과 어울린다는 등 하면서 온갖 아첨을 떨었다. 진희는 그런 그녀들을 묵묵히 바라보면서 속으로 빠르게 머리를 굴렸다. 서울행은 단순한 서울행이 아니었다. 가는 사람이나 보내는 사람이나 모종의 행위를 각오해야 했기 때문이었다. 손님은 눈을 가늘게 떴다가 크게 떴다가 하면서 거울을 바라보았다.

"진희는 이럴 때 어떻게 할 것 같나?"

자야는 진희에게 질문을 던졌다. 진희는 순간적으로 당황했지만 나름대로 생각을 정리해두었다.

"언니, 나는 그 남자가 좋다면 서울에 갈 것 같은데."

"그래?"

"진희 생각이 나쁘지는 않네."

자미도 이렇게 한마디 했다. 수다쟁이 자미가 그날 따라 말을 많이 아꼈다. 그런데 자야는 서울을 가지 못했다.

얌전한 자영이가 먼저 일을 벌였기 때문이다. 언제나 자미 옆에서 그림자처럼 있는 듯 없는 듯했기에 영자를 비롯한 식구들은 충격이 컸다.

자영과 결혼하겠다는 남자는 한 달에 몇 번씩 트윈헤어숍에 와서 머리를 깎거나 파마를 하는 단골손님이었다. 이런 손님이 워낙 많아 특별할 것도 없었다. 그건 미용실 소파에 아낙들이 죽치고 앉아 있지 않을 때의 풍경이었다. 남자가 미용실에 드나드는 시절이 아니었지만 트윈헤어숍은 아낙들 못지않게 남자들도 살금살금 눈치껏 들락거렸다. 자영 얼굴을 하루라도 보지 못하면 눈이 짓무른다는 소문이 돌아 자미도 그냥 들락거리는 남자 손님쯤으로 여긴 것이 화근이었다. 두 언니를 감쪽같이 속이고 오랫동안 연애를 하고 있었는데 그만 자미에게 들키고 말았다. 그동안 허풍쟁이 꺽다리와 돌아치느라 보이지 않았던 배가 그날은 눈에 들어왔다. 날씬한 자영의 배가 볼록해졌다. 허리도 두리두리했고 행동도 굼떴다. 난리가 나버렸다. 아이 아빠 직업 때문이었다.

두 자매뿐 아니라 영자까지 광부는 절대로 안 된다고 진저리치며 반대했다. 오히려 영자가 더 난리가 났다. 외아들 진수 때문이었다. 영자는 진수를 남편처럼 안정적이고 편안한 교사를 시키고 싶었다. 그런데 공부를 곧잘 하는 아이가 인문계도 아닌 기계고등학교를 고집했다. 전기과도 있고 정밀기계과도 있는데 가장 입학 점수가 낮은 광산과였다. 대학도 산업대학 자원공학과를 지원해 영자 속이 잔뜩 상했었다. 더군다나 군대를 다녀오더니만 본격적으로 광산 사고에 대해 연구해보고 싶다고 나섰다. 독일 같은 선진국에서는 채굴 기술도 좋고 기계화 시설이 잘 갖추어져 인명사고가 거의 없다고 했다. 더는 광산에서 사고가 나지 않아야 월천 사람들이 행복할 거라는 말에 영자는 할 말이 없었지만 속은 시커멓게 타던 중이었다.

자야와 자미와 영자는 자영에게 지긋지긋하지도 않으냐고, 아버지의 전철을 그대로 밟고 싶냐고 돌아가며 겁을 주었다. 공교롭게도 자영의 배 속의 아이도 태어나기 전부터 미움을 너무 받아 세상에 나올 자신이 없었는지 아니면 어미인 자영이가 너무 스트레스를 받아서인지 그만 저절로 유산이 되었다. 아이마저 잘못되자 날마다 울며불며 고집을 부리던 자영도 마음을 접은 듯해 잠시 평화 분위기가 조성되는 듯했다. 그런데 자영은 어느 날 편지 한 장 달랑 써놓고 사라졌다. 여승이 되기 위해 절로 들어간다는 내용이었다. 자야의 얼굴이 다시 월천의 검은 강물처럼 칙칙해졌다.

아무래도 진희는 청첩장을 받기는 틀렸다고 결론 내렸다. 영자처럼 자야나 자미나 자영 중에 누구라도 상관없이 청첩장 한 장 받아보는 게 소원일 줄이야. 그런데 그 소원은 금방 이루어졌다. 진희도 소원이 너무 빨리 이루어져서 깜짝 놀랄 정도였다. 다만 전혀 생각도 못한 엉뚱한 사람의 청첩장이라 조금 어리둥절했다. 미숙이가 보낸 청첩장이었다.

국민학교를 졸업하자마자 돈을 벌기 위해 서울에 있는 섬유공장으로 떠난 미숙이가 월천으로 돌아온 것은 일 년 전이었다. 선탄장에서 십여 년을 넘게 일해온 엄마가 병이 들어 더는 일을 할 수가 없자 그녀를 대신해 집안의 가장이 되기 위해서였다. 아니 더 정확히 말하자면 미숙 엄마가 선탄장에서 일하다가 큰 사고를 당해 병간호 때문에 내려왔다가 아주 눌러앉은 거였다. 병실에서 남편될 사람을 처음으로 만났다. 일석의 둘째 아들이었다. 미숙 엄마와 일석 아내가 보다바 선탄장에서 사고를 당해 같은 병실에 나란히 입원했기 때문이었다. 이쯤 되면 두 엄마가 월하노인인 셈이었다. 아니면 선탄장에서 난 사고가 월하노인일 수도 있었다.

미숙과 일석의 차남은 어렸을 때 광산 사고로 아버지를 여의자 마음 한복판에 치유할 수 없는 커다란 트라우마가 자리잡고 있었다. 얼마나 고통을 받았으면 검은색이 들어가면 옷이든 음식이든 가구든 무조건 싫었다. 오죽하면 김밥도 먹지 않았을까. 검은색과 마주치면 호흡이 불규칙하고 식은땀이 흘러 밤에 잘 때도 불을 끄지 못하고 잘 정도였다. 세월이 흐르자 그 정도는 아니지만 여전히 싫었는데 엄마마저 광산 사고를 당하자 조금 치유되었던 트라우마가 다시 살아났다. 트라우마는 불꽃처럼 혀를 날름대며 두 사람을 집어삼키려고 호시탐탐 노렸다.

동병상련인지 미숙과 일석의 차남은 서로의 상태를 금방 알아봤다. 백 년 전부터 만난 것처럼 두 사람은 낯설지 않고 편안했다. 그러다 사랑에 풍덩 빠져버리고 말았다. 간호보다 사랑놀음에 더 열중했다. 일석의 차남은 미숙보다 다섯 살이나 나이가 어렸지만 문제될 것도 없었다. 아버지보다는 엄마를 닮아 키도 크고 덩치도 좋은 일석의 차남에 비해 미숙은 키도 작고 통통한데다 귀여워 보이는 얼굴이라 겉으로 보기에는 미숙이가 훨씬 어려 보였다. 무엇보다도 둘은 사랑에 빠지자 오랫동안 발목잡혔던 트라우마도 없어졌다. 검은색은 이제 사랑의 메신저로 여겨져 검은 신발에 검은 바지를 입어도 아무렇지도 않았다.

결혼식장에서 일석 차남의 검은 턱시도는 잘생긴 얼굴을 한껏 빛나게 만들었다. 순백의 드레스로 한껏 치장한 미숙도 행복해보였다. 나중에 월천에 주저앉아 광산으로 출근하는 남편의 도시락을 싸고 있으면 가만히 두지 않겠다는 담임 선생님의 말이 생각난다고 미숙은 깔깔 웃었다. 남편의 장래희망이 광부였는데 드디어 꿈이 이루어졌다며 그녀의 뺨은 보다바에 화들짝 핀 진달래 빛으로 물들었다. ●

태백의 모든 아버지에게 바치는 헌사

요란한 매미 울음으로 눈을 떴다. 진원지는 마당가 늙은 살구나무와 라일락나무와 불두화 가지였고 길 건너 중학교 운동장 전나무였고 이 모든 것을 병풍처럼 빙 둘러싼 숲속이었다. 입추도 말복도 지났지만 오늘도 염천의 한복판에 서 있을 거라는 메시지를 이들은 새벽부터 온몸 다 바쳐 떼창했다. 극성스러우면서도 우렁찬 매미 소리는 어디서 많이 들어본 듯 익숙했다.

아버지를 따라 숲속에 들어갔다. 빈 지게를 멘 젊은 아버지가 앞장섰고 그 뒤를 꽃무늬 원피스를 입은 내가 쫄랑쫄랑 따라들어갔다. 하늘도 보이지 않는 숲속에서 매미 소리는 하늘을 찌를 듯 들렸다. 숲속 특유의 향이 있었다. 수박 냄새 같기도 했고 노루 오줌 냄새 같기도 했고 이 모든 것을 합한 듯한 향기였다. 어린 여자아이가 왜 숲까지 아버지를 따라갔는지는 기억에 없지만 그때 그 갈참나무숲에서 울어댔던 매미 소리는 아직도 귀에 쟁쟁하다. 아버지를 늘 따라다녔던 아이였기에 그냥 따라갔을 것이고 아버지도 고집 피우는 딸을 떼놓을 수가 없어 데리고 갔을 거라는 짐작이었다. 그 아버지가 예순도 되지 않아 돌아가셨다.

한 시절 태백의 아버지는 대부분 그렇게 일찍 돌아가시거나 아니면 내 친구 아버지처럼 오랫동안 병상에서 고통받다 돌아가셨다. 내 고향에 가보면 영감들은 모두 양지바른 숲 들머리에 올려보내 그곳에 둥그런 푸른 집 한 채 만들어주고 그 숲 아래 버덩에서 할머니들끼리만 옹기종기 모여 살고 있다. 그리고는 하루에 몇 번씩 정분난 처녀 총각처럼 서로 올려다보고 내려다보고 한다. "남자들은 다 산에 올려 보내놓고 무슨 여인천국처럼 여자들만 모여 사니 좋아?" 내가 짐짓 말 같지도 않은 말을 농담처럼 툭 던지면 "그럼 어쩌나 인력으로 될 수 없는 게 사람살이지"라는 말로 돌아왔다.

그곳은 이렇게 속수무책으로 인력이나 운명이란 말을 무슨 밥 먹듯이 쓰는 곳이었다.

이 소설은 숲을 좋아하는 내 아버지를 위한 헌사였고 두려움에 떨면서 가족을 위해 날마다 굴속으로 들어가야만 하는 태백의 아버지를 위로하기 위해 썼다. 또 이 모든 것을 함께 오롯이 겪어야 하는 가족의 맑은 눈물을 닦아주기 위해서였다. 글은 치유라고 하지 않았던가. 하지만 여전히 부족하고 부족하다. 검은 물이 줄줄 흘러내리는 작업복을 빨아보지 못한 손으로 그들의 아픔을 위로한다는 자체가 어쩌면 어불성설일 수도 있겠다.

중국 소설가 츠쯔젠이 말했다. "소설은 본래 유감의 예술이기 때문에 이런 불완전함이야말로 다음 출발의 동력이기도 하다"고 했다. 하여, 나도 거기에 위안을 받는다.

우거에 존경하는 선생님의 방문도 잊지 않을 것이다. 힘 안 들이고 툭 던진 한마디가 갈 길이 요원한 나에게는 유레카가 된다는 사실 모르실 거다.

2019년 광복절 아침에

심봉순

심봉순 장편소설
탄炭

지은이_ 심봉순
펴낸이_ 조현석
펴낸곳_ 북인
디자인_ 푸른영토

1판 1쇄_ 2019년 10월 09일
출판등록번호_ 313 - 2004 - 000111
주소_ 121 - 842 서울 마포구 서교동 467 - 4, 301호
전화_ 02 - 323 - 7767
팩스_ 02 - 323 - 7845

ISBN 979-11-87413-50-9 03810

이 도서의 국립중앙도서관 출판예정도서목록(CIP)은 서지정보유통지원시스템 홈페이지(http://seoji.nl.go.kr)와 국가자료종합목록시스템(http://www.nl.go.kr/kolisnet)에서 이용하실 수 있습니다. (CIP제어번호 : CIP2019038535)

이 책은 강원도, 강원문화재단 후원으로 발간되었습니다.